백만 유튜버 죽이기

백만 유튜버 죽이기

박현찬

orror

Killing 1 Million
Subscribers YouTuber

제1부 수할치

〔 **1** 〕

죄송합니다, 남자는 꽉 차서요.

남자는 꽉 찼다라.

기가 찼다. 헌팅 포차도 아니고 2:2 성비를 맞춰서 대체 어디에 쓰겠단 건지. 아마 못생긴 여자가 가입 신청했다면 '여자는 꽉 찼다'고 변명했겠지. 어쩌면 자기 마음에 드는 여자 셋을 골라 첫 모임에 둘만 불러놓고,

"남자분이 스터디 못 할 거 같다고 좀 전에 연락 왔는데 어쩌죠? 대기자분이라도 충원할까요?"

라고 말하며 기어이 삼면을 분내 가득 채울 심산일지도 모른다. 그렇게까지 여자가 고프면 스터디가 아니라 틴더나 섹트를 하든가.

저열하다. 공무원 시험을 준비하는 데 있어 정녕 성비가 중요하다고 믿는 거라면 저능한 쪽일 테고. 오픈 채팅 닉네임을

본명으로 설정해놓은 걸 보아 후자일 가능성도 배제해선 안 되겠다. 저 혼자 인터넷 실명제를 관철해보려는 셈인지 아니면 정말 데이팅 앱이라도 하고 있노라 착각 중인 건지 '김원균'이라 적힌 세 글자 옆엔 떡하니 실물 사진까지 걸어놨다. 다부진 체격의 남자가 학사모를 쓴 채 현수막 앞에 서 있으며 현수막에는 '(경) 포브스 선정 졸업 못 할 것 같은 남자 1위 갓원균 졸업 (축)'이라 쓰여 있다. 보아하니 어디 '지잡대'서 실컷 '인싸' 놀이나 즐기다 이제서야 사람 구실 좀 해보려 4년간 익힌 전공과는 하등 무관한 공무원 시험에 뛰어들려는 모양이다. 허수가 또 느는 셈이다.

허수가 판치는 마당에 구태여 스터디원을 구하는 까닭은 공부 때문이 아니었다. 물론 여자가 고파서도 아니었고. 규칙적 생활을 영위하기 위해선 규칙이 필요했고 혼자만의 규칙은 미처 양도 못한 헬스장 이용권처럼 방치될 뿐이었다. 하여 아침 9시마다 공부 중인 사진을 '인증'해야 하는 카톡 스터디에 들어갔으나 벌금만 네 번 내고 강퇴당했다. 하여 카메라로 서로를 감시할 수 있는 '미라클 모닝 캠 스터디'에 참여하고자 웹캠까지 샀더랬다. 집단의 강제력에 문명의 기술력을 더해 이미 지르고 만 3만 원어치 지출의 힘까지 빌렸으니, 처음엔 의지력의 미달치가 충당되는 것도 당연했으나.

'처음엔'으로 운을 뗀 이야기가 으레 그렇듯 '처음만'이었다. 미세한 바시랑거림조차 허투루 흘리지 않고 포착하고 마는 예민함은 타고난 기질이었고, 그때마다 상대 캠으로 향해지는 시선은 내 의사와 무관한 일종의 생리 현상이었다. 특히 화각에 책이나 손뿐만 아니라 종종 얼굴까지 담기는 여자가 있어 여간 신경이 거슬리는 게 아니었는데, 피부 트러블이 있긴 했

지만 화장으로 감추면 그런대로 봐줄 만한 얼굴이었다. 교재
들로 봐서 교정직을 준비하는 듯했으며 언젠가 책상에 놓인
학생증엔 이렇게 적혀 있었다.

ㅠㅌ□ 니지먼트 학과

대일 전문대 뷰티 매니지먼트 학과 23학번 이지희. 스물두
살이라는 남들보다 늦은 나이 대학에 입학해 1년 만에 휴학
후 공무원 시험을 준비 중인 여자. 검색하면 검색할수록 공부
와는 거리가 먼 인생이었다. 아니나 다를까 그녀가 유일하게
카메라의 존재를 신경 쓸 때는 채점 시간으로, 화면에 보이지
않게 한 손으로 책을 받친 채 채점하곤 했으나 두 번에 한 번
꼴로 원을 그리는 손목이 공부와 서먹한 사이임을 돌려 말하
고 있었다. 공시생의 절반이 허수라던데 이렇게 열심이지만 합
격될 리 없는 사람은 허수로 쳐야 할까, 실수로 쳐줘야 할까.

그즈음 내 일과의 시작은 여자의 캠 속에서 낯선 조각을
찾아내는 것이었다. 어제와 '틀린 그림'은 곧 새로운 정보였다.
나는 그녀가 당근마켓에 올린 할로윈 코스튬 착장 사진까지
발굴해냈으나 그녀는 내 얼굴조차 몰랐다. 그녀는 내게 실수
였고 나는 그녀에게—채점 시간을 제외하고—허수였다. 잠시
나마 날 아침형 인간으로 만들어준 것도 이 정보 격차에서 오
는 묘한 우월감이 8할은 됐을 성싶다. 나머지 2할은 무장 가
벼워져만 가는 그녀의 옷차림이었고. 웹캠 속 작은 인간들에
대한 그녀의 무심은 점차 노골적으로 표출돼 우리를 AI 봇쯤
으로 여기는 게 아닌가 의심 들었을 정도로, 파인 옷을 입고
턱을 괴거나 고개를 숙일 때면 심심찮게 가슴골이 드러나곤

했는데—거듭 말하건대 시선의 행방을 정하는 건 내 관할이 아니었다—딱히 특별할 것도 없는 가슴이었지만 문제는 왼쪽 젖가슴에 놓인 점이었다. 그 은밀하고도 적나라하게 꽃핀 점은 언제나 타인의 시선을 갈망하고 있었고, 눈길을 주고 있노라면 그것이 그녀 육체에 착생하는 무수히 많은 비밀 중 하나에 불과할 것만 같은 망상을 불러일으켰다. 망상이 아침마다 뻣뻣해져 점점 커져만 가던 어느 날, 그러니까 그 여자가 살구색 속옷이 선명히 비치는 끈 나시를 입고 카메라 앞에 나타난 날, 피가 한데 길쭉하게 쏠리는 것은 더더욱 내 권한 밖의 일이었고, 책상 위의 오른손이 펜을 움켜쥔 동안 책상 아래선 왼손이 우뚝한 것을 훼혼들었다. 이지희, 시발 발정난 년. 남자한테 따먹히고 싶어서 안달 난 좆걸레년.

그날 나는 스터디를 탈퇴했다. 사정은 비밀이었다.

스터디를 구하는 목적이 아침에 일어나기 위함이라면 결국 공부 때문이 맞지 않느냐 반문할 수도 있겠다. 하나 아침 일찍 책상 앞에 앉은 인간들에게 선착순으로 하루 25시간이 주어지는 게 아닌 이상 오후에 착석한다고 공부 시간이 줄어들진 않는다. 그럼에도 내가 일찍 일어나려 애쓰는 이유는 '마땅히 그래야만 할 것 같아서' 그러는 것뿐이다. 그런 의미에서 공무원은 아침 기상과도 같다. '해야겠다'는 생각은 있어도 '하고 싶다'는 마음은 없다. 따지고 보면 '일반행정직'이니 '교육행정직'이니 이딴 걸 하고 싶어 하는 쪽이 비정상 아닌가.

기상 시간이나 공무원에 국한된 얘기가 아니다. 우린 다수가 다수이기에 따른다. 다수가 자연히 정답에 몰릴 거라 생각하겠지만 실은 다수가 곧 정답이다. 여기에는 두 가지 법칙이 따르는데 하나는 '보편의 법칙'이며 나머지 하나는 '관성의 법칙'이다. 전자는 '남들이 그렇게 하니까', 후자는 '나도 그렇게 해 왔으니까'로 설명된다. 나이테 고리가 늘어갈수록 더 많은 보편적 인간들을 접하게 되고, 타성에 젖고 마는 게 젖지 않는 것보다 쾌적해지는 관계로 그저 익숙함을 좇을 뿐이었던 습성은 사회의 규칙이 된다. 비상한 자는 의대로, 적당히 똑똑하면 상경계를 졸업해 대기업에 입사하거나 전문직 자격증을 따면 되고, 나처럼 무난한 놈들은 공무원 시험을 준비하면 된다. 요즘은 국비 코딩 교육이니 부트캠프니 새로운 도피처가 떠오르고 있다지만 그래봤자 IT 보도방의 흔한 개잡부로 전락할 뿐이다. 이젠 다른 선택지도 많아졌다, 라고 반박할 수 있겠으나 적어도 내 이야긴 아니다. 그것은 이지희의 이야기도 아닐 것이며 김원균의 이야기도 아닐 것이다. 오답을 골라놓고도 살아남은 1인의 신화가 구전되기까지 99명의 수난기가 한강 아래서 싸늘히 식어간다는 사실을 잊어서는 안 되리라.

그래서 난 정답을 골랐다. 흥미가 있는 건 아니었지만, 딱히 흥미 있는 것도 없었고, 무엇보다 다들 그렇게 한다고 믿었기에 앞만 보고 내달릴 수 있었다. 하지만 조금씩 조급해진다. 달리는 것에 소질이 없는 것도 아닌데 말이다. 4년제 졸업에 학점은 3.7점, 토익 850점. 두 번의 대외활동과, 교내 공모전 입상 경력. 특출난 스펙은 아니다만 그렇다고 크게 모자란 것도 아니었다. "이 새긴 중간에서 딱 개미 좆만큼만 더 잘한다니까." 군대 선임이 내게 했던 말이다. 못해도 중간은 간다, 그것을 삶 전반에 걸쳐 증명해왔기에, 더도 말고 덜도 말고 딱 이대로만 달려도 곧 시험에 합격할 것이었다. 분명 그럴 것이었으나.

언제부턴가 자꾸 신경 쓰인다. 그럴 자격이 없음에도 '쉬운 길'을 택해 저만치 앞서가고 있는 자들이. '그들'은 달리지 않아도 나보다 빠르다. 내가 합격한다 한들 '그들'은 내 연봉을 채우고도 남는 돈을 달마다 만져볼 것이다. 유튜버, 스트리머, BJ, 틱톡커 등 소위 '크리에이터'라 불리는 작자들. 배운 것도 없고 노력이라곤 좆도 안 해봤을 광대들이 마치 내가 오답을 고른 듯한 치욕을 느끼게끔 만든다. 외모가 빼어나거나 재능이라도 있으면 몰라, 기껏해야 홀복 입고 춤추거나, 입정 사납게 주둥이에 밥찌끼를 욱여넣거나, 팁이랍시고 미취학 아동도 알 만한 상식을 쓸데없이 긴박하게 전하거나, 외국인 앉혀놓고

"한국 치안 좋아서 아무것도 안 훔쳐 가요, 자전거 빼고."

같은 뻔한 대본을 읽게 하는 게 전부면서. 감동을 구걸하는 사회 실험과, 차라리 사회 실험이었으면 좋았을 재미없는 몰래카메라는 덤이다. 최근엔 '자면서 들으면 쌍꺼풀이 생기는 주파수' 따위도 등장했더랬다. 이딴 게 '크리에이션'이라면 내가 날마다 변기에 싸지르는 액체나 고체들도 제법 고상한 아방가르드 작품에 속할 터. 이게 다 좁아터진 반도에 개돼지만 오천만에 달하다 보니 끊임없이 조련사가 튀어나오는 것이다.

신전으로 향하는 길은 오직 소수에게만 허락되어야 한다. 개나 소나 가진 재능으로 정도를 벗어나려 해선 안 되며, 제 주제 모르고 탈선한 이들에게 보상이 주어져선 더더욱 안 된다. 꼴랑 겨드랑이 보인 채 골반 좀 흔들어댔다고 수천, 수억 원을 땡겨서는 안 된다는 뜻이다. 악기바리도 아니고 자는 애를 깨워 엄마 몰래 라면 먹도록 시키는 키즈 채널이나, 서지

도 않는 노인네들 상대로 애국심을 발기시키려 드는 페이크 뉴스 채널도 마찬가지다. 윤리적 문제는 둘째치고—사실 윤리 문제가 아니라 시청자들의 지능 문제겠지만—겨우 그 정도 재능과 노력에 성공을 허한다면 어느 누가 정도(正道)를 걸으려 하겠는가. 정답이 사라진다면 노동의 가치가 천시될 것이고, 정직한 자들만 손해 볼 것이며, 아무리 무미건조하게 '노력'을 읊어본들 486세대가 외치던 '노오력'과 별반 다르지 않게 들릴 것이다. 까놓고 말해 나라고 당장 연기자 모집하는 사이트에서 백인 여자를 섭외해 불닭볶음면을 먹이거나, 자국에서 한국 남자들이 인기 많은 이유—같은 걸 보는 놈들은 단언컨대 인기가 많을래야 많을 수가 없다—를 쥐어짜내도록 시키지 말란 법이 어딨겠는가? 이왕 할 거면 아예 각 잡고 개돼지들을 위한 종합선물세트를 만드는 게 좋을 것이다. 미아리 스타일로 입혀놓은 금발 미녀가 매운 한식을 먹으며 한국의 선진적 면모에 강대국들이 쩔쩔매고 있다는 가짜 뉴스와 이에 대한 가상의 일본 반응—가령, 열도 전체가 경악을 금치 못할 만한 충격에 휩싸였다거나 최후를 걱정하며 전전긍긍하고 있다는 류의—을 전한 후 틱톡에서 유행하는 쌈마이 춤으로 마무리한다면 K-파시스트들에겐 포르노이자 경전이 따로 없겠지. 배경음악으로는 역시 '이성을 끌어당기는 초강력 도화살 주파수'가 적절할 것이다.

돈 벌기 참 쉽다. 쉬워도 이렇게 쉬워선 안 된다. 이리 쉽다면 내가 이력서에 한 줄이라도 더 추가하기 위해 아등바등 쏟아부은 시간들은 뭐가 된단 말인가? 살면서 중간만큼의 노력도 안 해본 놈년들이 나를 앞질러선 인과적으로도 도의적으로도 안 되는 것이다. 너희들은 신화가 되어선 아니 된다. 차라리 한강에 빠져 싸늘한 술안주가 되어주길. 젊은 놈이 쯧, 혀를 차는 척 소주 한 잔에 박탈감을 게워낼 요량이니까.

유튜브에 접속해 '인기 급상승' 탭을 누른다. 유해조수 박멸의 시간이다. 인플루언서라는 놈들치고 좋은 영향 끼치는 꼴을 못 봤기에, 루머를 유포함으로써 이들에게 참된 영향력을 행사하는 것이 내 취미라면 취미고 사명이라면 사명이겠다. '어쩌다 운 좋게' 떴으니 '어쩌다 운 나쁘게' 추문에 휩싸일 필요도 있었다. 누군가는 시련의 균형을, 위태롭게 흔들리는 생태계의 균형을 맞춰야 하지 않겠는가. 스크롤을 내리며 특출나게 운이 따랐던, 그것이 과한 나머지 표적이 될 만큼 불운할 정도로 운이 좋았던 자를 찾는다. 비극의 주인공, '한강의 오필리아'는 유명할수록 카타르시스도 커지지만 이미지가 모범적이거나 '콘크리트층'이라 불리는 팬덤이 굳건하다면 '발 없는 말'은 그 자리서 주저앉기 십상이다. 어느 정도 체급을 갖췄되 논란에 휘말린 전례가 있거나 부실한 콘텐츠로 연명 중인 자가 제격이다.

한참 화면을 쓸어올리던 엄지가 우뚝 멈춰 선다. 광대의 배설물 아래 어느 예술가의 똥 못지않게 노골적인 제목이 적혀 있다. 〈남사친한테 "라면 먹고 갈래?" 물어봤더니…〉. 크롭티를 입고 누군가의 팔을 가슴팍에 밀착시킨 채 애처롭게 바라보는 여자. 98만 유튜버 '봄이조'였다. 육갑들 떨고 있네. 지들끼리 라면을 먹든 떡을 치든 내 알 바 아니다만 짜고 치는 저질 몰래카메라 영상으로 돈을 쓸어 담는 건, 그리하여 쳇바퀴 같은 삶을 억척스레 굴려보는 범재들의 생을 부정하게끔 만드는 건 용납할 수 없다. 낙점. '유튜버·스트리머 갤러리'에 들어가 자판을 두드린다. 발 없는 말의 안장에 포박한 광대를 싣고 고삐를 놓는다. 다행인 점은 나는 너를 알고 너는 나를 모른다는 것이었다.

⬤ 캡처) 봄이조 이거 낙태한 흔적 아니냐ㄷㄷㄷ

[작성자] 국평오

오답을 고른 건 내가 아니라 너야.

〔 **2** 〕

국평오(195.80)

작성자 옆에 표시된 숫자는 유료 VPN으로 우회한 IP 주소
였다. 데이터 보존법이 없는 파나마에 기반을 두고 있어 사용
로그를 남기지 않는다나. 한번은 주벨라루스 러시아 대사 암살
범의 인터넷 사용 기록을 추적하기 위해 회사 서버를 뒤졌더니
아무런 로그도 남아 있지 않아 허탕만 쳤다고 한다. 회사에서
암살을 사주한 게 아니냐는 우스갯소리가 나온 까닭은 사건
직후 가입 고객이 200퍼센트가량 늘었기 때문이고.

IP 주소 우회는 최소한의 어드밴티지였다. 내가 맞서야 하는
상대들은 더 큰 스피커와 더 많은 추종자를 가진—어쩌면 러
시아 대사 이상의—거물들뿐이었다. 소득으로 보나 생김새로
보나 사회적 약자는 이쪽이었다. 다윗에게서 투석구마저 앗아
간다면 그게 과연 공명정대하다 할 수 있을까.

무엇보다 저들은 기꺼이 자기 자신을 상품으로 내놓은 것들이다. 몸과 얼굴은 물론이고 특기와 이력, 취향과 사상, 경험과일상, 요즘은 MBTI라고 하는 것도 포함해서, 때로는 반려견과가족에 이르기까지 본인의 삶 전반을 전시해 제값을 아득히뛰어넘는 보상을 받았다. 그래 놓고 가십거리로 소비되길 거부한다면 화대는 받되 정절은 지켜야겠다는 창녀의 응석과 무엇이 다를까. 많은 사랑을 받을 수 있다는 것은 곧 많은 미움을살 수도 있다는 뜻일지니, 왕관을 쓰려는 자, 왕관의 무게를 견뎌라. 못 견디겠다면 언제든지 벗어 던지면 그만이다. 누구도즉위를 강요치 않았으며 누구도 퇴위를 금하지 않았다. 아무도그 목에 칼을 들이밀지 않았다.

그럼에도 이들을 변호하기 위해 언제부턴가 '공황장애'라는질병이 전염병처럼 기승이다. 장애의 기준이 헐거워진 걸까, 대중의 관심으로 먹고사는 딴따라들의 배때지가 부르고 만 걸까. 정신적 압박감을 운운하는 팔반잡류들에게 불매운동이라도 벌여 금전적 압박감을 선사해도 모자랄 판에 복지 정책의일환인지 한술 더 떠 '힐링 예능'이랍시고 여행·미식·낚시·골프등 온갖 신선놀음질에 따박따박 뭉칫돈까지 얹어준다. 고생이래 봐야 장사 시늉만 겨우 낸 일개 소꿉놀이에 앓는 소리 몇번 하다가 재료 사 오겠답시고 풍광 좋은 휴양지 거닐며 흥정한번 성공하면 TV에도 나오시는 귀인께 이렇게 미천한 잡일까지 해내는 악바리 근성까지 있을 줄은 몰랐다는 양 대견스러워하고 박수 쳐주며 집단적 육시랄 염병을 떠는 꼬라지가 흡사최고급 요양원의 심리 치유 프로그램을 보는 듯한데—차이점은 박수받는 놈들이 돈도 받아 간다는 것이겠고—자취생들이(문자 그대로) 밥 먹듯 만드는 김치볶음밥에 보람을 느끼려면 얼마나 호화로운 삶을 영위해야 하는 건지 감도 안 잡힐 따름이다. 그러는 한편 펜트하우스에서 백주 대낮부터 술 퍼마시다 '셀럽' 지인들이 떠난 후 목즙 한 방울 찔끔하면 통유리에 비친 먹먹한 얼굴 옆에 '화려한 삶에 가려진 비애' 따위의 자막이 나오곤 하는데 다만 얼굴 뒤로 영동대교가 놓여 있을 뿐이고. 골방에서 라면을 먹으며 볶음김치 포장을 뜯을지 말지 고민하는 나 따윈 체내 수분을 다 짜내어도 한강조차 조애하는 그들의 비애엔 견줄 수 없을 것이다. 그렇게 실컷 금의옥식을 누려놓고 공황장애라니, 하루 벌어 하루 먹고사는 탓에 정신과는 사치인 형편들 앞에서 정신병이라니 이 얼마나 배부르다 못해 곤자소니에 발기름 느글대는 기만인가. 우울증을 만성 질환처럼 앓고 있는 직장인이나 돈 없어서 정신병 걸리는 빈자가 부지기수라는 사실은 알 리가 없다. 공황장애 호소인 십중팔구가 기어이 카메라 앞에 돌아오는 걸 보면 그리 대단한 장애도 아닌 듯하다.

두 달 전 내가 저격한 유튜버 '진효림'도 마찬가지였다. 그녀의 죄는 '오조오억'이라는, 여초 커뮤니티 사이트에서 파생된 유행어를 쓴 것이었다. 다시 말해 '남혐' 용어를 썼다는 뜻인데 어떤 부분에서 '남혐'인지는 차근차근 알아볼 생각이었고 죄인을 심판대에 세우는 것이 급선무였다. 죄목보다 죄인의 성별이 중요해진 덕에 기소에는 거창한 명분이 필요치 않게 됐다. 이성은 적이었으며 반지성주의는 동성이었다. 남녀의 분단에 신음하는 이는 각자의 성기뿐이었다.

↳ 페미 하면서 한남 돈은 빨아먹어야겠고ㅉㅉ

↳ 오조오억이 그쪽 사이트에서 나왔더라도 남성 비하 뜻은 없는 거 아님?

↳　같은 논리면 일간드립 용어도 상관 없겠노 게이야

↳ 이 정도면 봐주는 새끼들이 문제

　젠더 이슈에 얽힌 유튜버들은 양자택일 상황에 놓이게 된다. 내 지갑을 채워주는 쪽이 남자라면 남자 편을, 여자라면 여자 편을 들면 된다. 애석하게도 진효림의 시청자 성비는 반반이었다. 어느 한쪽으로도 등 돌리고 싶지 않았던 그녀는 결국 이도 저도 아닌―다시 말해 '잦'도 '봊'도 아닌―입장문을 게재했다. 죄인은 순진했다. 순진해서 유죄였다. 그녀는 그것이 모두로부터 등 돌리는 행위란 걸 알지 못했고 나는 입장문을 캡처해 양쪽 진영에 장작을 날랐다. 내가 쓴 글에 내 부계정으로 덧붙인 댓글은 이러했다.

↳ 진효림 사과문 나만 쎄해??? 여자 팰 생각 없는데 자긴 페미 아니라고 말하는 거 뭔가 선 긋는 거? 같구,,, 예전부터 남초발 유머 쓸 때마다 흐린눈하고 넘어갔는데 대놓고 흉자 마인드 같아서 구취하려구ㅠ

↳ 사과문 올라오면 애미애비 패드립까지 박는 새끼들이 즈그들이 좋아하는 스트리머한테는 이 악물고 스윗한 거 보소ㅋㅋ 전부터 알게 모르게 페미 티 ㅈㄴ내드만 남혐 용어 모르고 썼을 리가 없음

　양측 모두 그녀가 살면서 남긴 발자취들을 하나하나 검찰하기 시작했다. 남초 커뮤니티에선 그녀가 '페미'인 증거를, 여초에선 '반페미'인 증거를 가져왔고 그녀는 드물게도 '남성주의적 페미니스트'가 되고 말았다. 뭐, 한 몸에 양쪽 생식기를 지닌 채 태어나는 어지자지도 있다고 하니 그렇게까지 특이 케

이스는 아닐 수도 있겠고.

진효림은 2개월 뒤 '복귀합니다.'라는 제목의 영상으로 돌아왔다. 수척해 '보이는' 메이크업을 하고 나타나 '주변을 되돌아보며 반성의 시간을 가졌다'며 복귀 매뉴얼대로 읊었다. '더 좋은 영상으로 보답하겠다'는 말도 빼먹지 않았는데 본인의 생업인 방송을 양로원 재롱잔치 같은 일종의 재능 기부라 착각하는 모양이었다. 정 보답하고 싶으면 영상 수익이라도 기부하든가.

뻔하기만 한 건 아니었다. 베리에이션은 공황장애 파트에 있었다. 공황장애야 이미 클리셰였지만 대사 없이 숨만 헐떡이는 장면에 무려 43초나 할애함으로써 새 지평을 열었다. 가히 존 케이지의 〈4분 33초〉에 필적할 만한 전위적 시도. 영상을 원테이크로 촬영한 것도 해당 신을 편집 없이 내보낸 것에 대한 정당성을 확보하기 위함이었으리라. 만약 연기가 아니었다면 발병부터 카메라 재활에 나서기까지 두 달도 안 걸린 셈이니, 그녀의 복귀는 곧 장애를 극복한 인간승리이자 의료계가 이룩한 찬란한 금자탑이라 칭송할 만했다.

이만하면 족히 헐떡였다고 생각했는지 진효림은 반격에 나섰다. 자숙 동안 야금야금 퍼진 세 가지 논란에 반박한 것인데, 반박과 반박 사이엔 숨 막히는 공황장애 쇼가 막간극처럼 펼쳐져 분당 들숨 횟수를 비교해보면 사안별로 억울한 순위를 매겨볼 수도 있을 법했다. 1막은 '남자친구와 후쿠오카 여행 논란'으로, 자숙 중에 여행 간 것이 문제인지 남자친구와 여행 간 것이 문제인지, 가도 하필 불매운동 대상인 일본에 간 것이 문제인지 당최 어디에 초점을 두어야 할지 막막했으나, 여행 간 적도 없고 남자친구도 없다며 부인한 덕분에 배심원들도 한시름 덜게 되었다.

　2막과 3막은 각각 '인스타 공동 구매 폭리 논란'과 '사과문 비공개 처리 논란'이었다. 전자는 그녀가 자신의 이름을 걸고 '공구'한 화장품 가격이 기존 판매가의 세 배에 달한다는 내용이었으며, 후자는 자숙한 사이 은근슬쩍 사과문을 내렸다는 것이 골자였다. 공통점이 있다면 공교롭게도 둘 다 내가 퍼뜨린 가짜 뉴스라는 점이었다. 전자는 타오바오에서 유사한 디자인을 찾아 모자이크 처리 후 같은 제품이라 속였고 후자는 단지 비공개 처리됐다는 글을 이곳저곳에 남겼을 뿐이다. 투입된 노력과는 무관하게 얼마간 진실로 간주된 것은 또 다른 공통점이었다. 손가락 까딱하면 거짓이 박멸되는 시대에 되레 거짓의 번식률이 증대됐으니, '까딱'이 얼마나 고된 일인지는 논할 것도 없겠다.

↳ 저거 흑선이라고 종종 임신선으로 부르기도 하는데 남자인 나도 있다

↳ 낙태를 배 갈라서 하는 줄 알고 있네ㅋㅋ작성자 아다 인증 레전드

↳ 이거 pdf 따서 보미한테 보냄ㅅㄱ

↳ 국민 평균이 수능 5등급인 이유가 여깄네

　하나 이번에 '까딱'하지 않은 건 내 쪽이었다. 그 결과 피라냐들조차 외면할 만큼 허접한 미끼를 던져버렸고.

　본명 조보미, 활동명 봄이조. 구독자 수 98만에 빛나는 대형 유튜버이자, 한때 라이브 방송 월평균 시청자 만 명을 찍은 대형 스트리머. 하지만 그런 숫자들보다 그녀를 더 정확히 표현해보자면, '개나 소나 유튜버' 신화의 산증인. 소통 및 게임 방송을 표방하면서 언변이 탁월한 것도 아니었고 그렇다고 게

임을 잘하는 것도 아니었다. 생방송 클립과 별개로 제작하는 유튜브 콘텐츠 또한 브이로그, 몰래카메라 등 별 볼 일 없긴 매한가지였다. 논란으로 말하자면 뒷광고가 적발돼 한 차례 자숙한 적이 있었다. 그 외 학교폭력 미투가 연달아 두 번 터지기도 했으나 다른 동창들이 쓴 반박문에서 도리어 피해자였단 사실이 드러났다. 하늘이 내려준 콘텐츠를 마다할 리 없는 그녀였다. 조보미는 '폭로자들 중 학창 시절에 절 괴롭힌 분이 있는 것 같다'며 피해 이력을 거듭 강조한 뒤 '지금이라도 글을 지우고 사과한다면 법적 대응은 하지 않겠다'는 말로 자비와 엄포를 동시에 선보이곤 '이젠 잊고 싶은 기억을 잊게 해달라' 호소하며 눈물을 되는대로 짜냈다. 그 착즙 하나로 클리셰투성이를 클래식의 경지로 끌어올렸다 해도 과언이 아닐지니, 해당 영상은 아직까지 봄이조 채널에서 가장 높은 조회수를 기록 중이다.

폭로자들은 글을 지우고 도망쳤다. 잔뜩 쫄았는지 한 명은 자필 사과문까지 남겼더랬다. 너무 싱거운 나머지 노이즈 마케팅의 일환으로 자기 자신을 고발한 게 아닌가 하는 의심이 들 정도다. 거짓에 신빙성을 더해줄 수 있는 '졸업 앨범'을 인증하고서도 그럴싸한 이야기 하나 못 지어낸 아마추어들. 무릇 세련된 거짓은 투박한 진실보다 반박하기 어렵다. 구체적 설정과 사실이 가미된다면 더욱 그렇다. 내게 졸업 앨범을 양도했다면, 폭로자가 날 만났더라면 결말은 지금과는 많이 달랐을 것이다.

그때까지만 해도 어수룩한 컨셉을 유지하던 그녀가 이제는 허여멀건 속살을 드러낸 채 '도태남'들의 욕정을 돈으로 환산하고 있다. 기획력도 없고 조회수 추이도 떨어지자 허물을 벗고 본모습을 드러낸 것이다. '육수'들의 땀내 나는 공세에 전선은 이미 쇄골까지 밀려 내려가 두 홀올마저 내어줄 기세였으니, 학폭이든 뭐든 하나만 더 걸린다면 성인 방송 플랫폼으로 넘어가 옷을 벗게 될지도 모르고. 누가 알까, 그날을 위해 보루를 사수하고 있을지.

애초에 그녀가 지금껏 버틸 수 있었던 것도 서바이벌 웹예능 〈라이어 게임〉에서 운 좋게 결승까지 살아남은 덕분이었다. 결과적으로 준우승에 그쳤지만 참가자 중 가장 많은 화제성을 모았고, 학폭 미투를 정면 돌파하며 상승세를 이어갔으나, 얼마 가지 않아 삼류 미디어 커머스 업체의 다이어트 제품을 뒷광고 하며 제 밥그릇을 걷어차고 말았다. 그녀에겐 늘 '분에 넘치는 운'이 따라줬으나 운 나쁘게도 재능과 지능만큼은 그러하지 못한 것이다. 조보미가 가진 경쟁력이라곤 도화살을 타고난 상판 정도겠으나 그뿐이라면 기실 노류장화와 별반 다를 게 없으므로 98만 유튜버와 588 창부들의 차이는 그저 인생의 주사위를 조금 더 잘 굴린 것뿐이었다. 그녀가 98만 충까지 쌓아 올린 탑은 파도 한 번에 무너져내릴 만큼 부실했고 누군가는 그녀를 동화 속에서 끄집어내야 했다. 언제까지고 모래성에서 여왕처럼 살아갈 순 없는 노릇이니까.

문제는 구실이었다. 조보미가 떡볶이의 떡보다 오뎅을 좋아한다는 사실부터 심심해서 사봤다는 코인의 수익률까지 알아냈지만 모래성을 무너뜨릴 만한 구실은 없었다. 누군가 '나무위키'의 '봄이조' 문서에 윈도우 정품을 인증하지 않고 사용하는 장면을 저격했으나 워낙 사소한 이슈라 묻힌 듯했다. 혹시나 하는 마음에 회원 수 19명짜리 안티카페까지 가입했건만 일찍이 허위로 판명된 학폭 얘기가 전부였다. 〈라이어 게임〉으로 유명세 치르기 전까지 논란이 없었던 걸로 보아 처신은 잘 해온 모양이었다. 꼴에.

💬 '국평오'가 낙태에 대해 잘 모를 수밖에 없는 이유

[작성자] 고감호닉

ㄱ평오 애비가 우리 평오 낙태한다는 걸 깜빡해섴ㅋㅋㅋㅋ

그러는 사이 피라냐들이 떡밥을 물긴 물었다. 그게 조보미가 아닌 나였을 뿐. 뭣도 모르고 낙태 흔적이라 우겼으니 물어뜯겨도 할 말 없다만 마구발방 새롱대는 셋바닥에 미간이 금 가는 건 어쩔 수 없었는데, 말하자면 깨문 곳이 쓰라리다기보다 그들이 풍기는 비린내가 불쾌했다. 여자 경험이라곤 기계가 대신 읽어주는 음성으로 서비스직 미소를 짓는 스트리머와 말 섞어본 게 전부인 저들로부터 '아다'라는 말을 듣다니 개인적으론 기가 찰 일이되 그들의 새것과 같은 성기 입장에선 곡할 노릇이다. 흔히들 '육수'라고 일컫는, '여캠'에 땀 흘려가며 과몰입하는 작자들은, 여자 앞에서 평생을 '갑을병정무기경신임계'의 '계'로 살아오다가, 시청자가 되어 처음으로 이성에게 '갑'질도 해보고, 동질감을 형성해 그녀에게 범접할 수 있도록 이 악물고 '모태 솔로'로 몰아가며,

"형, 그러지 말고 좀 씻어."

"형, 밖에 나가서 연애 좀 해."

라는 말로 '나는 네게 일말의 성적 매력도 느끼지 못하고

있으며 네 방송을 보는 이유 또한 여자라서 보는 게 아니라 단지 재밌기 때문'이라 은연중에 주장해보지만, 실은 크리스마스에 방송을 켜지 않으면 '나의 그녀'가 다른 남자랑 있는 건 아닐까 떼 지어 아가리 쿠데타라도 일으킬, 사심 없는 척해봐도 사심이 그들 지방만큼이나 그득하며 난폭하지만 가진 건 키보드뿐인 힘없는 폭군들이었다.

문득 궁금해졌다, 낙태가 사실로 밝혀졌을 때 저들의 반응이. 자신과 '유사 연애' 중인—실상은 98만 명을 상대로 연애 사업 중인—스트리머의 부주의한 과거를 접한다면 과연 그들은 '형'을 '형'이라 부를 수 있을까? 아다라시답게 그녀가 힘들어하는 지금 이 순간을 노려 아픈 과거를 보듬어주면 어떻게 해볼 수 있지 않을까란 망상을 땀내 물씬 나도록 펼쳐볼지도 모른다. 그러나 대부분은 배신감에 사로잡혀 더러운 년이라 욕하거나, 자기 최면의 특기를 살려 덜 감정적인 사유—예컨대 '과거에 다른 남자 애를 뱄다 한들 내 알 바 아니지만 태아 생명권을 해친 것은 윤리적으로 용납할 수 없어' 따위의—로 또 다른 '이쁜 형'을 찾아 이주할 것이다. 그저 꽃향기를 쫓을 뿐이라 말하며 지독히도 암술머리만 찾아다닐 꿀벌들의 일생이었다.

나는 생각했다. 어차피 없는 죄를 만들어야 한다면.

없던 아기를 만들어내지 못할 건 뭔가.

자고로 헛소문의 무서운 점은 '소문'이 아닌 '헛'에 있었다. 소문이 퍼지지 않았다면 '헛'으로 또 찍어내면 그만이니까. 하나 이번에는 헛에 그치지만은 않을 것이다. 윤곽뿐이던 소문에 음영을 더해줄 구체적 설정과 사실이 한가득으로, 조보미의 모든 영상을 살펴본 건 아니었으나 이만하면 충분했다. 무롯 피라냐들은 그림과 현실을 구분할 수 없거나 구분하기 싫어했고 마지노선의 정교함만 갖춰주면 기꺼이 색맹을 자처했기에 채색은 사치였다.

피라냐들은 결벽증을 앓았다. 깨끗한 걸 너무 좋아한 나머지 작은 얼룩에도 병적으로 달려들어 뼈까지 발라 먹었다.

이제 그녀는 낙태를 했어야만 한다. 조보미의 죄는 가진 것 없이 여왕벌 행세를 할 만큼 끔찍이도 유복했다는 것이며 하여 그녀에게 내리는 형벌은 있지도 않았던 피붙이를 거둬가는 것으로, 물론 형벌의 목적은 어디까지나 교정에 있어 범인이 다시 정도를 걷게 되리라는 믿음과 온정을 잃지 말아야 할 것이다. 부디 그녀가 재수 없이 사갈을 밟았다고 생각하지 않길 바란다. 나는 그저 탈선한 범인(凡人)이 필연적으로 조우할 수밖에 없는 절망의 순간을 앞당겨줄 뿐이었으니까.

〔 **3** 〕

"마라탕 고수는 고수도 추가해야 진짜 고수다, 알죠?"

'린가드 님이 1,000원 후원! 그럼 육수들은 마라탕 시킬 때 육수 추가함?'

"나는 그래서 고수 추가한 다음 요청 사항에 이건 너무하다 싶을 정도로 듬뿍 넣어 달라고 따로 쓴다니까?"

'미스터김 님이 5,000원 후원! 마라탕 어디께 맛있음???'

"아, 제가 진짜 일주일에 한 번 이상 여기서 시켜 먹거든요? 저기 방이동 본점에… 또 뒷광고냐고요? 방금 채팅창에 상습범이라고 쓴 사람 누구야. 얼른 자수하세요."

'frenchkiwi 님이 100,000원 후원! 오늘은 우유 없이 매운맛 5단계 가즈아!!!!!'

10만 원 후원에 화면이 3분할로 바뀌더니 자리에서 일어나 틱톡발 유행 춤을 추기 시작했다. 종일 조보미 영상을 시청했음에도 라이브로 보는 건 처음인지라 어딘지 낯설다. 볼살이 있어 살짝 둥근 얼굴, 새초롬하게 올라간 눈꼬리, 반짝이 때문에 더욱 도드라진 눈밑 애굣살, 점 두 개만 찍은 듯 작다란 콧구멍과 도톰한 입술…. 세련되기보단 토끼상에 가까운 순한 얼굴은 익히 아는 바와 다르지 않았으나 눈에 설익은 것들은 그보다 밑에 있었다. 검은 오프숄더 블라우스에 머리를 포니테일로 묶어 목부터 어깨까지 가냘픈 곡선이—벨벳 초커로 인해 단절된 1cm의 간극을 제외하고—한 줄로 이어졌는데, 요나한 몸선은 그림자만 남더라도 어수선한 망상을 불러일으키기에 너끈했으나 치맛자락이 살랑댈 때마다 드러나는 하얀 허벅지는 살구색보다 차라리 순백에 가까워 피가 쏠리는 것만으로 죄악감이 느껴질 정도였으며 흰 양말로 미처 덮지 못한 잘록한 발목은 시련처럼 프레임 안팎을 오고 갔다.

"제가 후각이 좀 예민하거든요? 근데 5단계 이거는 냄새만 맡아도 디지겠다, 진짜."

그러고 보니 그녀 영상이며 〈라이어 게임〉이며 모두 2배속으로 시청했기에 목소릴 듣는 것도 처음이었다. 여캠 특유의 혀 짧은 소리에 애교 섞인 경상도 사투리까지 더해져 과연 육수들이 환장할 만한 목소리였다.

'김나박이 님이 1,000원 후원! 저번처럼 너무 맵다는 핑계로 방송 종료하려고 밑밥 까는 거 보소.'

1,827명. 쇄골을 드러낸 여자가 매운 걸 먹고 헥헥대는 꼴을 보며 흥분하는 성도착증 환자들이 대략 2천 명이었다. 예상대로 조보미의 방송은 특별할 게 전혀 없는 '양산형 여캠'으로—애초에 '여캠'이라는 장르는 컨셉·말투·콘텐츠 모두 천편일률적인데 얼굴마저 엇비슷하니 그 다양성이 포르노만도 못하므로, 단어에 이미 '양산'의 의미가 내포돼 있어 '양산형

여캠'은 '역전앞'이나 '가로수나무'처럼 의미가 중복되는 겹말 오류라 할 수 있겠다—그녀의 그릇은 숫자가 말해주고 있다. 〈라이어 게임〉이 화제의 중심에 있을 때만 하더라도 그녀의 평균 시청자는 2만 명에 육박했으나, 원체 그릇이 작은 탓에 반년 만에 만 팔천 명이 나가떨어졌고, 그마저도 종지로는 택도 없어 천팔백 명은 더 나가떨어져야 간신히 표면 장력을 유지할 법했다. 어쩌면 종지보다 '얕은 웅덩이'라는 비유가 적절할지도 모르겠다. 한바탕 비가 쏟아진 덕에 겨우 존재감을 드러냈지만 구름이 걷히며 빠르게 말라가고 있는 웅덩이. 비는 그친 지 오래였고 이제 몇 번 짓밟히면 자작한 웅덩이도 사라질 것이었다.

'국평오 님이 1,000원 후원! 봄이조 지금 유스갤에 낙태설 올라왔던데;;;'

매운 걸 먹느라 중앙에 집결했던 이목구비가 뿔뿔이 흩어진다. 일, 이천 원짜리 '짤짤이' 후원에 일일이 대응하지 않던 그녀가 번뜩 고개를 든다.

"네? 어디, 어디에 뭐가 올라왔다고요? 낙태설이요?"

'버드퍼슨 님이 1,000원 후원! 보미야 대꾸하지 말고 그냥 밴ㄱㄱ'

'고토히토리 님이 1,000원 후원! 딱 봐도 즈그 주인 시청자 딸려서 분탕 치러 왔네.'

"잠깐만요. 유스갤이요? 아니, 너무 뜬금없어서 잠깐만 확인할게요."

마우스 클릭 너덧 번 만에 조보미의 입술이 파르르 떨린다. 만일 이 순간이 재밌는 장면이었다면 편집본에선 입술만 클로즈업한 다음 큼지막하게 '파르르' 자막을—여유가 된다면 물결 효과까지 적용시켜—삽입할 만큼 입가가 파도치고 있었다. 한동안 시청자들이 보낸 음성 도네이션이 밀물처럼 들이닥쳤다가, 다들 검색이라도 하러 간 건지 돌연 낙조 같은 적요가 감돌았다. 떠밀려간 것들은 지금쯤 내가 유스갤에 남긴 글에 당도했을 것이다.

🔺 98만 유튜버 낙태 증거 찾았다

[작성자] ○○○

"안티머글" 알지? 이번에 운영자가 매각해서 망한 80만 꼴페미 카페.
지인이 여기 운영진으로 있었어서(대학 동긴데 얘도 ㅈㄴ페미였음),
오전에 기사 읽다 들어가봤더니 회원 가입 열려 있더라? 지금은 막혔는데.
사상 검증차 ID 입력란에 여캠들이 쓰는 ID를 하나씩 넣어봤다.
그. 런. 데…!!!

중복이면 "이미 사용 중인 별명"이라고 뜨는데, 이용할 수 없다는 건 탈퇴 회원이라는 뜻.
그럼 이게 누구 ID냐? 바로 98만 유튜버 "봄이조" 되시겠다.
미니홈피 탐방 영상에서, 모자이크 부분 자세히 보면 알 수 있음
문제는 탈퇴 회원 글은 관리자만 열람할 수 있대?
그래서 동기한테 기프티콘 쏴주고 작성글 캡처해달라고 앙망함ㅋㅋㅋ

안 읽길래 차단한 줄 알았더니, 퇴근하고 나서야 이런 사진들을 보내주더라(충격주의)

> **낙태 수술 80이면 비싼 편이야?**
> ⑤ its_spring   2019.02.xx
>
> 재수생이라 돈 없는데
> 딴 데 알아봐야 하나ㅜ

이때, 봄이조는 핸드폰까지 팔아 수술비를 마련하는데(중고나라에 ID 검색하면 나옴), 모솔이라던 분이 처녀 수태했다는 사실보다 충격적인 건, 한 달 뒤 작성한 다음 글임.

> **ㄴㅌ 후 임신 가능성?**
> ⑤ its_spring   2019.03.xx
>
> 얼마 전에 ㄴㅌ 했다가 오늘 피임 없이 관계했는데
> 혹시 임신 가능성 있을까???

얼마 전에 낙태해놓고 노콘으로 씨 받는 상여자 위엄ㄷㄷㄷ
19살부터 저러고 다녔으면, 낙태만 안 시켰어도 한국 출산율 반등했을 듯

※ 참고: 낙태죄는 2021년이 돼서야 폐지되었다 ※

'tjdnd 님이 1,000원 후원! 여기가 낙태충 방 맞나요?'
'트볼장인 님이 1,000원 후원! 남자 경험 없다더니 낙태 경

험은 있노ㄷㄷ'

'아키라 님이 1,000원 후원! 엄마 나 죽일 거야? 엄마 나 죽일 거야? 엄마 나 죽일 거야? 엄마 나 죽일 거야? 엄마 나 죽일 거야? 엄마 나 죽일 거야? 엄마 나 죽일 거야? 엄마 나 죽일 거야?'

순식간에 후원의 주체가 역전됐다. 그녀가 입을 열기도 전에 경쟁하듯 돈을 보내는 모습이 언뜻 보면 열혈팬의 그것과 다를 게 없었다. 그녀를 물어뜯기 위해 그녀에게 돈을 낸다. 그녀 입장에선, 돈을 위해 살을 내어준다. 그렇게 수요와 공급 곡선이 만난 지점이 천 원이었다.

"이게… 이게 대체 뭔 소리야…?"

조보미는 움직이지 않으면서 움직였다. 이목구비가 제각기 다른 박자에 맞춰 바들거리는 와중에도 자세만큼은 허리를 꼿꼿이 치켜세운 채 굳어 있었다. 금방이라도 부서질 듯한 얼굴과 중심을 잡으려 안간힘 쓰는 몸. 마치 줄타기 도중 치부를 들킨 곡예사처럼.

'adksd123 님이 1,000원 후원! 오늘 방송 접자 어그로로 몰려온다. 그리고 솔직히 낙태할 수도 있지 어떤 사정이 있을지 어케앎?'

'메모장켜라 님이 1,000원 후원! 저 때는 법 바뀌기 전이라 엄연한 범죄인데 '킹직히 낙태할 수도 있지' 억지쉴드 우욱씹.'

'justin_ 님이 1,000원 후원! 불법이든 아니든 솔로인 척 해놓고 뒤에서 알 까고 있는 건 선 넘었지.'

"저 이런 글 쓴 적 없어요. 누가, 누가 이런 걸 썼는진 모르겠는데 일단 후원부터 꺼놓겠습…"

'자강두천 님이 1,000원 후원! 응애 보미가 지운 아기가 우

는 소리 응애.'

뚝, 그녀가 카메라 쪽으로 힘겹게 고정시킨 시선이 외줄에서 떨어진다. 톡, 손을 갖다 대면 이슬처럼 맺혀 있는 것들도 우수수 떨어질 성싶다.

"…자, 자꾸 전화가 와서 오늘 방송은 여기까지 할게요. 저도 무슨 일인지 알아보고 내일 중으로 해명? 하도록 하겠습니다. 죄송합니다."

낙루만큼은 쉽게 보여주지 않겠다는 듯 급히 방송을 종료했다. 성공이었다. '무시'와 '반박' 사이서 갈피를 못 잡고 헤매다 '사과'를 남긴 채 도망쳤으니, 그 흐리터분하기 짝이 없는 기세로 해명을 약속해봤자 '지금부터 나를 마음껏 유린해달라'는 항복 선언과 다름없었다. 그녀의 여린 눈빛이 '카더라'를 '사실상 팩트'—역시 겹말 오류다—로 격상시킨 셈이다.

그녀의 대처에 모든 책임을 묻는 것은 조금 잔인하다. 애당초 반박 가능한 거짓의 가짓수가 많지 않았다. 쓰인 진실은 총세 가지, '미니홈피 ID', '재수 경험', 그리고 '19년 2월 핸드폰을 중고 거래한 내역'이었다. '대학 동기'는 말할 것도 없이 허구였다. '조보미가 작성했다는 글'은 안티머글과 똑같은 템플릿으로 카페를 개설한 다음 'its_spring'이라는 닉네임으로 가입해 쓴 글이었다. 글을 삭제하고 카페를 탈퇴하려 했으나 가입 후 24시간이 지나야 했던 관계로, '이용할 수 없는 별명입니다' 문구는 (작성일을 바꾼 것과 마찬가지로) 개발자 도구 키를 눌러 텍스트만 수정했을 뿐이었다. 진실 세 개에 거짓 세 개. 루머의 황금 비율이었다.

유죄추정의 원칙이 통용되는 곳이었다. 내가 공소장을 공개한 시점에 피고인의 운명은 정해진 거나 마찬가지였다. 군중은 재판관은 고사하고 배심원이 될 깜냥조차 없었다. 모두가 사형 선고만 학수고대하는 처형인들이었고 누구든 이 법정에 서는 것부터가 유죄였다.

피고인은 무얼 할 수 있는가? 핵심 증인은 카페 매각 후 잠적했고 가입마저 막혀 ID 중복 확인도 불가능하다. 낙태가 음지에서 행해지던 시기인 만큼 산부인과 기록으론 결백을 증명할 수 없다. 설령 진료 소견서라도 떼와 자궁벽의 무결을 주장해본들 이 재판 자체가 그녀 생에 영구적인 흠으로 남을 것이다. 대중은 그녀가 법적으로든 윤리적으로든 부분적으로나마 혹은 추상적으로나마 '무슨 무슨 죄'가 있노라 기억할 것이고, 죄명은 아무도 기억 못 할 것인데, 그녀 팬들조차 학교폭력·뒷광고·불법 낙태 등 수없이 오르내리는 구설수에 지쳐 '탈덕' 할 것이다. 세 가지 혐의 중 두 건이 무죄로 판결났음에도 잔존한 팬들은 '저딴 년이나 빠는 인방충 수준'이라는 소릴 들으며 세간의 멸시를 감내해야만 할 것이다. 그런데, 정녕 그럴 만한 가치가 있을까? 대체재는 지금 이 순간에도 '역전앞' '가로수나무'처럼 무럭무럭 양산되고 있었다.

〔 **4** 〕

어젯밤, 나는 유리창 하나를 깼다. 파편이 수습되지 못한 사이 유리창을 향해 더 많은 돌이 던져졌다. 이미 깨진 유리창이기에 마땅히 그래도 되는 것처럼. 몇몇 이들은 던져도 되는 이유를 옆에 던지고 있는 사람의 존재에서 찾은 것 같기도 했다.

조보미보다 빠르게 행동에 나선 것은 소위 '사이버 렉카'라고 불리는 이슈 유튜버들이었다. 사고가 나길 기다리다 단순 접촉 사고에도 사이렌을 울리며 달려와 갈고리부터 걸고 보는 사설 견인차처럼, 이들 역시 조금이라도 이슈가 될 만한 거리라면 영상부터 올린다. 작은 사각형 안에 노란색 형광색 빨간색을 알차게도 채워 넣은 섬네일은 소리 없이 사이렌보다 요란하며 그 아래 적힌 제목은 정당 현수막 버금가는 시각 공해로, '현재 난리 났다는', '드디어 밝혀진', '충격적인 근황', '욕 먹는 이유', '논란 정리' 등 자동 완성 기능을 쓰는 건지 동업

자끼리 공유하는 템플릿이라도 있는 건지 참으로 한결같다.

현재 난리 난 98만 유튜버 봄이조 낙태 논란 정리

교과서 같은 제목으로 가장 먼저 갈고리를 채운 자는 유튜버 '1분팩트'였다. 루머가 유포된 지 12시간도 지나지 않은 시점으로, 내가 진효림을 저격했을 때도 1등으로 '렉카질' 한 전력이 있어 혀를 내두를 수밖에 없었다. 과연 70만 구독자를 보유한 업계 1인자다운 신속함과 성실함이었다. 그의 다른 영상들과 마찬가지로 유튜버 얼굴이 있어야 할 자리엔 짜깁기 한 사진 자료가 놓여 있었고 실제 목소리 대신 프로그램으로 구현된 TTS 음성이 흘러나왔다. 본래 느릿했을 것으로 추정되는 여성의 목소리에 배속을 걸어 살짝 높은 톤이었는데, 다정한 어조와 그렇지 못한 대사의 부조화가 채널의 인기 요소로 작용하는 듯했다.

"〈라이어 게임〉에 등장해 귀엽고 순진한 컨셉으로 인기를 모은 봄이조. 그러나 조회수가 떡락하자 의상도 콘텐츠도 과감해지기 시작했는데요. 이게 본모습이었던 걸까요? 팩트 1, 남자 경험이 없는 척하던 그녀였지만 아니나 다를까 지난 2019년 낙태한 정황이 드러났습니다. 재수생이었던 시절인데 하라는 공부는 안 하고 남자 공부에 매진했던 모양이죠? 그러니까 대학을 못 갔ㅈ

팩트 2, 더 충격적인 것은 수술 한 달 만에 재차 피임 없이 관계를 맺고 임신 가능성을 물어봤다는 것인데요. 이후에 남긴 글은 발견되지 않아 그녀가 총 몇 차례 낙태했는지는 미궁에 빠진 상태입니다. 진실은 그녀 자궁만이 알고 있겠죠. 만약 또 낙태했다면 믿고 맡길 수 있는 기존 병원으로 갔을까요, 쪽 팔려서 다른 병원으로 갔을까요? 한 달이면 아직 A/S 기간 안 끝났을 텐

팩트 3, 논란과 함께 과거 발언 또한 재조명받고 있습니다. 지난 5월, 봄이조는 방송에서 일찍 결혼할 생각이 있다며 '결혼하면 딸 하나 아들 하나 낳고 싶다' 밝혔는데, 논란을 접한 네티즌들은 '이미 딸 하나 아들 하나씩 죽인 것 아니냐' 묻기도 했습니다.

팩트 4, 봄이조가 질문을 남긴 곳은 연예 커뮤니티 '안티머글'인데요. 이곳에서 파생된 남혐 단어 '드릉드릉'을 쓰는 영상이 발굴되며 돈을 바치던 호구, 아니, 팬들까지 등 돌리고 있는 상황입니다. 현재 하루도 지나지 않아 무려 5만 명이 봄이조 채널을 구독 취소했는데요. 빗발치는 해명 요구에도 죄송하다는 말만 남긴 채 방송을 중절하고 아이처럼 사라진 봄이조. 그녀가 진정 사과해야만 하는 대상은 이미 이 세상에 없는데 어쩌죠?

오늘의 한 줄 요약. 낙태죄는 2021년이 돼서야 사라진 거 아시죠?"

1분팩트라면서 영상 길이가 2분인 건 제쳐두더라도 영상 퀄리티가 도저히 70만 유튜버의 그것이라 보기엔 어려웠다. 슬라이드쇼처럼 나오던 이미지들은 대개 읊고 있는 대사와 연관성이 적었는데, '팬들까지 등 돌리고 있는 상황'이라며 띄운 네티즌 댓글들은 본인이 작성한 듯 말투가 비슷했고 마지막에 조보미가 우는 장면은 허위 미투 반박 영상에서 떼 온 것이었다. 가끔씩 나오는 영상들도 흑인 남편이 자상한 눈빛으로 임신한 백인 아내의 배를 쓰다듬는 등 무료 영상 소스 사

이트에서 대충 긁어온 것들뿐이었다. 더군다나 봄이조 채널의 구독자 수는 3만이 빠진 95만으로, 1분팩트가 영상을 만들고 있을 시점엔 물론이고 현재까지도 감소치가 5만에 이르진 못했다. 이제 보니 '현재 난리 난 98만 유튜버…'도 섬네일 텍스트일 뿐 영상 제목은 〈아기들은 무슨 죄〉였다. 수익 창출이 제한되는 '노란 딱지'를 피하기 위해 AI로부터 자동 검토되는 제목 대신 섬네일에 자극적인 키워드를 때려 박은 것이다. 과연 70만 구독자를 보유한 업계 1인자다운 철저함이었다. 시그니처인 '오늘의 한 줄 요약'에 내걸 고대로 베껴 쓴 건 업계 관행이었고.

내 글이 출처 없이 쓰이리란 것쯤은 예상했다. 오히려 그것을 장려하고자 캡처하기 쉽게 텍스트와 이미지를 배치한 나였다. 하지만 막상 1분팩트 영상을 보니 조금 분했다. 소재야 우라까이하면 그만이고 얼굴은커녕 목소리조차 나오지 않으므로 그저 불알이나 긁적이다 건수 생기면 촬영 준비랄 것도 없이 편집 프로그램을 켜 사진과 보이스웨어를 집어넣는 게 다인데 구독자 수가 70만이다. 70만 명분의 대규모 지능 검사의 필요성도 짚고 넘어가야겠지만 이 양반의 사주팔자 또한 조보미 못지않게 다복한 것만큼은 분명했다.

인기 검색어에 슬금슬금 이름만 비추던 '봄이조'가 당당히 실검 1위에 올라선 것도 그쯤이었다. 과연 업계 1인자다운 파급력이었다. 트윗양은 실시간 트렌드 2위의 세 배에 달했으며 발 빠른 누군가가 나무위키의 '대한민국 인터넷 방송인 사건사고' 문서에 해당 논란을 추가하기까지 했다. 여기엔 삼류 언론에서 내보낸 기사들도 한몫했는데 가령 이런 식이었다.

'모솔'이라더니⋯ 팬들 속이고 낙태 직후 피임 없이 성관계한 98만 유튜버

논란 내용 – 유튜버 대응 – 구독자 현황(여기서도 빠져나간 구독자 수는 5만이었다) – 누리꾼 반응. 기자들을 한데 모아 받아쓰기라도 시킨 양 놀랍도록 구성이 일치했다. 하루도 지나지 않은 시점에 '그녀는 묵묵부답으로 일관 중'이라는 표현은 과한 게 아닌가 싶다가도, 조보미는 말 한마디에 천 냥 빚이 걸린 사람처럼 말을 아끼고 있었다. 반면 '누리꾼'들에게 말은 짐바브웨 달러만도 못해 어딜 가든 그녀 이름 석 자가 나다분하게 널려 있었는데 각종 커뮤니티 사이트로부터 쏟아진 염가의 말들은 다음과 같았다.

1. 극우 성향의 '일간 드립': 성욕과 살인욕을 주체 못 해 번식과 태아 살인을 번갈아 즐기는 사이코패스 화냥년

2. 보수 성향의 2030 남성들이 모인 '남성시대': 모솔인 척 호구들 상대로 돈 빨아 재낀 건 그렇다 쳐도 불법 낙태하고 아무렇지 않게 다시 노콘질싸 하는 건 지능과 인성 둘 다 문제 있는 거 아님?

3. 진보 성향의 3040 남초 커뮤니티 'IT파크': 저는 낙태 찬성론자라(규제해봤자 억제 효과가 있는 것도 아닌데 산모만 위험할 뿐이죠ㅎ) 이렇게까지 불탈 거린가 싶은데, 한 달 만에 또 그러는 건 유튜버 이전에 인간으로서 실격이죠.

4. 진보 성향의 2030 여초 커뮤니티 '페무코(페미닌 무브먼트 코리

아)': 싸지르고 튄 ^그남^ 잘못이지 후유증까지 감수하고 임신중지한 여자가 무슨 죄야? 여자니까 검열하는 거지 냄졌으면 이런 논란도 안 생겼음(이것이 주류 의견이었다) vs 물론 남자 잘못도 있지만 중절하자마자 피임 없이 잤잤한 저 여자 책임도 어느 정도 있다구 생각해,,,(이건 소수 의견이었다)

5. 트위터: 이번 사태를 보며 한국은 아직도 여성 인권 후진국에 머물러 있다는 생각이 든다. 출생하지도 않은 태아의 생명권을 우선시하는 바람에 현생을 살고 있는 산모에게 죽음을 무릅쓴 음지의 비위생적 수술을 강요하더니 이제는 '낙태충'이라는 주홍 글씨를 씌운다. 이 서사 어디에도 남성의 책임은 없고 (다음 트윗) 후유증도 모자라 살인자 프레임까지 독박으로 떠안게 되는 건 전적으로 여성이다. 만약 임신 중지가 죄라면 남자는 공범이며 그 처벌은 여성의 몸에 새겨진 부작용들보다 가벼워선 안 될 것이다. #여성의몸은여성의것 #유산유도제도입 #암세포도생명인가

6. 블라인드: 실컷 몸 굴려가며 즐길 거 다 즐겨놓고 풍풍남 하나 물어서 편하게 살 생각이었겠지? 아무리 그 성별이 발작하며 매매혼이라 후려쳐도 이런 거 보면 역시 국제결혼이 답이다.

오랜만에 활성화된 조보미 안티카페도 빼놓을 수 없겠다. 그래봤자 글 쓴 사람은 두 명이었지만. 누군가 1분팩트 영상을 퍼왔고 이에 운영자가 댓글로 화답했다. 지금 이 글을 읽고 계실 1분팩트 님께 꼭 사례하고 싶다나. 1분팩트가 읽을 리도 없었고 사례는 나한테 해야 마땅했던 관계로 비추천을 누르고 돌아섰을 뿐이다.

가장 많은 말들이 쏟아진 곳은 봄이조 채널 댓글창이었다. 98만, 아니, 이제는 94만이라는 숫자가 무색하게 그녀 팬들이나 여초 커뮤니티의 지원은 미미했다. 그도 그럴 것이 성적 자기결정권을 주장하기엔 그녀의 성생활은 지나치게 자의적인 면이 있었다. 입장 표명할 때까지 '중립 기어' 박고 기다리자는 게 팬들의 최선이었으나 그마저도 '대가리 덜 깨진 육수'라는 남우세에 댓글을 지우기 일쑤였다. 그들이 대가리가 제 기능을 하고 있는 유일한 집단이라는 사실은 아무도 몰랐다.

그들이 비웃음을 산 이유는 육수였기 때문만은 아니었다. 그 조소에는 보다 실리적이고 말초적인 의문이 서려 있었다. '돌을 던질 명분이 주어졌고 모두가 돌을 던지는데—어쩌면 인과 관계가 반대일지도 모르고—왜 구태여 전말이 드러날 때까지 본능을 억제해야만 하는가' 하는. 그렇게 참고 참다가 행여 '사실무근'으로 밝혀져 석전놀이가 끝나기라도 한다면? 더욱이 돌을 날카롭게 던질수록 지성인으로 받들어지는 게 요즘의 추세인지라, '깨어있는 사람'이 되고 싶다면 인내는 금물이었다. 남들보다 예민한 것은 도덕적 우월함의 증거였으며 하여 누가 던진 돌이 더 현학적인 모양새를 하고 있는지 자랑하고 경쟁하는 것도 테러리스트들의 소소하지만 확실한 행복이었다.

이들이 두려운 것은 성급히 액셀을 밟은 탓에 무고한 피해자를 만들어냈다는 죄책감 따위가 아니었다. 책임감은 'n분의 1'로 나눠 가지기 마련이었고 한국의 인터넷 사용자 수가 곧 분모였으므로, 이들의 유일한 공포라곤 홀로 축제를 놓치게 되는 것이었다. 피해자의 극단적 선택에 썼던 댓글을 지우며 반성의 시간을 가지는 자들도 있었으나 말하자면 사정 후 으레 갖는 '현자타임'에 불과한 것으로, 휴지통을 비운다고 자위를 끊는 게 아니듯 이들 역시 싸지르고 지우길 부질없이 부지런히 되풀이할 숙명이었다.

이들에게 '책임감' 못지않게 낯간지러운 단어가 있었으니 바로 '네티켓'이다. 유일하게 가식 떨지 않아도 되는 공간에서 에티켓이 웬 말이며 아무도 지지 않는 책임을 내가 왜 져야 한단 말인가. 당장 '네티켓을 지키자'는 말을 들었을 때 열에 아홉은 코웃음부터 치리라는 것을 안다. 저들의 조소라고 크게 다르지 않았다.

모두가 조보미 방송만 고대하던 그때 뜻밖의 오프닝 쇼가 펼쳐졌다. 봄이조 채널 '남사친 몰카' 시리즈의 '남사친' 역을 담당하는 'BJ혁이'가 그녀를 변호하려 나선 것이다. 그는 〈라이어 게임〉에서 자진 탈락을 무릅쓰고 조보미를 결승에 진출시킨 인물로, 조보미와 다른 방송 플랫폼 소속이었으나 해당 클립이 무려 천만 뷰를 기록하는 등 러브라인을 원하던 시청자들의 니즈에 의해 '합방'을 시작하게 됐다. 사실 조보미의 골수팬들은 그와의 합방에 크게 반대했다고 한다. 순진한 그녀 캐릭터가 '우결' 부류 콘텐츠와 괴리가 있고 무엇보다 혁이와 그 주변 질 나쁜 방송인들로부터 그녀가 때 탈 수도 있기 때문이다, 라고 누군가 친히 나무위키에 써놨다. 때 타기는 무슨, 잘 씻지도 않는 놈들이. 그러거나 말거나, 당시 그녀 시청자는 〈라이어 게임〉으로 유입된 이들이 대부분이었고 게임을 켜기만 해도 시청자들이 이탈하던 상황이라 어쩔 수 없이 이미지 손실을 감수하고 합방 제안에 응하게 된다, 라고 역시 친절히 쓰여 있었다. 마더 테레사도 아니고 한낱 여캠 따라지 주제 이미지 손실은 얼어 죽을. 해당 문단의 마지막에는 혹시라도 방송과 현실을 혼동할 수 있는 사람들을 위해 눈물 날 정도의 상냥함을 발휘하여 이렇게 적어놨다.

연애 리얼리티 프로그램처럼 어디까지나 비즈니스 동료일 뿐 사적으로 교제하고 있는 것은 아니다. 애초에 최원혁은 조보미가 밝힌 이상형과는 거리가 멀다(…)

"잘 알지도 못하면서 낙태를 했니 어쩌니, 씨발, 그거 다 주작이라니까?"

말하는 사람보다 먼저 눈에 들어온 것은 한쪽에 세워진 소주병으로, 병을 낚아챈 남자의 목젖이 연거푸 상하운동을 반복하는 것으로 보아 저도수겠거니 속 편한 짐작을 해봤지만, 라벨을 감싼 손가락 사이로 붉은 두꺼비와 눈이 마주치자 비로소 남자의 간이 고중량 고반복 운동 중에 있음을 깨달았다.

"그래, 나는 이미지가 이러니까 그럴 수 있다고 쳐. 근데 보미는 그런 애 아니라는 거 알잖아. 나는 그래도 보미는 그럴 애 아니잖아."

남자는 말을 끝낼 때마다 마침표 찍듯 강술을 들이켰다. 〈라이어 게임〉에 출연했을 땐 긴팔을 입어 눈치채지 못했으나 오른팔에 문신이 새겨져 있다. 트럼프 카드를 들고 있는 조커 문신으로 위쪽 팔오금엔 작은 박쥐 두 마리가 날고 있다.

"막말로 낙태를 했다고 쳐. 근데 그게 죄라도 돼? 응? 그때는 죄였다고요? 내가 그걸 몰라서 하는 말이 아니라, 나도 다 아는데 그게 중요한 게 아니잖아요, 지금. 그럼 키울 형편도 안 되는데 그냥 애부터 싸지르고 봐요? 그런 가정에서 애가 행복하게 자랄 수 있겠냐고. 아니잖아. 근데 그때는 낙태죄가 있었어요?"

벌겋게 붉달은 눈은 '비즈니스 동료'를 향한 진심을 있는 힘껏 모으느라 실핏줄까지 터져버린 듯했다. 이대로라면 목에 세운 핏대마저 온전치 못할 것이었으나 안타깝게도 일말의 신뢰도 보내고 싶지 않은 목소리와 어휘, 외모의 삼박자로 인해 별다른 울림을 주진 못했다. 두꺼운 눈썹은 얄상스럽게 째진 눈과 대비돼 술 게임 벌칙으로 칠한 듯했고 재작년쯤 유행하던 애즈펌 스타일의 가르마 머리는 멀끔하다기보단 날티가 났다. 루즈핏 반팔티로도 가려지지 않는 가느다란 팔때기와 그 위를 맴도는 박쥐 두 마리 또한 참을 수 없는 가벼움에 날개를 더해주고 있었다.

더 묘사할 것도 없이 양아치였다, 건달이라 하기엔 서로 민망한 수준의. 법에 저촉되는 일로 먹고 살 것 같은 인상이지만 그렇다고 그리 대단한 스케일은 또 아닌, 말하자면 중고 거래 사기꾼 같은 느낌이랄까.

"키울 자신 없으면 콘돔 쓰라고? 콘돔도 그 뭐냐, 그거. 백 프로 막아주는 게 아닌데 그렇게 따지면 섹스도 하지 말아야지, 안 그래? 애 낳을 것도 아닌데 섹스하는 사람들은, 그 놈 년들은 죄다 잠재적 살인마겠네? 아, 니들이 그래서 섹스를 안 하는구나, 못 하는 게 아니라. 그러는 너희들도 딸딸이는 칠 거 아니야. 여러분이 휴지에 죽이는 정자들은, 그러면 그거는 생명 아니냐고요."

'국평오(13rooks)님이 별사탕 100개 선물!'

난데없는 성교육에 슬슬 시뜻해지던 참이었다.

'뿔난 거 보니 혁이 니가 임신시켰노ㅋㅋㅋ'

"뭐? 야이 개—새끼야. 임신은 씨벌 느그 애미부터 임신시 켜버릴라, 늦둥이 동생 갖고 싶은 거 아니면 아가리 여물어라. 1분팩트도 그렇고 실제로 마주치면 암말도 못 할 좆밥년들이 뭘 믿고 자꾸 깝치지? 꼬우면 일로 와서 직접 말해. 미추홀구, 주안동, 계룡빌…."

폭언과 집 주소 공개 중 팬들이 애써 만류하는 건 전자로, 보아하니 술김에 주소를 읊은 게 한두 번이 아닌 모양이었다. '방장'을 대신해 내게 사과를 전하는 팬들도 있었으나 정작 내 심기를 건드린 건 부모를 욕보인 것도 '현피'를 신청한 것도 아 닌 그 중간쯤에 끼어 있는 '1분팩트' 네 글자였다. 미련하게 명 성을 좇을 생각은 없다만 거리의 낙서에도 저작권이 있을진대 어디서도 원작자 이름을 찾아볼 수 없는 건 상도에 어긋난 일 이었다. 실수였다. 'ㅇㅇㅇ'이라는 흔해빠진 닉네임 대신 쓰던 아 호를 고수해야 했다. 조심성을 발휘한답시고 가명 대신 익명 을 택한 결과 위작자의 낙관이 새겨지고 말았다.

'조보미 방송 켰다 드가자~'

그 말에 미련을 떨치고 서둘러 맥주 캔을 딴다. 거품 물고 달려들던 시청자들이 헤드라이너 등장 소식에 탄산처럼 빠져 나간다. 시원한 걸까, 씁쓸한 걸까. 모처럼 최원혁이 마시지도 않고 말도 하지 않는다. 맥아리 없이 어딘가를 바라볼 뿐이다. 참, 이슬 같은 눈동자로.

조보미가 방송하는 플랫폼에 접속하니 홈페이지서부터 그 녀의 실시간 방송 섬네일이 대문짝만하게 걸려 있다. '시청자 5.9만 명'. 그녀는 지금 만석에 가까운 서울월드컵경기장 한복 판에서 야유를 퍼붓는 관객들을 상대로 할복이라도 해야 할 상황에 처한 것이다. 섬네일을 눌러 공연장에 입장하자 아니나 다를까 검은 셔츠를 입은 조보미가 꾀죄죄한 낯빛으로 울먹이고 있다. 부스스한 머리카락과 화장기 없이 파리한 민얼굴은 준비 미흡이라기보단 정숙한 옷차림으로 보건대 대비 효과를 의도한 것이겠다. 직무 유기를 논하기엔 화면의 15분의 1 정도만을 차지하는 피사체의 두부 영역을 제하곤 정성이 가득했는데, 평소보다 은은한 조명과, 잡다한 것들이 보이지 않도록 놓인 크로마키는 사태의 심각성을 인지하고 있다는 묵시였고, 나머지 15분의 1에 해당하는 허술한 상판은 동정을 구해보려는 심산이었다. 외려 미장센에 있어 더 공들인 영역은 후자로, 그 말인즉 '계산된 허술함'이었는데, 머리카락은 정돈되지 않은 느낌을 살려 애써 정돈한 듯했고 푹 꺼진 눈두덩은 퀭한 몰골을 부각시키기 위해 음달을 그려 넣은 것처럼 보였다. 그렇게 생각하니 눈높이보다 10도쯤 올라간 카메라 앵글은 당신들이 나를 짓밟고 있다는 메타포이며, 필요 이상으로 넓게 배치된 헤드룸은 무려 93만 추종자를 거느린 거물을 왜소한 약자처럼 보이게끔 연출한 게 아닌가 하는 의구심도 들었다.

아님 말고.

"안 했다니까요? 낙태한 적이 없는데 어떻게 그런 글을 써요. 제가 자주 쓰는 ID는 맞는데 다른 분이 쓰실 수도 있는 거잖아요. 안티머글? 그런 사이트 들어가본 적도 없고, 페미니즘 같은 것도 관심 없다구요."

어찌 된 영문인지 사투리와 혀 짧은 소리는 온데간데없다.

'느개비신음소리에비앙 님이 1,000원 후원! 응원하러 왔는데 페미니즘과 낙태를 해로운 것처럼 말하시네요. 구취 할 테니 한남들 돈 실컷 쓸어 담고 부자 되세요^^'

"아니, 그런 뜻으로 한 말이 아니구요. 다 존중하는데, 단지 제가 페미든 낙태든 한 적이 없다니까요? 왜 제가 페미니스트 인 거예요? 3년 전에 경운기 춤출 때 '드릉드릉' 말한 거, 그거 때문에 그래요? 난 그런 유행어가 있다는 것도 이번에 처음 알았어요. 이게 왜 남혐인데요?"

저자세로 나오리라는 예상과 달리 분이 울을 집어삼키며 급속도로 얼굴이 붉어졌다. 불그스름한 뺨의 바림은 아직 북녘까지 닿지 않아 관자놀이의 혈관은 열푸른 색을 띠었고 그것이 어석더석 솟아난 산맥을 연상시켰는데, 제아무리 높은 봉우리여도 가쁘게 덮쳐오는 화마를 피할 방법이 없어 보였다.

'반중롤깨거북유방단 님이 1,000원 후원! 모솔 행세하면서 육수들한테 수금한 돈으로 낙태하면 그게 창조경제지ㄹㅇ'

"내가 언제 모솔이랬어요? 시청자분들이 몰아갈 때도 계속 아니라고 했잖아요. 왜 자꾸 없는 말 지어내서 트집 잡는 건데요? 내가 뭘 잘못했길래 우르르 몰려와서 너 이거 했냐, 저거 했냐 괴롭히는 거냐구요. 나도 속이 상해서, 정말 너무 상해서 미쳐버릴 것만 같다구요, 진짜…!"

붓기 때문에 더 두툼해진 눈밑 애굣살이 갈쌍이는 무언가를 애면글면 떠받치고 있다. 억울하게 학폭 가해자로 지목됐을 때조차 평정을 잃지 않던 그녀가 악장치며 시청자에게 대들었다. 허벅지 사이에 가지런히 모아져 있어야 마땅한 죄인의 두 손은 분통을 표출하느라 잠시도 쉴 틈이 없었고, 하고 싶은 말들이 솟구치는 걸 발화 속도가 따라잡지 못해 말을 더듬었다. 호소인의 의지와는 무관하고도 야속하게 둔덕을 넘은 이슬이 흘러내렸으나 두 눈은 순교자처럼 카메라를 똑바로 쳐다보고 있었다. 그 무구하고 야발진 눈동자가 잠시 잊고 있던 사실을 상기시켰다.

이 여자, 아무런 잘못도 안 했지.

'닮은살걀 님이 1,000원 후원! 학폭 안 했어요 근데 미투는 당했어요 페미 아니에요 근데 페미 카페는 가입했어요 이거 광고 아니에요 근데 돈은 받았어요 나는 깨끗해요 근데 논란은 많아요'

"다 거짓말인데 나보고 어떡하라고요. 나도 왜 나한테만 이런 일이 생기는 건지, 왜 나를 이렇게 미워하는 건지 모르겠다고요. 댓글 보면 내가, 내가 그냥 죽어버렸으면 좋겠대. 왜 아직도 자살 안 하고 있내. 내가 자살하면 뭐가 좋은데요? 내가 죽는 게 당신들한테 무슨 득이 되길래 자살하라 자살하라 기도하는 거냐고, 씨발…!"

여리여리한 몸에 꾹꾹 눌러 담았던 적울이 그만 터져 나왔다. 조금이라도 늦었더라면 그녀가 터져버리진 않았을까 싶을 정도로 독살스러운 발함에 만석의 객석마저 잠시 적막에 휩싸였다.

그러나 너무나도 잠시뿐이었다.

'cosmos02 님이 1,000원 후원! 낙태충 개새끼 해봐'

'검스는진리 님이 1,000원 후원! 감사합니다, 여러분이 후원해주신 돈은 태아를 죽이는 비용으로 쓰입니다'

'나는즐라탄 님이 1,000원 후원! 뒷광고에 불법 낙태까지 해놓고 즙 짜면서 은근슬쩍 논점 흐리기 지렸다ㅋㅋ아몰랑 나 비판하면 다 악플러라구욧 빼액!!'

'최현규 님이 1,000원 후원! 군 가산점에 대해 어떻게 생각하시나요?'

'punky_thrash 님이 1,000원 후원! 도네이션 키고 해명 달

달하다 달달해~'

'누칼협1 님이 1,000원 후원! 스트리머는 공공재인 거 모르세요? 하기 싫으면 때려치우면 됩니다ㅋ'

조보미의 결백은 그녀와 나, 둘만이 아는 비밀이었고 나머지 '깨어있는 사람'들은 저마다 무어라 짖어대기 바빴다. 불통의 원인을 이종(異種)에서 찾기엔 저것을 마냥 인류의 언어로 보긴 어려웠으므로 과(科)까지 거슬러 올라가야 했고, 그제서야 이 광경이 공연장보다 동물원에 가깝다고 느껴졌는데 다만 침팬지들이 우리에 놓인 한 명의 인간을 둘러쌌을 뿐이었다.

"하… 도네 끌게요. 네, 맞아요. 제가 안 하면 되는 거니까, 그냥 제가 때려치우면 되잖아요."

그녀의 안색이 정수리서부터 붉어진 것의 역순으로 푸르누레졌다.

"사실 요즘 정신과 다니거든요? 막 미칠 거 같아서? 돌이킬 수 없기 전에 때려치우는 게 맞는 거 같고. 제 팬들이나 가족들 욕먹게 하면서까지 방송하고 싶지도 않아요. 만약에, 아주 만약에 제가 돌아온다면…… 팬들이 제 방송 본다고 떳떳하게 말할 수 있을 때, 좋아해주시는 분들이 더 좋아해주실 수 있는 사람이 됐을 때 돌아오도록 하겠습니다."

그럴 일은 없으니 사실상 은퇴 선언이었다. 과분한 팔자에 무게 추를 달아 균형을 맞추는 게 내 업이라지만 왕관을 내려놓게 만든 건 처음 있는 일이었다. 그것도 '어쩌다 운 좋게' 부류 중 가장 운이 좋았던 사람을 상대로.

축배를 털어 넘긴다. 거품이 싹 가셨고 곧 그 무엇도 남아있지 않았다. 본디 그게 전부였던 것처럼.

"…마지막으로,"

유언이라도 읊으려나 본데 낯빛은 시체같이 창백했으며 의
상은 또 조문객 차림인지라 진작에 사신이 마지막 잎새를 떨
구고 지나간 모양새였다.

"악성 루머엔 엄정 대응하겠습니다. 특히 허위 사실을 악의
적으로 편집해 유포한 유튜버 1분팩트 님에겐 법적 조치를 취
할 예정입니다. 감사합니다."

맥주 캔이 반대편이 맞닿을 정도로 일그러진다. 무능한 여
왕을 하야시킨 장본인은 내가 아니었다. 1분팩트였다. 녀석이
악명 같은 영예를 독식한 것도 모자라 기어이 대미까지 장식
하고 만 것이다.

조보미의 엄포에도 불구하고 1분팩트가 모작을 자백할 가
능성은 낮았다. 이전에도 그를 고소하겠다고 누군가 두 팔 걷
고 나섰지만 신상이 밝혀지지 않아 두 팔만 숭하게 허우적거
렸더랬다. 앞으로도 녀석은 잡히지 않을 것이고 내가 대어라
도 낚아채면 곧장 살림통을 바꿔치기해 저가 잡은 양 으스댈
것이다. 그것은 구경꾼들은 물론 물고기조차도 모를 그와 나,
둘만이 아는 비밀이었다.

하지만 난 내어줄 만큼 너그럽지 않았고 1분팩트는 가로챌
만큼 특출나지 않았다. 확실히 비꼬는 재주는 있다만 그렇게
대단한 달변가도 아니었다. 저 정돈 나도 할 수 있었다. 아닌
게 아니라 내가 영상으로만 찍어 올렸어도 이제는 40만을 넘
어선 조회수가 전부 내 몫이었으리라. 심지어 고난도 편집이
요구되는 것도 아니었고, 남들 앞에 서는 게 두렵다면 가면을
쓰면 그만이었다. 예술가가 될 수 없는 슬픈 광대들을 직접 교
도하면서 돈까지 벌 수 있으니 일석이조였다. 그들의 나무위
키 '은퇴' 항목에 엔딩 크레딧처럼 올라갈 내 이름은 '조'라고

하기엔 약소했으나 '덤'으로 퉁치기엔 제법 쏠쏠했다.

그쯤 되자 한 가지 의문이 사이렌을 울리며 다가와 대뇌 고 랑에 갈고리를 걸었다.

왜 나는 진작 안 했을까.

제2부 박제사

〔 **5** 〕

"여러분, 80만 여초 카페 안티머글 매매 사건 기억하십니까? 기존 회원들 DB만 필요했던 건지 세 달이 지난 지금까지도 회원 가입이 막혀 있는데요. 그런데 이번에 내부 폭로로 카페 매각을 주도한 운영진 중 한 명이 14만 유튜버 ASMir, 에이, 에스, 엠, 아이르? 미르? 이건 뭐 어떻게 읽는 거야? 하여튼 이 사람으로 밝혀졌습니다.

이분이 누군가 하면 작년에 〈마인크래프트 효과음 만들기〉라는 영상, 보신 분들도 있을 겁니다. 알고리즘 타면서 400만 뷰를 찍었는데 알고 보니 표절이었죠. 그 때문에 〈라이어 게임〉 출연도 불발됐고. 사실 그때도 싸했던 게, 댓글창에 여자 ID에만 하트 눌러주더니 아니나 다를까 페미였네요? 남녀 차별, 죄송합니다, 여남 차별이죠? 여남 차별 하는 건 좋다이거예요. 근데, 아무리 걸스 캔 두 애니띵이라지만 아군 뒤통수치면서까지 애니띵 다 해 처먹으면 어쩌자는 겁니까. 아, 이게 말로만 듣던 그건가? '페미는 돈이 된다'?

제가 존경하는 정치철학자 마이클 브룩스가 이런 말을 했죠. '성별이 연대를 보장해줄 거란 믿음은 여아가 분홍색을 좋아할 거란 믿음과 다를 바 없다.' 그저 성기만 달랑거리지 않으면 같은 편이라 여기니까 이렇게 맨날 당하는 거 아닙니까. 국민 평균은 수능 5등급이라는데 애넨 학습효과 없는 거 보면 7등급, 8등급이야. 한돈 등급으로 매기면 1+등급일 텐데."

약속 장소에 도착해 어제 업로드한 영상을 살핀다. 논란의 채널이 구독자 수 14만에 불과한 탓에 1분팩트는 해당 이슈를 다루지 않았고—과연 업계 1인자다운 아량이었다—이번 만큼은 내가 이슈를 견인해오는 데 성공했다. 조회수 60만. 이 페이스라면 200만 뷰도 무리가 아니었다.

조보미가 방송을 접은 날, '나라카'라는 이름의 유튜브 채널이 개설되었다. 산스크리트어로 나라카, 불교 용어로 바꿔 말하면 '나락'. 죄지은 이들을 벌하는 지옥으로, 민심을 잃은 인터넷 방송인을 두고 네티즌들이 '나락 갔다'고 조롱하는 밈에서 따온 이름이었다. 사실 '나락행'을 선고하고 집행하는 주체가 본인들이란 점에서 '나락 갔다'는 그들의 묘사는 지나치게 3인칭 시점으로 서술된 감이 없지 않아 있는데, 냉혹한 살인자—그러니까 살인자 평균보다 더 냉혹한—가 칼에 찔려 신음하는 피해자를 보며 '죽을 위기에 처했다'고 말하는 격이었다.

'나락 같은 건 실재하지 않는다.' 그렇게 믿기에 초연한 것이 겠으나 그들이 내리는 형벌은 나락과 그다지 다르지 않았다. 죄인은 불특정 다수의 '그들'로부터 둘러싸여 언제 날아올지 모르는 돌을 기다려야 한다. '그들'은 죄수를 볼 수 있지만 죄수의 눈에 비치는 거라곤 이미 자신을 후리고 간 돌덩이들뿐이다. 요컨대 나락이란 파놉티콘의 반대 버전이었다. 오직 한 명의 죄수를 위해 축조한 퍼스널 파놉티콘.

↳ 때려친다고 하셨으면 양심껏 채널 삭제하세요
↳ 자숙은 핑계고 남친이랑 여행 갔겠지ㅋㅋ 적당히 쉬다가 6개월 안에
  복귀할 듯
↳ 느그 애미도 너 같은 걸 낳고 좋다고 미역국 처먹었겠지
↳ 강남 모 성형외과 다니는 것 같던데 실물은 빻았음
↳ 이년은 해명하라니까 눈물만 질질 짜는 게 왜 학폭 당했는지 알겠더라

조보미가 투옥된 지 석 달, '그들'은 초심을 잃을세라 부지런히 돌을 던졌다. 지금쯤이면 돌이 날아드는 순간보다 날아오지 않는 시간이 더 괴로울지도 모르겠다. 그녀가 사면될 일은 없겠지만 그것을 바라고 있지도 않을 것이다. 그녀의 바람은 조금 더 소박한 것일 테고 이를테면 피하지 않을 테니 예고만이라도 해주길 빌어본다거나 보다 소박하게는 부모가 댓글창을 보지 않는 것 정도겠다. 그러거나 말거나 돌은 제멋대로 날아들 것이고 종종 비수 같은 파편이 어미의 심장에 꽂히기도 할 것이다. 이것이 나락이 아니면 달리 무엇이라 부를까.

"아메리카노 한 잔 나왔습니다."

라는 말에 음료를 집어 오다 멈춰 선다. 좀 전까지 앉아 있던 자리의 벽면이 마음에 걸린다. 갈맷빛 배경에 금색 테를 덧댄 웨인스코팅. 흔한 카페 인테리어였으나 몰딩이 사진에 담기지 않을 자리, 그중에서도 마티스의 그림이나 여인초 따위가 놓여 있지 않은 곳에 착석한다. 그럼에도 다시 주변을 살피는

이유는, 이 일을 시작하고 얻은 교훈으로, 누군가의 신상을 터는 데는 아주 약간의 양심만 있으면 된다는 걸 알고 있었기 때문이다.

aviciniraya@gmail.com

채널 정보에 적힌 이메일 주소는 늘상 추적의 첫 단서가 됐기에 한 번도 쓰지 않은 ID로 계정을 팠다. 스키 고글도 구매했으나 하관을 드러내는 것조차 버거워 결국 가면을 쓰기로 했다. 채널 컨셉과 일맥상통하는 한냐 가면으로, 그나마 거부감이 덜한 무채색 디자인을 구하고자 해외 직구까지 했다. 1분팩트처럼 아예 등장하지 않자니 시청 몰입도가 높지 않아 성장 한계가 뚜렷했을뿐더러 대학생 때 잠깐 익힌 편집 실력으로는 영상을 처음부터 끝까지 자료 화면으로 때우는 것도 무리였다. 지극히 '평균적'인 목소리—젊은 남성들의 음성을 합성해 가장 보편적인 목소리를 만들어낸다면 이런 톤일 것이다—도 카메라 앞에 나서기로 결심한 것에 지분이 있었고.

목소리는 편집 프로그램으로 살짝 '변조'한 수준이면 충분했으나 무미건조한 말투는 새 인격의 '창조'가 필요했다. 그간 무미건조하게 살아온 세월이 강산이 두세 번은 변할 시간이었던 지라 '벼락치기'로 다시 태어나기 위해선 섀도잉이랍시고 스탠드업 코미디언서부터 노가다 십장에 이르기까지 별의별 인간들의 영상을 반복 시청해야 했다. 그러나 내가 정작 페르소나로 택한 인물은 생각지도 못한 장소에서 마주치게 되는데 바로 예비군 훈련에서 같은 조로 편성된 남자였다. 낮에는 교관에게 넉살을 피우며 휴식 시간을 협상하고, 밤에는 조교를

불러 장기자랑을 시켰으며, 새벽에는 '오피'와 '안마방', '방석
집' 등 전국 각지의 윤락 업소를 돌아다니며 체득한 '여자가
섹스하고 싶을 때 보내는 신호'—돈으로 사놓고 그걸 어떻게
알 수 있었냐고는 묻지 않았다—따위를 천박하게 그러나 리
드미컬하게 설파하는 등 2박 3일 동안 몸은 꿈쩍 않고 혀만
굴려댔던 남자. 처음엔 제발 좀 닥쳐줬으면 싶었으나 공자왈
삼인행 필유아사라—정작 공 선생은 말재주 있는 자를 멀리
하라 가르쳤지만—이내 그를 롤 모델 삼기로 작심했다. 그때
부터 피우지도 않는 담배를 따라 피우러 나갔으며 일대일로
대화하고자 불침번까지 자진했더랬다. 남자가 불침번 근무를
성실히 수행할 거란 전제의 실현 가능성에 대해선 미처 검토
못했을 뿐.

↳ **3:11** ㄹㅇ사이다ㅋㅋㅋㅋ 남성 인권 챙겨주는 건 역시 빡형밖에 없다

　살아남으려면 '모기짓'은 필수였다. 시청자층이 겹치는 채
널들을 알림 설정해놓고 영상이 올라오면 재빨리 '베댓'을 먹
어 구독자를 '빨아가는' 수법으로, PR을 위해 한동안 채널명
에 부제—'나라카: 나락으로 떨어진 자들'—까지 달고 다녀야
했다. 쪽팔린 감정이야 가면 몫이었고 자존심 부리는 광대만
큼 꼴사나운 것도 없었다. 부제는 모기가 들러붙을 즈음에야
떼낼 수 있었다.
　다음 전략은 1분 미만의 세로 비율 영상, '쇼츠'를 활용하는
것이었다. 유튜브엔 쇼츠 노출 영역이 별도로 마련돼 있어 알
고리즘의 선택을 두고 일반 영상과 경쟁할 필요가 없었다. 한
데 이슈 유튜버들은 쇼츠 활용도가 매우 낮았으므로, 잘만

하면 이 바닥 시청자들의 쇼츠 영역을 '빈집털이' 하는 거나 마찬가지였다. 노림수는 보기 좋게 적중해 엊그제 올린 〈횟집 수조에서 발견된 유기견? 10만 유튜버 개줍 조작 논란〉 영상의 쇼츠 편집본이 벌써 100만 뷰를 넘기기까지 했다.

마지막 전략이자 가장 유효했던 전략은, 젠더 관련 이슈를 최소 일주일에 한 번은 다루는 것이었다. 이슈 유튜버는 남녀 모두를 타깃으로 하기보다 노선을 확실히 하는 게 유리했다. 젠더 갈등은 '황금알 낳는 거위'와도 같아 조회수가 보장된 소재를 산욕기도 없이 부단히 출산했으며 애초에 익명의 남녀는 한 바구니에 담길 수 없기 때문이다. 그렇다면 '꿩 먹고 알 먹고'까진 불가능하더라도 '알' 때문에 '꿩'을 놓쳐선 안 될 일. 이슈 유튜브의 주 구매층은 남자였기에—다시 말해 알 달린 쪽이 꿩이었다—안티 페미니즘을 표방하는 건 감행이랄 것도 없는 관행이었다. 틈새시장을 공략하는 방법도 있겠지만 '알'로는 구입장생도 벅찼고 무엇보다 전향자, 즉 '남페미'들은 여자 진영에서 포로만도 못한 대우를 받았기에 선택지는 내가 알 두 쪽을 차고 나온 시점부터 한 가지뿐이었다. (이와는 달리 여자 안티 페미니스트, 즉 '흉자'들은 남자 진영에서 '구독으로 혼내주자'는 등 열렬한 환대를 받곤 했다. 그렇게 '안티 페미는 돈이 된다'.)

내가 다룬 젠더 이슈만 하더라도 '버튜버 군캉스 발언 논란', '커플 유튜버 사생활 폭로 사건' 등 각양각색이었다. 어떤 기준으로 뒤에 '논란'이 붙고 '사건'이 붙는 건지 모르겠지만 날마다 일용할 이슈를 주시니 예수께든 유튜버한테든 감사할 따름이었다. 둘의 차이는 손바닥에 구멍 유무뿐이라 말해도 결례가 아닌 것이—시간이 지나면 부활하는 것도 공통점이었다—정작 내 인생을 구원한 이는 후자였다. 유튜버들이 자청해서 면

류관을 써준 덕에 나는 매일 빌라도가 됐고 채널엔 구경꾼들의 발길이 끊이질 않았다. 구독자 1만 명을 모으는 데 걸린 시간보다 빠르게 10만 명을 모았으며 20만은 그보다도 빨랐다. 가파른 성장세에 어젯밤엔 광고 문의까지 들어왔다. 메일 주소에 포털 사이트 도메인이 쓰인 걸로 봐서 큰 회사는 아닌 듯해 답장하지 않았지만 이슈 유튜버가 광고를 따낸 건 어느 나사렛 출신 목수에 비견될 만한 선구자적 행보였다.

"노력은 배신하기도 한다. 그래서 더 성실해야 한다."

자식한테서 첫 용돈을 받은 아버지가 고맙다는 말보다 먼저—그러나 '어디서 난 돈이냐'보다는 늦게—한 말이었다. 인쇄소를 운영하며 두 번의 도산 위기를 넘긴 아버지. 그렇게 수차례 배신당했으면서도 그는 지독하리만치 근면 성실을 신봉했다. 그의 표현을 빌려, 당신은 나 역시 '인생에 지름길은 없다고 믿는 거북이파'라 여겼다. 외쪽생각이었다. 내가 앞만 보고 내달린 이유는 단지 토끼가 아니었기 때문이다. 특출날 정도로 특출난 게 없는 범재. 그나마 내게 남들보다 특출난 재능이 있다면 스스로 파충류인지 포유류인지 뼈저리게 알고 있다는 것 정도였다. 나는 지름길을 쳐다보는 것조차 누가 볼까 민망해 고개도 돌릴 수 없던 거북이었다.

하지만 이제는 안다. 세상엔 에움길로 돌아가는 미련한 토끼도 많고 샛길로 앞질러 가는 거북이도 있다는 걸. 당장 코인이니 유튜브니 도처에 널린 샛길에 얼마나 많은 이들이 박탈감을 호소하고 있는가? 사회적 위화감을 조성하기에 법으로 유튜버 수익을 규제해야 한다는 국민 청원이 등장했다는 사실은 국민성을 고려하면 딱히 놀랍지도 않다. 아이러니한 건 대한의 반골들이 저지르는 가장 파격적인 항거가 무려 '청원

동의'라는 점이다. 개나 소나 백만 유튜버라고 투덜대면서 직접 개나 소가 될 용기는 없다. '개나 소가 되는 것도 각오했기에 백만 유튜버가 될 수 있었다'는 인과 관계는 영업 비밀이랄 것도 없지만 그들이 추론해내기엔 국어 5등급으론 어림도 없으므로, 바늘귀 면적만 가늠할 따름인데 역시 수학 5등급으론 근삿값을 구하는 것도 여의찮았다.

바늘구멍 크기는 이러했다. 수익 창출 기준을 통과한 유튜버가 한국에만 10만 명이다. 수익을 내고자 고군분투 중인 채널까지 포함한다면 족히 30만은 넘겠지만 대중에게 알려진 유튜버는 기껏해야 이, 삼백 명 정도일 것이다. 잘 쳐줘봐야 1,000분의 1의 확률. 바늘구멍을 지나는 데 성공했다 한들 다시 구멍 밖으로 끄집어내려는 국민들을 상대로 다대일 줄다리기를 버텨내야 한다. 국민 한 명 한 명은 자신의 운명이 달린 유튜버만큼이나 필사적이었는데 그 사기의 원천은 흔히들 '국민 정서'라 일컫는 억하심정에 있었다. 국민들은 억울했다. 어른들은 겪은 게 그뿐이라 공부만 열심히 하면 된다며 아이처럼 얼버무렸고 아이들은 산전수전 다 겪은 어른마냥 꿈이랄 게 없었다. 토끼에게도 거북처럼 살 것을 강요했으며 (질식해 죽은 개체들을 제하고) 그렇게 모두가 뒤틀린 애성이를 등딱지에 축적시킨 결과 토끼들의 초과 수익을 몰수해 'n빵'해야 한다는, 낫과 망치를 든 혁명적 거북마저 등장한 것이었다. 노동 가치 상실이라느니 국민 정서상 해롭다느니 궤변을 늘어놓지만 아가리를 벌릴수록 기포처럼 떠다니는 열등감에 추한 거북목만 부각될 뿐이다. 그야말로 잘 훈육된 가축들이다. 계층 간 사다리가 사라졌다며 분개하지만 정작 사다릴 올라간 종자를 보면 끌어내리려 안달이다. 제 꿈을 저들이 앗아가기라도 했다는 듯이.

"웬일이야, 일찍 오고."

익숙한 목소리에 유튜브 앱을 닫는다. 고개를 들자 여자가 설명을 갈구하는 눈빛으로 나와 무언가를 번갈아 보고 있다.

"아, 이거? 겨울에 쓸 일 있을까 봐 오는 길에 당근으로 샀어."

언젠가 사놓은 스키 고글을 쓰면서 말했다.

"완전 새 건데? 거울보다 잘 비쳐."

그야 완전 새 거였으니까.

"근데 스키도 탈 줄 알아?"

"아니, 사진 찍어줘."

무턱대고 부탁부터 한 감이 없지 않아 뒤늦게 덧붙인다.

"…이제 여자친구 생겼으니까 타봐야지."

"맨날 바쁘다면서 그런 생각도 하고 기특하네."

고글 구매 계기는 썩 기특하지 않았지만 바쁜 건 사실이었다. 구독료를 내야 볼 수 있는 유료 회원 전용 영상을 18시까지 업로드해야 하는 날이었다. 유료 회원 수는 40명에 불과하나 개중에는 3만 원씩 후원하는 사람도 있어 소홀히 해선 안 됐다—

"가까이. 배경 많이 안 나오게."

—라고 생각은 했다만 만들어둔 영상도 없고 한 번 미룬 데이트를 또다시 미룰 수도 없어 급히 사진이라도 찍는 것이었다—

"고글에 웬 합장이래."

—미리 구상해온 사죄의 합장 포즈로.

"찍어달래도."

그녀가 생긋 웃는다. 살짝 입꼬리를 올렸을 뿐인데 움푹 팬

보조개의 깊이는 자칫하면 첫인상마저 왜곡시킬 만큼 깊었다.

그녀를 처음 만난 건 두 달하고도 보름 전, 〈유튜버들의 유튜버 '편집사'에게 배우는 편집 특강〉에서였다. 내 명찰이 놓인 자리를 찾아 맥북을 여는데 하필 소재 탐색차 보고 있던 1분팩트 영상이 재생되었다. 생판 남에게조차 1분팩트 구독자로 오인되긴 싫어 반사적으로 인터넷 창을 닫았으나 손이 눈보다 빠를 순 없던 건지 옆자리서 따가운 눈초리가 느껴졌다. 시선 간 정면충돌을 무릅쓰고 '양희연'이라 적힌 명찰에서부터 슬그머니 초점을 올려보니 눈살이 한껏 찌그러져 있음에도 충돌만은 가까스로 면했는데, 반대 차선의 눈총은 나를 지나쳐 내 뒤의 태양을 향해 질주하고 있었기 때문이다.

"블라인드 쳐드릴까요?"

"아… 감사합니다…."

강의는 '유튜버들의 유튜버'라는 타이틀에 걸맞지 않게 어설픈 점이 한두 개가 아니었다. 발음이 샜고, 배우고 싶은 것 따위를 메일로 두 번이나 물어봐놓고 강의에서 다루지 않았으며, 단지 편집 경험이 있다고 기입했을 뿐인데 옆자리에 생초짜를 앉혀놨다. 희연은 문외한이었으나 어째선지 중급자 강의를 신청했고 왜인지 그 책임은 내가 졌다. 강의 내용을 따라가기도 벅찬데 그녀의 구형 노트북—이라고 하기 민망할 정도로 두꺼워 차라리 '딕셔너리북'에 가까웠던—이 간단한 트랜지션 효과조차 버거워해 팅겼을 땐 나도 모르게 생리적 탄식을 내지르고 말았으니, 그녀 입장에서도 세 시간 동안 헌신한 내게 커피 한 잔 사지 않곤 못 배겼을 터.

"커, 커피라도 사드릴까요…."

그 미묘한 말꼬리는 마땅히 뒤따라야 할 물음표를 수줍음이 집어삼킨 듯했고. 자연히 아이스 브레이킹은 물음표 없는 청유를 승낙한 자의 몫이겠다만 그것도 최소한의 협조가 따라줄 때의 얘기였다. 희연은 고개를 떨군 채 빨대만 휘저었고 얼음이 녹을 때까지 정수리만 보여줄 태세였다. 유리잔 속의 냉기류가 소용돌이치길 열두 바퀴쯤이었을까. 참다못한 내가 유튜브 이야길 꺼내자 그녀가 빠릿하게 고갤 세우고는,

"그럼 유튜브 편집하시는 거예요?"

"네, 뭐, 그냥, 뭐, 그냥……" 이대로 가다간 두 단어만 반복될 형국이었으므로, "유튜브 채널도 편집하고 있죠."

그제서야 현직자를 만난 지망생처럼 눈빛에 총기가 돌았고 나는 지망생을 만난 현직자처럼 짐짓 여유로운 말투로 대화를 이어갔다.

"혹시 즐겨보는 채널이라도 있나요?"

"딱히… 없는 것 같아요. 피하다가 최근에 보기 시작해서….."

"…유튜브를 피해요?"

"그, 그냥 질 나쁜 사람들이 많잖아요, 폭력적이기도 하고……."

간신히 건져 올린 고개가 도로 가라앉는다. 정수리까지 침몰되기 전에 고개든 분위기든 인양에 나서야 했다.

"그럼 오늘 오신 특강은 어떻게…?"

"편집자는…… 사람 안 만나도 되는 직업이니까……."

그 말과 함께 빨대는 열세 번째 바퀴를 향해 나아갔다.

다소 절망적인 대화를 나누고도 우린 얼마 지나지 않아 사귀게 됐다. 솔직히 말하면 어느 지점에서 매력을 느낀 건지 의문이다. 희연도 마찬가지겠다만 꼴에 나도 그렇다. 주제넘은

의구심이 꼭 외모 때문은 아닌 것이 무쌍의 작은 눈과 낮은 콧대는 분명 미인의 기준과 거리가 있으나 그 나름대로 오밀조밀한 매력이 있었다. 이목구비를 하나하나 분해해 미학적으로 따져보면 몰라도 조립해나갈수록 서로 시너지를 발휘하는, 말하자면 총합이 개별합보다 큰 유형이었다. 그럼에도 희연의 '객관적'인 첫인상은 +보다 −쪽에 가까웠는데 그것은 무심한 화장이 누런빛 피부를 부각시켰을 뿐더러, 길이는 눈을 가리며 그 밀도는 이마를 빽빽이 덮은 앞머리가 음산하기도 했거니와 각진 턱을 더욱 도드라지게 만들었기 때문이다. 심신일여라 해야 할지 설상가상이라 해야 할지. 어쩌면 외면은 이열치열의 삶의 모토가 반영된 결과였는지 음산한 걸로 치면 그녀의 내면도 만만치 않았다. 반년 전 중소기업에서 퇴사한 이래 희연에게 사람 만나는 창구라곤 유기묘 봉사 동호회가 전부였다. 스마트 워치에 발화량 측정 기능이 탑재된다면 사람보다 길고양이와 더 많은 대화를 나누는 인간이 있다는 내 가설이 입증되리라. 희연의 말수를 고려하면 수기로 측정해도 충분할 법했는데 돌이켜보면 그런 면모가 내게는, 그러니까 '주관적'으로는 +로 다가왔던 듯싶다.

희연의 외모는 족히 이성적이었으나 그런 기질 탓에 이성으로부터 필연적으로 느껴지는—때때로 일을 그르치기도 하는—긴장감은 덜했다. 희연은 내 시선이 무거웠는지 곧잘 고개를 떨군 반면 그녀의 침묵은 지구의 중력에 보탬이 되지 못했다. 그녀는 내게 (단지 고양이 영상을 같이 봐주는 것만으로 즐거워한다는 효율성 측면을 제외하고도) 편한 존재였으며 그녀도 내게 무게 중심을 맞춘 채 떠 있는 쪽이 편해 보였다. 도리어 수평을 맞추려 한다면 시소는 위태롭게 흔들리리라. 우린 그

쏠림에 젖어 있었고 손잡는 것부터 섹스에 이르기까지 기울기는 한 차례도 역전되지 않았다. 어쩌면 섹스가 먼저였는지도 모른다. 어쩌면 교제보다 먼저였을지도. 다만 기억하는 건 물이 위에서 아래로 흐르듯 자연스러웠으며 구태여 거스르려 한 적도 없다는 것뿐이었다. 어디선가 엿들은 '여자가 섹스하고 싶을 때 보내는 신호' 따위는 없었긴 한데.

그 진도만큼이나 빠르게 희연은 첫인상을 지워갔다. 삭정이 같던 앞머리를 쳐내고 해거름 무렵의 하늘색으로 두 뺨을 칠하자 놀랍게도 그녀의 이, 목, 구, 비 개개가 각자도생으로도 살아남기에 너끈해 보였다. 심신일여라 해야 할지 금상첨화라 해야 할지. 습관처럼 흐리던 말끝에는 점점 온점이 놓이기 시작했으며 온점이 온전히 점착된 결괏값이 보조개였다. 언제부터 그 자리에 있던 건지 알 수 없는, 달기 가득한 보조개.

"무슨 일 생겼어?"

회원 전용 게시물을 작성하는 도중 희연이 화장실서 돌아온다. 시간이 나면 한번 다듬을 생각으로 대강 글을 맺고 업로드 예약을 건다.

"그냥 잠깐 클라이언트 피드백이 와서."

"주말인데 너무하네. 근데 오빠도 이거 봤어? 별거 아니긴 한데."

희연이 내민 핸드폰은 화면이 꺼져 있어 내 얼굴만 비출 뿐이었다.

"뭐, 내 얼굴? 이 정도면 별거지."

"아, 미안."

그녀가 엄지를 홈버튼에 대자 (나보다는 덜) 익숙한 얼굴이 나타난다.

"이 여자 한번 잘 봐봐, 지금, 지금. 봤어? 오디오 싱크가 안 맞잖아."

마라탕을 먹고 싶다며 제작진에게 아양을 떠는 조보미와 그런 그녀를 하릿하게 바라보는 최원혁. 〈라이어 게임〉이었다.

"이젠 유튜브 많이 보네. 언제는 저질 유해 콘텐츠가 범람한다면서."

"내가 언제 저질이라 그랬대? 이 장면이 편집으로 조작됐다고 주장하는 영상을 봤거든. 나도 편집자 되려면 이런 거 잘 알아둬야 하니까…."

희연은 자기보다 연차가 4년 더 높은 사수와 연봉이 400만 원밖에 차이 나지 않는다는 사실을 깨닫고 퇴사해 유튜브 편집자가 되기로 결심했다.

"이왕 할 거면 꿈을 크게 가져야지, 퇴사까지 해놓고 편집자가 뭐야. 퇴사 브이로그라도 찍고 나오든가 했어야지."

"그런 걸 누가 보는데?"

"……."

비꼬는 게 아니라 궁금해서 물어본 것이겠으나 그런 걸 누가 보는지는 나 역시 알지 못했다. 그러게, 왜 수요가 있는 걸까. 퇴사한답시고 부장과 맞다이를 뜨는 것도 아닐 텐데.

…뜨나?

라고 생각한 순간 핸드폰 화면에 '다음 동영상' 섬네일이 뜬다.

횟집 수조에서 발견된 유기견? 10만 유튜버 개줍 조작 논란

왜 내 영상이 희연의 알고리즘에 포착된 걸까.

7초 후 다음 동영상 재생

어젯밤 통화 중에 횟집 수조에서 개를 주웠다고 거짓말한 유튜버가 있노라 떠벌린 당사자가 나였다.

6초 후 다음 동영상 재생

유튜브에 관해서라면 내가 언급한 모든 걸 학습용으로 찾아보는 그녀였고.

5초 후 다음 동영상 재생

여기에 그녀가 말한 〈라이어 게임〉 편집점 조작 의혹을 제기한 장본인이 1분팩트였는데.

4초 후 다음 동영상 재생

하필 녀석이 올린 최신 영상이 〈횟집 수조의 개〉였으니.

3초 후 다음 동영상 재생

불철주야 열일하는 알고리즘이 이 모든 입력값을 고려해 최적이자 최악의 결괏값을 출력해내고 만 것이다.

2초 후 다음 동영상 재생

희연이 가면의 눈구멍에서 내 눈동자를 찾아낼 확률은 얼마나 될까. 낙타가 바늘귀 지나는 것보다야 높겠지만 그 자발스러운 언행은 도저히 동일인이라 보기 어려울 터.

1초 후 다음 동영상 재생

그러나 같이 있는 자리라면 얘긴 달라진다. 체격이나 목소릴 비교할 수 있는 대상이 눈앞에 있다면 낙타의 키는 재생 시간에 반비례해 소나 개 거북이 토끼를 지나 영상이 끝날 때쯤엔 개미에 견줄 수 있을 것이고 그제야 고갤 돌려 본다면 바늘 같은 백안만 마주할진대 이번만큼은 태양도 날 비추고 있지 않을 것이다….

"아, 난 이런 채널이 제일 싫"

억.

핸드폰을 가로채다 테이블에 손가락을 찧고 만다. 희연이 "괜찮아?"라고 물었고 그리 괜찮지 않았지만 영상을 멈춘 다음 '채널 추천 안함'까지 누르고 나서야 여유롭게 통증을 만끽할 수 있었다.

"…뭐 해?"

"아니,"라고 말은 뗐지만 딱히 할 말은 없었다. 아프기도 했고.

"그 왜,"라고 덧붙였지만 역시 할 말은 없었다. 여전히 아프기도 했고.

"보는 놈들이 더 문제야. 뭐가 좋다고 이런 걸 보는지."

"다들 워낙 바쁘잖아."

아무리 마음이 넓다 한들 이슈 유튜버(와 그 구독자들)까지 감싸주리라곤 생각 못 했으므로, 다들 워낙 바보잖아, 라고 착각할 뻔도 했으나 그거는 그거대로 충격적이었기에 그녀의 다음 발언을 기다려보기로 한다.

"종일 인터넷을 보지 않으면 모를 만한 일들을 요약해주니까…."

"떠먹여 주는 대로 받아먹으니까 나쁘다는 거지."

"언론에서 다루기 어려운 문제를 공론화하기도 하고…."

"고귀한 사명감과 기자 정신으로 남들 뒤를 캐고 다닌다?"

"꼭 그런 건 아니겠지만… 기자들도 월급 주니까 취재하는 거지 남들보다 직업 정신이 투철한 건 아니라고 봐."

"기자들이 가짜 뉴스를 써 재끼진 않잖아."

"물론 별로인 채널들도 있지만 괜찮은 채널도 있지 않을까?"

"예를 들면?"

"……."

그녀가 얼마간 빤히 쳐다보고는 이내 고개를 젓는다. 그도 그럴 것이 '괜찮은 이슈 유튜버'는 순진한 그녀 상상 속에나 존재하는 유니콘이었다(차라리 말들을 방사선에 피폭시킨 다음 뿔이 자라난 돌연변이를 찾는 편이 빠를 것이다). '부족함 없이' 자란 탓인지 온화한 성품의 소유자였던 희연은 내 냉소에 반기를 들곤 했는데 이번만큼은 변호 대상을 잘못 골랐다.

"적어도,"

이참에 그녀의 온정이 닿는 지점까지 표적을 찔러볼 요량이다.

"적어도 기자들은 이름과 얼굴은 내걸잖아. 기사 좀 나온다고 네티즌들이 무고한 사람한테 우르르 몰려가는 것도 아니고."

"무고한 건 아니지, 대부분 죄 있는 사람들이잖아. 떳떳지 못한 과거를 숨기거나 범죄를 저지르고도 카메라 앞에 서는 인간이 얼마나 많은데."

"렉카가 나서지 않길 원한다면 사고를 일으키지 마라. 뭐, 이런 건가?"

"렉카가 뭐야?"

논쟁을 이어 나가기엔 너무나 순진무구한 질문이었다.

"그런 게 있어. 그러니까 네 말은 저들에겐 명분이 있다는 뜻 아니야?"

"잘 모르겠어. 그치만 그런 거창한 것까진 아니더라도 마냥 나쁠 건 없다고 생각해. 쉽게 돈 벌고 싶어서 그런 거면 어때? 그건 누구나 마찬가지인걸."

반은 맞고 반은 틀렸다. 그 말대로 선한 의도 없이도 순기능을 할 순 있다. 허위 사실은 시장에서 걸러지거나 교정되며 살아남은 사상은 공공선에 기여한다. 국민의 알 권리는 또 어떻고. '덕질' 대상이 신생아가 아닌 이상 소비자들은 하자나 사고 이력을 언질 받을 자격이 있다. 최소한 '침수차'는 피해야 하지 않겠는가.

그러나 쉽게 돈 번다는 말은 얼마나 이른 속단인가. 주말이 없는 근무 여건이나 과도한 경쟁, 범죄자보다 못한 사회적 평판은 차치하더라도, 소비자들의 수능 성적 평균이 5등급이라는 사실을 기억해야 한다. 자고로 시청자라는 새끼들은 물의를 일으킨 누군가를 혐오하기보다는 누군가를 혐오하기 위해 물의를 기다리는 놈들이 태반이라 우린 누구를 개새끼로 몰아가도 모자랄 판인데, 그러다 정치적 사안에 살짝 스치기라도 하면 정치인을 보며 용두질할 기세로 지랄 염병을 떨어댄다. '사상 검증'은 분단이라는 뼈아픈 트라우마가 남긴 후유증이라기엔 실은 조선의 '멍석말이'로부터 이어져 온 유구한 민속놀이로, '수꼴'이나 '좌빨'이 아니라는 것을 증명하기 위해선 '윤석열 개새끼'와 '문재인 개새끼'를 기본으로 깔고 시작해 열세 명에 달하는 역대 대통령들을 줄줄이 개새끼라 외쳐야만 하는데 혹시 몰라 김정일 김정은 부자까지 포함시켜도 대통령으로 개들만 뽑아대는 지능답게 김일성은 어따 팔아먹었으며 아무리 그래도 노무현 모독은 아니지 않냐며 왕왕 짖어댈 것이다.

어쩌다 이슈를 놓치면 '검증'의 기회조차 날아간다. 이슈 발생으로부터 24시간 이내로 전후 사정은 물론이고 당사자 외엔 알 수 없는 속마음까지 관심법으로 파악해 사건 배경, 잘잘못, 여파, 네티즌 반응, 향후 전망을 브리핑하지 않을 시 똑같은 십새끼로 전락하고 만다. 우리가 무슨 비상대기조나 실시간 챗봇도 아니고 하루만 늦어도 초심 잃었다느니 선택적 침묵이라느니 지랄발광 네굽질을 걸싹걸싹 떨어댄다. 나의 취침은 침묵이 되고 침묵은 다시 방관이 되며 방관은 곧 동조인데 동조는 가담 내지 공범을 뜻하므로 유명한 공범이란 즉 주범이다. 이것이 바로 잠결에 역대 대통령들과 어깨를 나란히하는 개자식이 되는 비결이라 할 수 있겠다.

"…쉬운 일은 아니지."

"응, 미안. 다들 말 못 할 고충이 있겠지. 사건이 매일 있는 것도 아니고…"

그 지점은 이 일에 있어 '고충'과 가장 거리가 멀었지만 ―날이면 날마다 새로운 메시아가 등장해 포도주색 바다를 블루오션으로 만드는 기적을 행하였다― 이슈 유튜버의 애로사항까지 헤아려보는 마음 씀씀이만은 가까이 와닿았다.

"희연아."

괜찮지 않을까, 이 여자라면.

"알고 봤더니 내가 이슈 유튜버야, 남들 불행 팔아 먹고사는. 그래도 계속 만날 수 있겠어?"

그다지 동그랗지도 않은 눈이 이토록 동그래진다. 맨 앞의 '알고 봤더니'는 쏙 빼놓고 가정을 자백이라 여긴 눈친데 곧 희연의 고개가 실로 오랜만에 침수한다. 그녀의 온광은 생판 남에게까지 뻗쳤을지언정 등잔 밑에는 닿지 않았다.

"그렇게 심각하게 받아들이면 물어본 사람만 민망해지는데."

"응? 아니, 아니, 아니. 나는 그래도 좋아."

"삼중부정이면 얼마나 싫다는 거야. 것보다 말 잘하는 거 보니 브이로그 말고 이슈 유튜브 해도 되겠다. 여잔 별로 없으니 캣우먼 같은 자경단 컨셉은 어때?"

어깻죽지로 따뜻하다 못해 뜨거운 손바닥이 뻗쳐온다. 중력이 조금만 더 실렸더라도 하마터면 기울기가 역전될 뻔한 위력.

"정 부끄러우면 등장하지 않는 방법도 있어. 지루할 틈 없이 이미지를 바꿔가며 적절히 줌인을 써준다든가. 긴박한 음악에 컷을 짧게 짧게 가져가 리드미컬하게 편집하는 게 좋겠고…"

편집 얘길 꺼내던 여느 때와 마찬가지로, 희연의 눈이 발광체라도 되는 양 반짝거린다. 그 탓에 눈부처가 유독 뚜렷한데 눈동자에 비친 인간이 애당초 얼마나 크겠냐마는 오늘따라 더 왜소해 보인다. 이젠 익숙해질 법도 한데, 왜 비칠 때마다 전보다 작아져 있는 건지.

그녀의 눈은 뒷말을 기다리고 있으나 흐물흐물 뭉그러진 혀는 공연히 종이 빨대만 날름거린다. 제 무덤을 파는 꼴이었다. 꼴에 전문 용어를 뇌까리면 뇌까릴수록 그녀 머릿속 '나'는 레퍼런스급 스피커가 딸린 편집실에 앉아 듀얼 모니터를 번갈아 보며 숙련된 손놀림으로 오디오 믹서라든지 편집 컨트롤러를 만지작대는 장인이 돼 있을 것이다. '나'는 그녀를 인도하는 목자였고 그녀는 눈먼 신자처럼 '나'를 쫓았으나 실상은 내가 그녀보다 조금 앞서 있을 뿐이라 나 역시 '나'를 쫓으며 그녀에게서 달아나는 형국으로, 문제는 내가 결코 '나'에 근접할 수 없는 반면 그녀와 나는 토끼잠 한 번에 좁혀질 사이란 것이었다. 마침내 나를 앞질러 실체를 마주하는 순간, 어떤 감정이 저 안광의 달빛을 대신하게 될까. 그것은 거북이의 성취감보단 별주부의 배신감에 가까울 것이고 달에 비친 토끼는 수치심과 죄악감에 그간 세 치 혀로 파놓은 무덤 속으로 도망칠 것이다. 축축하고도 눅눅한.

더위사냥 포장지 맛이었던가,

싶던 빨대가 찢어진다. 갈 곳 잃은 눈길이 희연의 숫된 얼굴을 훑다 뚝, 눈을 마주치지 못하고 손가락을 찧었던 테이블로 떨어진다. 월넛 목재의 나뭇결을 따라 조각배처럼 이리저리 휩쓸리다 외딴섬 같은 그녀 핸드폰에 당도해 정박의 닻을 내린다. '11분 전'. 어느 틈에 새로고침 된 유튜브 피드 최상단에는 알고리즘이 산출한 최적이자 최악의 결괏값이 자리하고 있다.

유튜버 봄이조 '악플 테러'에 극단적 선택…유서 남기고 잠적

〔 **6** 〕

"괜찮아?"

"오빠, 괜찮아?"

같은 물음이 두 차례 이어지고 나서야 정신이 든다. 어쩌면 세 차례였을지도. 어쩌면 먹먹한 감각에 울려 퍼진 메아리였을지도.

"응? 으응."

근데 뭐가 괜찮냐는 걸까. 희연을 바라본다. 더 이상 반짝이지 않는 두 개의 달을 따라 시선을 내려오니 검지 손톱 아래가 퍼렇게 물들어 있다.

"아, 그냥 좀 멍든 거뿐이야."

"아니, 떨고 있잖아."

그 말대로 미세하게 손이 떨리고 있었다. 통증 때문은 아니었다. 수근관 증후군 같은 것도 아니었고. 아마도 그 진앙지는 내가 사람을 죽였을지도 모른다는 죄책감과, 살인범으로 지목

될지도 모른다는 두려움 중 하나였을 것이다.

나는, 지금 당장은, 그 둘을 나눠 생각하지 않기로 했다.

발 디딜 틈 한 뼘 없어 추락할 수밖에.

민들레 홀씨 되어 흔적 없이 거품처럼 사라지겠다.

제멋대로 재생 중인 미리보기 화면 속에 비친 조보미의 유서였다.

"아무리 그래도…."

자살할 것까진 없지 않나. 뒷말은 삼킨다. 상념에 잠길 시간에 증거물부터 인멸하는 게 우선이었다.

"안색이 안 좋아 보이는데 들어가서 쉬어야 되는 거 아니야?"

희연은 늘 내가 원하는 바를 먼저 제안하곤 했고,

"미안, 오늘은 먼저 들어가봐야 할 것 같아."

나는 선심에 익숙해진 나머지 사양하는 법을 몰랐다.

집에 도착하기도 전에 내가 유스갤에 쓴 글을 찾아본다. '봄이조 낙태'를 검색하니 관련 글 목록만 5페이지를 넘어간다. '5' 옆의 화살표를 누르자 '10'을 넘어가고 다시 화살표를 누르자 '15'를 넘어간다. 이래 가지고야 검색어를 특정하는 편이 빠를 텐데 글 제목이 기억나질 않는다. 애초 제목에 '봄이조'가 들어가긴 했는지도 의문이고.

내가 쓴 글이 이곳저곳에 '짤'로 돌고 있어 원글을 찾는 건 어렵지 않았다. 댓글창에는 벌써 (키보드로) 행동하는 양심들이 집결해 책임자 처벌을 (키보드로) 외치는 중이었다. 역시 평소 쓰던 '국평오' 대신 'ㅇㅇㅇ'이라는 흔해빠진 닉네임을 쓴 게 신의 한 수였다.

↳ 니가 죽였어

↳ 낙태는 보미가 아니라 느금이 했어야 했는데

  ↳ 낙태설 그거 조작으로 밝혀진 게 언젠데 이 글 보셈
    http://bit.ly/3N8ymyi

↳ 또 클리잦 풀발해서 꼬투리잡고 여자 패다가 죽였네 한남이 한남했다

  ↳ 예쁘고 어린 여자한테 열등감 폭발해서 뇌피셜 싸지르는 건 한녀
    들 종특 아니었노

니들도 같이 죽였어. 이름이 없다고 죄도 없을 거라 착각하는 모양이다. 와중 '한남'이니 '한녀'니 은근슬쩍 젠더 갈등의 투기장을 열려는 놈년들은 덤이다. 촌극의 백미는 당사자가 부인할 땐 아무도 귀담아듣지 않더니 자살과 함께 비로소 낙태설 조작 의혹이 불거진 점이다. 마치 고인이 결백을 증명하기 위해 자살한 것처럼. 증거는 그것만으로 충분한 것처럼.

(새 댓글 알림) 나, 너 알아.

그것이 내가 방금 삭제한 글에 달린 댓글이었다면 길 한복판에 멈춰 서진 않았을 것이다. 'ㅇㅇㅇ'의 글이 아니었다. '국평오'의 글이었다. 누군가 두 게시물 사이에 미처 잘라내지 못한 탯줄을 움켜쥐고 내게 들이밀고 있었다.

누굴까. 언론 보도 20여 분 만에 이 글을 찾아내, 세 달 만에 새 댓글을 추가한 사람은.

누굴까, '나'가 알고 있다는 '너'는. 'ㅇㅇㅇ'일까, '국평오'일까. 그것도 아니면, 그럴 리 없겠지만, 혹시 '나라카'는 아닐까.

…역시 그럴 리 없다. 나라카는 고사하고 두 게시물 사이

에 하루 간격의 날짜를 제한다면 연관성은 없었다. 행여 문체에서 공통점이 드러날까 봐 'ㅇㅇㅇ' 글엔 쉼표를 과하게 넣기까지 했다. 지금쯤 육수들은 범인 찾기에 혈안, 아니, 한안이 돼 있을 테고 못해도 15페이지가 넘어가는 검색 결과에서 부지런히 화살표를 눌러 '봄이조'와 '낙태'를 처음으로 엮은 게시물에 당도했을 터. 그러나 그들이 할 수 있는 거라곤 '네가 진범이라는 걸 안다'고 진범의 그림자에 겁주면서 (염분 가득한) 손가락만 빠는 게 전부였다.

그럼에도 집에 오자마자 한 일은 '국평오'의 글을 청소하는 것이었다. 신상이 유추될 만한 내용은 남긴 적 없지만 작성 글이 자그마치 689개에 달하는 만큼 조심할 필욘 있었다. '진효림 공동구매 폭리 논란'과 같이 널리 퍼진 명문들은 캡처 파일로 저장했다. 그 괴벨스조차 분서를 명했을 때 제 마음에 드는 건 남겨두었더랬다. 하물며 분서는 남이 대신 저질렀으니 비록 감정 배설물에 가까울지언정 내가 낳은 것들을 존속화장하는 꺼림칙한 심기는 어찌할 방도가 없었는데, 신통한 것은 비독일인의 영혼을 정화시키겠다던 누군가의 말마따나 하나둘 지워나갈 때마다 마음의 짐도 덜어지는 것이었다. 그건 아마도 자발적 소각 행위가 자성과 유사한 측면이 있기 때문이리라.

정말이지 어쩔 수 없었다. 조보미에게 벌어진 일은 유감이지만 그것은 일종의 재해였다. 태풍처럼 덮쳐오는 군중들을 상대로 일개 개인인 내가 무얼 할 수 있겠는가. 그런데도 태풍의 공을 나비에게 돌리겠다면 나 역시 하찮은 날갯짓을 태풍으로 격상시킨 책임자의 이름을 수두룩이 댈 수 있다. 이 지경에 다다를 때까지 수많은 변수들을 거쳤을진대, 이름도 없는 한낱 조딱서니를 책잡는 것은 2차 세계대전의 책임을 미대 지망생 히틀러를 낙방시킨 그리펜케를 교수에게 묻는 것과 다를 바 없다. 책임 소재를 찾고 싶다면 시발점이 아니라 기여도를 따지는 게 합당하며, 수십만에 달하는 책임자들을 과실 비율 순으로 줄 세운다면 선두는 아무래도 '그 녀석'이었다. 피해자 본인이나 최원혁 같은 측근은 물론 언론사부터 안티카페 운영자에 이르기까지, 우리 모두가 기억하는 대로 대학살—적어도 가해자 규모는 대규모였다—을 주도한 아선전의 대가. 70만 네오 김치들을 이끄는 자랑스러운 한국형 괴벨스.

> 1분팩트 유튜브 채널 계정 정지 청원 동참 부탁드립니다

> 니들이 욕해봤자 1분팩트는 이미 죽을 때까지 먹고살 돈 다 벌었다ㅋㅋㅋㅋ계속 열폭해봐 렉카질 접고 평생 놀고먹으면 그만이야~

> 1q분쓰레기팩트님 그동안팬었는데실망입니다 구취하고갈게요 기분 나쁘셨ㅅ으면 재송합니다 +이게 뭐라고 좋아요 15개 감사합니다

> 이딴 새끼 빠는 구독자가 70만이나 되는 게 더 소름이네;

1분팩트 채널 댓글창은 나치 전범 아이히만의 공개 재판 현장을 방불케 했다. 예상대로 그가 조보미를 저격한 영상은 내려간 뒤였다. 소식을 듣고 허겁지겁 지웠겠지만 부질없는 짓이었다. 나비의 날갯짓에 바람 한 줌 보탰던 이들조차 기꺼이 역풍이 돼 1분팩트를 집어삼키려 들고 있었다.

그렇다면 내 역할은 역풍을 재해로 확대시키는 일이었다. 삭제된 영상을 구해 고인을 능욕하던 모습을 상기시킨 후 죄인을 응징한다면 시청자들이 느낄 카타르시스는 대체역사물 속 암살된 히틀러를 보는 유대인에 버금갈 것이다. 차이가 있

다면 본인들이 부역자였다는 사실인데 그건 말해줘선 안 될 일이며 말해줘도 모를 일이었다. 내 직접 한나 아렌트가 되어 사회에 따끔한 경종을 울릴 수도 있겠지만 그녀도 유튜브 시대에 살았더라면 조금은 다른 논지를 펼쳤을지도 모른다. 누가 알까, 〈아이히만, 당신이 몰랐던 11가지 사실〉 따위의 영상을 올려댔을지.

이상한 일이었다.

사이버 렉카 일동 전원이 '그 영상(을 찾는 사람들 사이서 통용되는 명칭이었다)'을 구하고 나섰지만 누구도 캡처본 이상을 건지지 못했다. 영상이 내려가기 전에 따놓은 사람이, 다시 말해 조보미의 실종 소식에 1분팩트보다 빠르게 반응했던 사람이 단 한 명도 없었단 말인가. 신속함이 곧 이 바닥 직업 윤리라지만 예견이라도 한 게 아닌 이상 불가해한 대응 속도였다.

그새를 못 참은 몇몇이 빈손으로 1분팩트를 저격했으나 파급력은 없었다. 외려 불순한 의도를 조금이나마 가릴 수 있는 기본 양식—'삼가 고인의 명복을 빕니다'—마저 갖추지 않아 '불편한' 시청자들에게 덩달아 욕먹었을 뿐이다. 역시 '그 영상'이 필요했다. 제아무리 지성인이래 봐야 그 야만적 언사 앞에선 불편한 자세를 고쳐 앉고도 남을 터. 불편을 덮고 마는 난편(難便), 지성을 교정하는 야만, 그리고 최소 백만 이상의 조회수. 우리가 눈에 사이렌을 켜고 '그 영상'을 찾아대는 이유였다.

1분팩트 영상 떴다!!

낭보가 전해진 것은 이틀 후, 유스갤을 모니터링하고 있을 때였다. 누군가 '그 영상'을 입수한 듯했다. 이제야 공개한 건 내친김에 유튜브 채널까지 파느라 그런 것이겠고.

글 제목을 클릭하기도 전에 유튜브에 '1분팩트 봄이조'를 검색한다. 최상단에는 조회수 260만에 빛나는 조보미의 마지막 영상이 놓여 있다. 이틀 전만 하더라도 220만이었는데. 세 달 전 올린 영상의 조회수가 급증한 연유는 한창인 사이버 국민장 때문이리라. 이때다 싶어 빈소 앞에서 국화꽃 팔듯 고인의 영상을 여기저기 뿌려댄 알고리즘도 한몫했을 것이고.

마우스 휠을 굴려 스크롤을 쭉 내려본다. 신생 채널이라면 영상은 아래쪽에 있을 것이다. 업계 1인자는 사고를 낸 당사자이며 요 근래 알고리즘의 수혜자는 나였으니, 이 이슈는 내 것이었다. 1분팩트에게 악의는 없다. 비즈니스적으로 놓칠 수 없는 기회일 뿐. 원래 이 바닥에서 누군가 흘린 눈물은 다른 누군가에겐 단비이기도 했다. 그리고 우린 모두 기우제를 지내는 인디언들이었다.

근데, 조보미 영상 밑에 뭐가 있지 않았나?

그러니까… 있어서는 안 될 무언가가.

쳇바퀴를 거꾸로 돌리자 지나온 섬네일들이 하나하나 눈앞을 스쳐 간다. 천천히 그러나 순식간에, 꼭 주마등처럼.

봄이조 님께.

떴다는 영상은 '그 영상'이 아니었다. 1분팩트의 '새 영상'이었다. 입이 열 개라도 할 말이 없을 텐데, 어차피 본인은 입도 뻥긋 않지만, 무슨 낯짝으로 지금. 물론 낯짝이 나오는 것도 아니지만.

"안녕하세요, 1분팩트입니다. 봄이조 님이 잠적한 이래 현재까지 소재가 파악되지 않고 있는데요. 부디 어디 있든 꼭 살아 계셨으면 좋겠습니다. 제 진심을 전하기 위해선 변조된 목소리라도 직접 말하는 게 좋을 것 같아 이렇게 처음으로 마이크 앞에 섰습니다. 봄이조 님이나 가족분께서 원하신다면 지금이라도 사죄하러 찾아뵙겠습니다. 죄송합니다."

검은 화면엔 새하얀 자막을 제외하고 아무것도 보이지 않았지만 마이크에는 끼익, 하는 소리와 함께 허릴 숙이는 소리까지 들어갔다. 다시 고갤 들며 옷매무새 고치는 소리가 들리기까지 5초는 흘러야 했다. 곧 처형당할 신세에도 저런 싸구려 연출을 해내는 깡에 박수를 보낸다. 그럴 배짱이 있으면 음성이 뭉개질 정도로 음정을 낮출 게 아니라 실제 목소리를 드러내야 하지 않겠냐마는.

"세 달 전, 저는 봄이조 님 임신 중단 논란을 정리한 영상을 업로드했습니다. 해당 영상에서 저는 '수술 한 달 만에 피임 없이 관계를 맺었다', '남혐 단어를 쓴 적 있다'는 등 인터넷에 떠도는 유언비어를 옮긴 것도 모자라 차마 입에 담기 어려운 말들로 봄이조 님께 크나큰 상처를 드렸습니다."

그 무수한 모욕들을 '차마 입에 담기 어려운 말들'로 퉁치다니. 자신의 죄과를 최대한 묽게 압축한 표현이다.

"그래서 저는 사과를 드리고 싶었습니다. 두 달 전, 봄이조 님께 메일을 보냈는데요. 화면에 띄운 메일 내용 읽어드리겠습니다.

안녕하세요, 유튜버 1분팩트입니다. 제가 귀하에 대해 다룬 내용이 사실 확인이 되지 않는 관계로 영상을 내리기로 결정했습니다. 영상을 내린다고 없던 일이 되는 게 아니기에 조금이라도 도울 방법이 있을까 싶어 연락드립니다. 제 불찰에 깊이 사죄드리며, 모쪼록 건강하시길 바랍니다."

당했다. 보험을 들어놨을 줄이야. 조회수를 뺄 만큼 빨아놓고 낌새가 심상치 않다 싶으면 영상을 내린 뒤 사과 메일을 보낸다. 만에 하나 상대가 극단적 선택을 단행하기라도 하면 메일을 공개해 자신은 일찍이 고두사죄(叩頭謝罪)를 마쳤음을 증명한다. 필시 물밑에서 피해자들에게 쓴 편지가 웬만한 수렁은 채우고도 남을 터, 마침내 수렁에 빠지려는 찰나 그간 차곡차곡 쌓아둔 편지들이 완충재가 되어준 것이다.

미친 새끼….

경외와 안도의 감탄사였다. 미친개와 엮이지 않아 다행이라는 마음이 더 컸으니 감정을 감정해보자면 4:6 정도였다.

"저는 답장을 받을 수 없었습니다. 용서받지 못한 채 반성하며 살아가야겠죠. 하지만 그렇다고 모른 척하고만 있을 순 없었습니다. 당사자도 원치 않으실 테고요.

…봄이조 님을 자살로 몰고 간 진범을 제가 외면한다면 말입니다."

?

"비극의 시작은 세 달 전 '유튜버·스트리머 갤러리'로 거슬러 올라갑니다. 이곳에 유튜버들에 대한 악성 루머를 상습적으로 유포하던 '국평오'란 유저가 있었습니다. 사실무근으로 밝혀졌던 '진효림 공동구매 폭리 논란' 또한 이 유저가 퍼뜨렸는데요. 이번 타깃은 봄이조 님이었습니다. 7월 11일, 국평오는 피해자 복부의 흑선을 두고 임신 중단 의혹을 제기합니다. 터무니없는 소리에 글은 묻히지만 자정이 넘은 12일, 'ㅇ

ㅇㅇ'이라는 유저가 나타나 재차 임신 중단설을 주장합니다. 자, 보시다시피 '봄이조 낙태'로 검색할 시 11일 이전에 작성된 글은 한 개도 없습니다. 그런데 불과 아홉 시간차를 두고 유사한 게시물이 올라왔다는 건 한 사람의 소행으로밖에 볼 수 없겠죠. 그렇습니다, '국평오'와 'ㅇㅇㅇ'은 동일인이었습니다."

아찔하다. 이슈가 터질 때마다 누구보다 빨리 영상을 올리던 비결이 그거였나. 1분팩트는 지박령이었다. 커뮤니티에 상주하며 올라오는 글을 죄다 모니터링하는. 이틀 전, 날 안다고 댓글로 으름장 놓은 것도 녀석이었을 것인데 단순한 으름장은 아니었던 모양이다.

한데 왜 이제서야 나타난 걸까. 목격자라면 진작 나타났어야 했잖아.

"여기서 우리는 왜 '안티머글'을 끌어들였는지 주목해야 합니다. 물론 남혐 표현이 쓰이는 곳이기에 이미지 타격을 주기 용이했겠지만, 근본적인 목적은 루머의 진위를 파악할 수 없게 만드는 것이었습니다. 회원 가입이 막혀 있어 'its_spring'이라는 ID를 중복 확인해볼 수 없었고, 대신 확인해줄 운영진마저 잠적한 상태였죠. 이제 루머를 꾸며내기 위해 남은 관문은 두 가지, 첫째로 탈퇴 회원 글에 접근할 수단이 필요했으며, 둘째로 '가입이 막혀 있는데 어떻게 ID를 확인했느냐' 반문할 사람도 있을 테니 ID 확인 시점과 루머 유포 시점 사이 시간의 경과를 부여해야 했죠. 두 맹점은 매우 간편하고 무성의한 하나의 해결책으로 귀결되는데 바로 '가상의 지인'입니다. '오전에' 관련 기사를 읽고 카페에 접속해 ID를 확인, 운영자였던 지인에게 작성 글 조회를 부탁했는데 '퇴근하고 나서야' 답장이 왔고, 그사이 회원 가입이 막히게 된 설정이 었죠.

그런데 설정 구멍까지 막진 못했습니다. 검색 결과 카페 매 각이 최초 보도된 시각은 11일 오전 8시 37분이었습니다. 하 지만 제가 지인 중 안티머글 회원을 수소문해 찾아본바, 당일 오전 6시경에 작성된 이런 댓글을 발견할 수 있었습니다. '뭐 야ㅁㅊ 우리 지금 가입도 막힘'. 기사가 나왔을 땐 이미 가입 이 막혀 있었다는 거죠. 이번에도 국평ㅇ가 조작한 가짜 뉴 스였던 것입니다."

조작한 게 들켜도 상관없었다. 조보미가 마녀에서 순교자 로 특진되기 전까진. 시체 없이도 순직을 인정받은 마당에 악 플이 업무상 재해에 속하는지 문제는 둘째치고, 죽을 때까지 짓밟아놓고 죽었기에 떠받든다면 그것이 생명 경시와 중시 중 어느 쪽에 가까운가 하는 문제도 셋째치고, 진짜 문제는 그녀의 결백이 밝혀진 이상 애도만 하고 앉아 있을 '선비'는 없다는 것이었다. '그들'이 갓을 풀어 헤치기까지 목전이었다. 녀석이 한 발짝만 더 나아가도 내 그림자가 밟힐 것이고 그땐 모두가 죽창을 들고 일어날 것이었다.

"누명을 벗겨냈으니 범인 잡을 차례입니다. 이렇게 각고정 려해 루머를 날조한 국평오는 대체 뭐 하는 양반일까요?"

더 이상은, 이 이상은 안 된다. 내겐 이미 뒤꿈치 디딜 틈 조차 없다.

"저는 한 이슈 유튜버를 주목했습니다. 채널 개설일이 7월 12일. 봄이조 님이 은퇴 선언한 날이기도 하죠. 그동안 음지 에서 루머를 홀뿌리다가 대형 유튜버를 나.락. 보내자 그 쾌감 에 양지로 나온 듯합니다."

여기까지. 아무래도 여기까지잖아.

"바로 25만 유튜버 나라카입니다."

미친 새끼.

"그 첫 번째 증거로 나라카는 영상에서 '국민 평균은 수능 5등급'이라는 발언을 즐겨 썼습니다. 국민 평균은 수능 5등급, 줄여서 '국평오'죠. 수능에 이상하리만치 집착하는 게 인생 최대 업적이 수능 등급인가 보죠? 다음으로 나라카 채널 유료 회원 전용 게시물을 보겠습니다."

※ 채널 주인장 가면 벗은 모습 최초 공개ㄷㄷㄷ ※

안녕하세요 돈줄 여러분.

이번 주 회원 전용 영상은 개인 사정으로 쉽니다.

사죄의 의미로 제 얼굴형이나마 여러분께 "단독 공개"합니다.

다음에도 이런 일 생기면 그땐 알몸으로 도게자 박겠습니다ㅋㅋㅋ

"사진은 잘라드렸습니다. 당신을 위해서가 아니라 시청자분들을 위해서요. 이 글을 좌측의 임신 중단설 게시물과 비교해보시죠. 공통점이 보이십니까? 우선 첫째, 당구장 기호를 문장 양 끝에 쌍을 지어 배치하고 있습니다. 둘째, 작은따옴표 대신 큰따옴표를 고집하고 있죠. 마지막 셋째, 강박적으로 세 글자씩 쓰인 초성체입니다. 'ㅇㅇㅇ', 'ㅋㅋㅋ', 'ㄷㄷㄷ'. 두 번이나 네 번씩 누르면 손가락이 잘려 나가거나 돋아나기라도 하는 양 세 글자를 사수하는 게 보이죠. 과연 이 모든 게 우연의 일치에 불과할"

일시 정지한다. 회원 전용 게시물은 어쩐지 찜찜해 비공개로 돌려놓은 상태라 급할 것도 없었으나 서둘러 내가 쓴 글들을 찾아본다. 당구장 기호며 초성체며 영상에서 들이민 대로다. 우연을 탓해보기엔 국평오와 나라카는 왼손과 오른손을 맞댄 것처럼 알맞게 포개졌다. 그나마 '틀린 그림'을 찾아보자면 되는대로 끼워 넣은 쉼표뿐이었으나 그 차이는 손금만큼 희미했다. 내 말투처럼 보이지 않으려 무언가를 더했을 뿐 실제 말투를 덜어낼 생각은 못 했던 것이다.

아, 하나 더 있다. 틀린 그림.

그럼 행복한 주말 밴세요ㅂㅂ

영상에서 생략된 회원 전용 게시물의 마지막 줄이었다. '밴세요'는 '보내세요'의 'ㄴ'보다 'ㅐ'가 먼저 눌린 오타겠으며 'ㅂㅂ'은 희연이 화장실서 돌아온 바람에 강박증마저 잊고 두 글자밖에 남기지 못한 것이겠다. 1분팩트로서는 잘라내지 않고서야 두 수(手)에 등호를 매길 수 없던 '나라카'의 여섯 번째 손가락이었겠고.

그렇다고 증거에 손대는 작패를 부릴 줄이야. 자비로운 척 사진까지 함께 오려 '프라이버시 또는 초상권 침해'로 신고당할 건덕지조차 없었으니, 물려도 하필 미친개한테 물리고 말았다. 당장의 교상도 끔찍했으나 앞으로 벌어질 일들은 일시정지로 감당할 수 없으리라.

"까요? 물론 저도 알고 있습니다. 진범을 밝혀낸다고 제 죄가 씻겨지는 게 아니란 걸. 저 역시 책임을 져야겠죠. 하지만 그전에 드릴 말씀이 있습니다. 저는 일을 키울 만한 그릇이 못 됩니다. 그럴 깡도, 능력도 없죠. 저는 이미 커진 일을 떠벌리는 한낱 호사가에 불과합니다. 유스갤을 비롯한 여러 커뮤니티에서 봄이조 님께 악플 테러를 자행했으며 인사이드나 리트위키 같은 언론사들은 이를 부추겼죠. 이 수많은 연루자들에 의해 봄이조 님이 실검에 올랐고, 그제서야 제가 이슈를 정리해 영상으로 만들었을 뿐입니다. 네, 저 또한 무고하지 않습니다. 그러나 저 이전에 그녀를 화형대로 끌고 간 주역들은 모두 사라졌고, 죗값을 치르기 위해 남은 자는 오직 저 한 명입니다.

이제 저는 책임을 지려 합니다. 오랫동안 채널 운영을 중단할 생각입니다. 하지만 이렇게 내뺀다면 책임 회피와 다르지 않겠죠. 이 모든 증오의 가지가 유서 한 장을 출력해 내기 앞서 태초에 씨를 뿌린, 박해의 아버지. 그의 가면부터 벗기고자 합니다. '국평오', 'ㅇㅇㅇ', '나라카'. 뭐가 됐든 지금 이 영상을 보며 떨고 계실 분께 한마디 하겠습니다. 당신이 어떤 이름 뒤에 숨어도 그 악취까지 숨길 순 없을 겁니다."

……….

"…자살하라 자살하라 기도하는 거냐고, 씨발…!"

죽창 같은 비명이 먹먹한 귓가를 찌른다. 메아리는 아니었다. 어느샌가 자동 재생된 다음 영상이었는데 그것은 조보미의 마지막 영상이기도 했다. 울증을 터뜨리느라 꼿꼿했던 그녀 어깨가 일순간 축 처진다. 우걱부걱 얼굴에 감돌던 독기도 날숨 서너 번 만에 싹 빠져나간다. 허탈함. 나락으로 떨어지는 게 이런 기분이었나. 안간힘을 다해 쌓아 올린 탑이 실수 한 번에 무너지고, 시작점보다 아득히 먼 아래로 추락하는 것만 같다. 나는 떨어지고 부서질 것이다. 탑신이 파편이 되고 파편에게서 탑의 형상을 떠올릴 수 없을 때까지. 밑바닥에 이르러 영광의 잔해들을 움켜쥐고 고개를 들어보기도 할 것이다. 그러나 두 번 다시 지상의 빛을 바라볼 수 없을 것이다…….

영상이 끝나자 검은 화면에 비친 누군가의 얼굴이 조보미의 자리를 대신하고 있다.

〔 **7** 〕

"봄이조 낙태설, 내가 퍼뜨린 적 없어"··· 유튜버 1분팩트, 루머 유포자로 '나라카' 저격

이라는 기사의 원제에는 본래 맨 앞에 '故'가 있었다. 실종자를 사망자 취급했으니 항의가 빗발친 것은 물론, 각종 커뮤니티 사이트에 기자의 실명과 얼굴이 박제되었으며, 기자의 인스타그램엔 '기레기가 기레기했다'는 조롱부터 '이무형 기자는 애미 애비가 없어서 2無인가요' 같은 원색적 비난까지 달렸다. 죽으려고 유서까지 남긴 사람을 (단지 남들보다 이르게) 죽었노라 말한 것만으로 산 사람을 죽이려 들다니, 시트콤에서나 벌어질 법한 소동에 나 역시 코웃음 칠 뻔도 했다. 등장인물에 내가 나오지만 않았어도.

이쪽도 더하면 더했지 덜하진 않았다. 하루 새 내게 쏟아진 댓글 중에 표현이 가장 절제된 것조차 '항의'라 부르기 곤란했으며, 양친은 진작에 여읜 것으로 합의된 듯했다. 그나마 이무형 기자보다 형편이 나은 건 신상이 털리지 않은 것 정도였는데, 그가 전처와 양육권 분쟁 중에 있다는 사실은 어째서 나까지 알고 있었고, 그 얇은 신상이 털린 자의 말로를 그다지 완곡하지 않게 말해주고 있었다. 이름 앞에 '故'를 붙인 자와, '故'를 붙이게 만든 자. '어째서' 알게 된 사실들로 쓰여질 책이 더 두꺼운 쪽은 맞대보지 않아도 뻔했다.

한데 난 가면을 쓰고 있었다. 그 레진이 두께 3밀리미터가 두 사람의 운명을 갈랐다. 손가락이나 혓바닥, 심지어 모가지를 잘라버리는 것도 모자라 성범죄자도 아닌데 화학적 거세를 시켜야 한다는 둥—마약 성범죄에 연루된 비슷한 이름의 래퍼와 헷갈린 게 분명했다—무엇을 절단하고 어디를 지질지 갑론을박병론정박을 펼쳐댔으나 열기가 무색하게 내 피부엔 생채기 하나 나지 않았다. 모두가 나를 살인자라 욕했지만 정작 살인자의 몽타주를 그릴 수 있는 사람은, 아무도 없었다.

어디 그뿐인가. 1분팩트의 논거는 그럴싸했지만 그럴싸할 뿐, 약간의 염치만 내려놓는다면 빼도 박도 못할 확증은 없었다. 그런 게 있다 한들 신상이 털리지 않는 이상 다른 채널을 파서 다른 가면을 쓰면 그만이었고. 다음번엔 보다 전연령대 친화적인 가면을 써야지 싶은데 당장은 쓰고 있는 것부터 지키는 게 우선이었다. 패각일지언정 누군가 그어대는 걸 넋 놓고 보고만 있을 순 없었다.

"안녕하세요, 나라카입니다. 어제 모 유튜버가 보미 님을 자살로 몰아간 진범으로 저를 지목했죠. 그분께서 말하길 제가 지금 떨고 있을 거라 하셨는데, 예, 맞아요. 존경하는 업계

선배의 샤라웃에 몸 둘 바를 몰라 그만 덜덜 떨고 말았습니다. 저 또한 화답하는 게 도리라고 생각돼 허겁지겁 영상을 찍게 됐습니다."

미약한 기세는 곧 유죄다. 결백한 인상을 주기 위해 사안의 무게에도 불구, 중간 광고 송출에 체크하는 초강수까지 두었다.

"국평오. 저 역시 그 이름을 들어본 적 있습니다. 이런 식으로 고백하게 되어 송구하오나 저는 진효림 님의 오랜 팬이었던 관계로, 해당 유저가 쓴 관련 게시글을 캡처까지 따났습니다. 그간 행적으로 보건대 이번 사태 또한 그의 작품이라는 1분팩트 님의 주장은 사실로 보입니다."

용의자가 취할 수 있는 가장 대담한 전략. 범인의 이름을 처음 듣는다는 뻔한 레퍼토리 대신 '알고 있다' 진술하며 상대 주장에 힘을 실어준다.

"다만 사실이 아닌 건 제가 국평오라는 주장입니다. 1분팩트 님이 제시한 증거는 세 가지죠. 채널 개설일, 자주 쓰는 말, 그리고 문체. 먼저 제 채널 개설일이 보미 님 은퇴한 날과 겹친다고, 대형 유튜버를 나락 보낸 쾌감에 양지로 나왔다, 이런 논지를 펼치셨는데, 아니, 제가 무슨 이상 성욕잡니까? 만약 제가 국평오라고 칩시다. 그러면 바로 채널 파서 책잡힐 바엔 하루라도 늦추는 게 더 개연성 있지 않을까요? 이런 종류의 쾌감이 있다는 소린 또 처음 들어보는데, 혹시 본인 얘기라면 빨리 병원 가보시는 게 좋을 것 같습니다."

1분팩트의 주장은 진실이었다. 그리고 진실은 대개 우발적이란 점에서 짜여진 거짓에 비해 태생적으로 허술하기 마련이었다.

"다음으로 제가 간혹 썼다던 유행어죠, '국민 평균은 수능

5등급이다'. 여러분께선 이 인터넷 유행어를 쓰는 사람이 범인이라고 생각하십니까? 그렇다면 잠시 이 영상을 봐주시죠."

"오늘의 한 줄 요약, 국민 평균은 수능 5등급이다."

"1분팩트의 적은 1분팩트인가요? 올해 3월에 업로드한 1분팩트 님의 영상이었습니다. 이건 뭐, 내가 하면 류행어 남이 하면 사이버 불링, '내류남불' 아닙니까? 억지 죄송하고요.

마지막으로 국평오와 문체가 비슷하다 하셨죠. 주장에 따르면 유사성은 총 세 지점에서 발견된다는데, 아, 그전에 먼저 유료 회원 가입해주셔서 감사합니다."

허리를 깍듯이 숙이고 5초를 센다. 오마주였다.

"다시, 공통적으로 드러나는 특징은 다음과 같습니다. 첫째, 양 끝에 배치된 당구장 기호. 둘째, 큰따옴표의 잦은 사용. 셋째, 세 글자씩 쓰이는 초성체. 이렇게 보니 정말 손가락이 열 개라도 할 말이 없네요. 아, 손가락은 원래 열 개던가요? 그럼 할 말 하겠습니다. 언뜻 비슷해 보이지만 사실 하나하나 따져보면 특징이랄 것도 없이 흔히 쓰이는 말투들이죠. 특히 이목을 끌기 위해 당구장 기호를 두 개씩 쓴다거나, 작은따옴표를 큰따옴표로 대체하는 건 온라인 커뮤니티 표준 문법이나 다름없잖습니까?

이 모든 게 우연의 일치일 수 있냐고 물어보셨죠. 그래서 저는 우연히 포착된 공통점이 아닌 차이점에 대해 말씀드리겠습니다. 낙태설 유포 글에서 제가 동그라미 친 부분들을 주목해주시죠. 열아홉 줄 분량에 쉼표가 여덟 개, 무려 여덟 개나 쓰였습니다. 반면 제 회원 전용 게시물에선 쉼표가 단 한 번도 쓰이지 않았고요. 더 눈여겨봐야 할 건 제가 쓴 글, 1분팩트 님이 보여준 것과는 조금 다르지 않습니까? 그분께선 제 글의 마지막 줄만 쏙 빼놓고 영상에 넣었는데요. 그 이유는 여러분도 눈치채셨을 겁니다. 바이, 바이, 바이. 가 아니라 바이, 바이. 초성체 'ㅂㅂ'이 딱 두 글자만 쓰였기 때문입니다. 그런데도 제 손가락은 잘려 나간 것 없이 열 개고요.

정반대로 해석될 수 있는 현상을 단면만 보려 하고, 보편적으로 쓰이는 유행어나 문체를 공통점이라 내세웠으며, 주장에 부합하지 않는 사실은 은폐하고 말았으니, 우연을 우연으로 받아들이려야 받아들일 수 없겠죠. 게다가 악플러나 언론의 행태를 꼬집으며 나는 다르다, 책임지기 위해 남았다, 은근슬쩍 개수작을 시전하셨는데, 아니죠, 끌려온 거죠. 어떻게든 도망치려 생사람 잡고 물고 늘어지고 있잖습니까. 채널 삭제해도 모자랄 판에 탐정 놀이하고 자빠진 것도 복귀 명분은 챙겨놓겠다는 야로로 보입니다. 이슈화한 놈들은 따로 있고 본인은 정리만 했을 뿐이라고요? 이건 뭐, 내가 칼로 좀 쑤시긴 했는데, 찌르기 전에도 자상이 있었으니 내가 죽인 게 아니라고 떼쓰는 꼴 아닙니까.

자, 똑똑히 들으세요. 영상 내린다고 죄가 없어지는 게 아닙니다. 고작 마우스 클릭 몇 번에 엎지른 물 주워 담으려 하지 마세요. 1분팩트, 보미 님을 극단적 선택으로 내몬 장본인은 국평오 나부랭이가 아니라 당신입니다. 네가 할 건 자숙이 아니라 자수예요, 자수. 자기 죄를 대신 짊어질 희생양 찾을 생각 말고, 범인 잡고 싶으면 당장 거울 앞으로 달려가시면 됩니다. 왜, 거울에 못 볼 거라도 있나 보죠? 정 혼자 보기 무서우면 그 낯짝, 제가 마주하게 해드릴게요. 당신이 그렇게 보고 싶어 마지않던 진범의 몽타주, 다음 영상에서 공개하겠습니다."

'뻥카'였다. 끗발에 지레 겁먹고 '다이' 하길 바라는 마음으로 내놓은.

저격과 분쟁이 일상인 업계에서 4년이나 생존한 녀석이다. 무슨 수로 몽타주를 공개한단 말인가. 영상 설명란엔 4년째 '문의 m1nutefact@amail.com' 한 줄이 전부며, 메일 주소에서 알 수 있듯 채널 개설할 때 새로 판 계정이었디.

나 역시 지푸라기라도 잡아보려 밤새 허덕였다. 국내 이용자가 많은 사이트와 영상 소스 및 무료 음원 사이트를 합해 총 스물세 곳의 ID 기입란에 'm1nutefact'를 넣어보기도 했다. 성과가 있었다면 광고주로 위장해 전자제품 협찬 메일을 보내진 않았을 것이고, 빤히 수가 보인다는 듯 30분 만에 모바일 게임 광고 제안으로 돌아온 답장을 읽어볼 필요도 없었을 것이다. 발신자 이메일 주소의 골뱅이 뒤에 딸려 있는 회사 도메인은 어디서 구해온 건진 몰라도 그 함의만큼은 명확했다. 다 알고 있으니 깝치지 마라.

나도 너 알아.

자존심이 보낸 답장이었다.

이 좆 같은 새끼야, 는 자제심이 지운 내용이었고.

어쨌거나, 신상을 밝혀내겠다는 호언이 허언이었던 것과는 별개로, 여론은 반전되었다. 댓글창엔 양친이 환생한 것으로 극적 타결된 모양이었고 오체분시할 공세로 달려들던 커뮤니티 사이트들도 일제히 타깃을 바꿨다. 그 수많은 인파의 손에

밧줄을 쥐여주기 위해선 오체가 아닌 살점 하나하나에 줄을 매달아야 할 판이었다.

↳ '그 렉카'가 지 주장에 맞는 부분만 보여주려고 원문 자른 건 선 넘었지

↳ 솔직히 1분팩트 지가 죽여놓고 남 탓하는 거 역겹긴 해

↳ 사생활 팔아서 온갖 부귀영화 누리던 년이 이제 와서 정신과니 뭐니 꼴값 떠는 거 같잖았는데 잘 뒤졌다

  ↳ 회원가입일 오늘이네? 여초 첩자련 지가 쓴 댓글 지가 퍼 나르고 남혐질할거 생각하니 배빵마렵네ㅉㅉ 하여간 주작을 안 하면 남혐을 못 해요

↳ 정보: 1분팩트는 봄이조 학폭 미투 때도 제일 먼저 렉카질했다가 고소미 시전하자 입 싹 닫고 영상 내린 전적이 있다

  ↳ 입 싹 닫고(X) 입 싹 닦고(O)

↳ 근데 나라카 초성 세 글자씩 쓴 건 좀 쎄하던데ㅋㅋㅋ 일단 중립 기어 박음

커뮤니티 여론은 첫 댓글이 좌우한다고들 한다. 커뮤니티 유저들은 자신의 생각을 '베스트 댓글'에 양도하기 때문으로, 댓글 추천 기능이 없는 곳에서조차 타인이 내린 결론에 1111, 2222 같은 대댓글을 달며 묻어가기 위한 번호표를 뽑는다. 간혹 집단과 의견이 일치하지 않을 땐 엄지를 쓸어 '뒤로 가면' 그만이다. 이것이 집단의 대가리 수만큼 지성이 쌓이는 게 아닌 이유로, 자고로 대가리란 모이면 모일수록 그 성능이 더해지거나 하다못해 개중 최우수 수준을 유지하긴커녕 집단 평균으로 수렴하는 경향을 띠는데, 범국민적으로 모일 시 필연적으로 그리고 통계적으로 국민 평균인 5등급에 근접할 수밖

에 없어 커뮤니티 여론은 늘상 5등급짜리 여론인 셈이었다. 일찍이 우리 선조들은 먼 훗날 등장하게 될 '집단 지성'이란 이상론의 나이브한 면모를 이렇게 꼬집었더랬다. '사공이 많으면 배가 산으로 간다.'

↳ 중립기어 박는다는 놈이 '쎄하던데' 이 지랄. 초성 세 글자 써서 범인이면 세 번 처웃은 니도 범인이냐?

내 댓글을 단다. 내가 쓴 댓글에. '내 의견과 반대되는 5등급짜리 댓글을 달고 다른 ID로 날카로운 일침을 가한다.' '베댓'이 아직 안 정해졌을 때 써먹는 수법이었다. 그렇게 1인 2역으로 만들어진 '베댓'에 반대파 수백 명이 기꺼이 키보드에서 손을 뗐다.

자판을 두드린 건 의외의 인물이었다.

나 할 말 있는데 만나서 얘기할 수 있을까?

3일 전, 조보미의 유서가 발견된 이래 고인—엄밀히 말하면 '고인(진)'—보다 존재감이 미미해진 그녀, 희연이었다. 초인적인 배려심을 지닌 희연은 연락하기보다 연락이 오길 기다렸고 그 바람에 내겐 그녀를 떠올릴 계기조차 없었으니, '할 말'의 스펙트럼은 낙관적으론 서운함을 토로하는 것에서부터 최악의 경우 이별 선언에 이르리라. 보통의 연인이었다면.

일반적인 케이스보다 스펙트럼이 넓은 이유는 이러했다. 현시점 유튜브에서 가장 인기 있는 콘텐츠는 최소 실종에서 최대 죽음의 책임을 두고 벌어진 두 이슈 유튜버 간의 진실 공방

전이다. 구독 여부와 상관없이 그녀 피드에도 1분팩트 영상이 떴을 것이고―알고리즘은 없던 수요도 만들어내는 숙련된 외판원과 같다―호기심에라도 눌러봤다면 내 채널까지 도달하는 건 물이 위에서 아래로 흐르듯 배가 산이 아닌 바다로 가듯 자연스러운 일이었다. 한냐가 쉼 없이 뱉어내는 경박함은, 예비군 훈련에 가본 적 없는 그녀로선 생소한 이계의 특질이었을 테고, 저것도 '나와 같은 인간'이라는 생각이 들 즈음엔 인류애가 무너졌을 텐데, 생소한 것들 틈에서 익숙함을 포착하고 말았을 땐, 그러니까 '나와 같은 인간이란 걸 알아차렸을 땐 피가 아래서 위로 솟는다거나 산이며 하늘이 무너진다든가 하는 심정이었을 것이다.

실체가 발각된 이상 애정의 보전은 바랄 자격도 없으니 차이는 건 둘째치더라도 문제는 그 이후였다. 내가 이슈 유튜버여도 만나주겠냐는 물음에 그러한 가정조차 거북해 고갤 떨구던 그녀였다, 넉넉잡아 이별이었고 보수적으론 앙갚음이었다. 복수까지 갈 것 없이 그저 이별앓이에 '전남친'에 대한 넋두리라도 늘어놓는다면 내 가면은 속절없이 벗겨질 것이었다.

희연과의 약속 시간은 저녁 6시. 장소는 늘 그렇듯 내 쪽이었다.

자색의 손톱 멍은 누군가가 품은 의혹처럼 진해져 있다.

3시 49분, 시침과 분침이 육안상 일직선을 이뤘을 때, 여론이 꿈틀댔다. '꿈틀'은 너무 점잖은 표현인 것이, 시침과 분침이 만들어낸 시소가 숫자 4를 향해 쏠리듯 우위를 점하던 쪽은 분명 나였으나, 무언가 가벼워졌다고 느꼈을 땐 이미 지지 여론이 증발하고 난 뒤로, 3시 49분이라는 시각도 내가 문제를 인지한 시점일 뿐 왜 언제부터 영상의 '싫어요' 수가 급증했는지 모를 일이었다. 1분팩트가 재반박 영상을 올린 것도 아니었고 커뮤니티에서 '좌표'를 찍은 것도 아니었으며 물론 이무형 기자가 또 한 번 조보미를 죽인 것도 아니었다. 본래 제 무게가 그러했다는 듯 시소가 수평을 찾아간 데는 별다른 동력이 없었다.

> '우연히' 봄이조 은퇴와 동시에 채널을 파고,
> '우연히' 국민 평균은 5등급이라는 말을 쓰면서,
> '우연히' 글 쓸 때 버릇까지 똑같다?????
> 혹시 봄이조에 대한 악성 루머도 '우연히' 퍼뜨리진 않으셨나요?

원인을 찾지 못한 채 내 채널로 돌아왔을 땐 수평마저 깨져 있었다. 인기순 상단에 오른 악플에 찍힌 '좋아요'가 무려 3천 개였다. 언제 그리 많은 사람을 불러 모은 건지 알 길 없으나, 사공만 많으면 배가 산으로도 갈 수 있음을 증시하려는 듯 댓글창을 거침없이 세로질러 고지가 코앞이었는데도, 내가 할 수 있는 거라곤 싫어요 1개를 더하거나 댓글을 삭제해 그 아래 있는 좋아요 2천 7백 개짜리 악플을 위로 올리는 것뿐이었다. 나는 무지하고 또 무력했다. 까닭 모를 재해 앞에 죄를 사하여 주십사 기도드리기엔 녀석도 피장파장이었다. 둘 중 하나를 편들어야만 하는 상황에 처한다면 조물주도 그냥 다 접고 새 출발하자며 방주 제작을 명할진대, 이것이 초자연적 현상이 아니라면 느닷없이 역전된 기울기를, 이제는 시소라기보다 차라리 미끄럼틀에 가까운 경사를 어떻게 받아들여야 할까.

나는 기도했다, 수취인불명으로.

답신을 보낸 건 의외의 인물이었다.

1분팩트님이 동영상을 올렸습니다 나라카에게.

이르다. 일러도 너무 일렀다. 대체 무슨 말이 하고 싶어 내가 영상을 올린 지 네 시간 만에 답장을 보냈을까. 궁금하지만 궁금한 채로 살고 싶다. 봐야만 하나 보기는 싫다. 슈뢰딩거가 상자를 열어젖히는 심경이 이러할까. 새까만 섬네일 한복판에 마우스 커서를 떨어뜨린다. 그 속엔 고양이 사체 같은 퀴퀴한 악몽이 담겨 있다는 걸 알면서도.

"안녕하세요, 1분팩트입니다. 우선 제 불찰을 인정해야 될 것 같습니다. 나라카의 글 일부를 생략해 보여드린 점, 시청자 여러분께 깊이 사과드립니다. 나라카는 제 실수를 놓치지 않고, 마지막 줄엔 초성이 두 번밖에 쓰이지 않았으니 주장에 어긋난다 반론했죠. 그러나 오타도 수정 못 한 걸 봐선 급박한 상황에서 나온 특이 케이스로 보여집니다. 규칙을 증명하는 예외일 뿐이라는 거죠. 어디 이 게시물뿐일까요?"

↳ **3:11** ㄹㅇ사이다ㅋㅋㅋㅋ 남성 인권 챙겨주는 건 역시 빡형밖에 없다

"타 채널에서 발견한 나라카 댓글입니다. 여전히 초성이 세 글자씩 쓰이고 있죠. 이거 참 파헤치면 파헤칠수록 증거가 나오니 우연으로 받아들이려야 받아들일 수가 없네요. 이래도 부인할 사람은 계속 부인하겠지만 말입니다.

안타깝게도 현재 국평오 글이 전부 지워진 관계로 필치 대

조가 어려운 상황입니다. 사실 제가 저지른 가장 큰 실수는 너무 급히 영상을 올린 것으로, 마치 정체가 들통나기라도 한 듯 제 영상이 올라오자마자 모든 글이 지워졌는ㄷ"

탁!

스페이스 바를 후려 친다. 3일 전, 나를 떠보려 국평오 글에 댓글까지 남긴 녀석이다. 영상이 업로드되기 전에 글이 지워졌다는 걸 모를 리 없다. 내가 삭제 시점을 정정하는 순간 국평오로 몰아가려는 얄은수였다.

"데요. VPN 때문에 IP 추적도 어려울뿐더러 개인정보를 남긴 적도 없는데 수백 개에 달하는 글들을 지웠다? 마우스 클릭 수백 번 한다고 엎지른 물이 주워 담아지는 것도 아닐 텐데, 글 내용을 본인 영상과 비교해볼까 봐 에지간히 두려웠던 모양입니다. 아님 말고.

그가 서둘러 글을 삭제해야만 했던 이유가 또 있습니다. 매일같이 글을 남기던 국평오는 돌연 '어느 날' 자취를 감췄는데요. 언제인지는 여러분도 눈치채셨을 겁니다. 바로 7월 12일, 나라카의 채널 개설일입니다. 우연찮게도 둘은 단 하루도 공존하지 못했습니다. 상극이거나, 상동이거나. 상극이라면 어쩌다 행적이 겹쳤을 법도 한데 말이죠. 이해합니다, 글도 쓰고 영상도 만들려면 손가락 열 개로는 부족했겠죠. 선택과 집중이 요구되는 순간, 유튜버의 길을 택한 나라카는 뒤도 돌아보지 않고 정진했고 그 결과 유스갤의 지박령은 성불한 듯 사라졌습니다. 유튜버를 홍보던 사람이 유튜버가 되다니, 이런 '내로남불'이 또 어디 있을까요."

이따금씩 유스갤에 의미 없는 글이라도 써둘 걸 하는 후회도 들고, 왜 다른 채널에 남긴 댓글은 지울 생각을 못 한 건지 자책도 든다. 그치만 딱 거기까지다. 이래서야 여전히 확증이 없지 않은가.

"그리고 '국평오'라는 유행어. 언제 그런 말을 했는지 저도 깜짝 놀랐습니다. 그도 그럴 게 제 영상을 다 뒤져봐도 딱 한 번밖에 안 썼거든요. 반면 나라카는… 아, 그전에 먼저 해당 발언 찾느라 수백 개 영상들의 조회수를 올려주신 나라카 님께 감사드리고요. 반면 나라카는 예순 개 남짓한 영상에서 세 차례, 무려 세 차례나 언급했습니다. 이 정도면 단순히 유행어를 인용했다기보다 그 말에 각별한 애정을 갖고 있다고 봐야겠죠, 닉네임으로도 쓸 만큼. 국평오란 이름을 들어본 적 있다고요? 혹시 자아분열이라도 오신 거면 빨리 병원 가보시는 게 좋을 거 같습니다.

여러분, 이 캡처 화면을 봐주시죠. 봄이조 님이 은퇴한 날, 유튜브에 '봄이조 낙태'를 검색했을 때 나온 결과입니다. 제 영상이 보이시나요? 안 보이죠. 파급력이 다른 영상들보다 못했기에 상단에 노출되지 않은 겁니다. 이래도 저를 진범이라 할수 있을까요? 저는 실검에 오르거나 커뮤니티 등지에서 화제가 된 이슈를 정리해 알려주는 큐레이터일 뿐입니다. 작품에 서명이 없다고 해서 큐레이터 작이 되는 건 아니지 않습니까? 심지어 누구 짓인지 포트폴리오만 봐도 훤한데.

자, 똑똑히 들으세요. 나라카, 봄이조 님을 죽음으로 내몬 국평오 나부랭이가 바로 당신입니다. 행인들에게 칼자루 하나씩 쥐여줘 가며 같이 찔러달라 애걸복걸할 땐 언제고 이제 와서 마지막에 찌른 놈이 범인이라니요. 이게 무슨 통아저씨 게임이라도 되는 줄 아십니까? 난 지금 내 죗값을 대신할 희생양으로 널 지목한 게 아니라, 아무런 죄 없이 네게 지목당한 희생양들을 대신해 이 자리에 서 있는 겁니다. 네가 최초 유포자라는 증거? 얼마든지 더 있어. 아무리 덮어봤자 때와 장소 못 가리고 싸지른 게 워낙 많아야지. 다음 영상에서 끝내줄게. 채널 삭제해도 늦었어. 그 더러운 민낯 낱낱이 까발려줄 테니까 네가 그렇게 좋아해 마지않는 가면. 평생 쓰고 살아."

증거가 더 있다고…?

내 실체를 까발리겠다고?

블러핑이다. 날 압박하는 동시에 여론 우위를 전해보려는 훼수작일 터. 오직 밑천이 고갈된 사람만이 집행을 다음 영상으로 유예한다는 걸 잘 알지 않는가.

라고 생각하면서도, 언제나 최악의 경우를 상정해야 했으므로, 내가 온라인에 남긴 족적들을 하나하나 좇아본다. 카메라 앞에선 나름대로 입단속한 탓에 단서라고 할 만한 건 4년제 대학 졸업이라든지 사용 중인 전자기기 따위가 전부였다. 그러나 관심사와 취향이 보다 적나라하게 드러난 커뮤니티 사이트의 경우 작성 글의 수위는 둘째치고 닉네임이 밝혀지는 것만으로 사회적 죽음을 각오해야 할 지경이었으며, 지식인의 질문 목록들은 과거 생활 반경을 유추해내기에 충분했다. 어디 그뿐인가. 대학교 홈페이지 교내 공모전 입상 소식에 기재된 학과·학번, 재학생 커뮤니티 앱에 남긴 수강 내역과 소득분위, 국세청 대학생 기자단으로 작성한 기사—라기보다는 보도 자료를 짜깁기한 정책 홍보글—하단의 이름과 메일 주소, 여행 카페에서 동행을 구해보려 끄인 카톡 ID, 중고 거래차 남겨놓은 (개인정보 유출을 막는답시고 숫자와 한글을 섞어쓴) 전화번호, 적립금 받기 위해 올린 쇼핑몰 후기 사진 속 몸과, 새내기 때 가입해두고 방치한 페이스북 프로필 사진의 얼굴까지. 정보의 바다 곳곳에 떠다니는 조각들을 모으면 빈틈 하나 없는 내 모습이 완성되었다. 이것은, 이것이야말로, 나다. 나는 거울 속에 없었다. 여기 있었다. 욕구에 가까운 망상, 망상에 가까운 허언, 허언에 가까운 열등감과, 열등감에 가깝던 혐오까지, 거울에 비치지 않는 내 모든 추(醜)가 이곳에 부유하고 있었다. 영원히 가면이 벗겨지지 않을 거라 믿고 남김없이 추를 게워냈건만 어느새 가면은 키보드를 두드린 만큼 얇아져 맨얼굴과 구분할 수 없다. 어쩌면 가면을 쓰고 있던 쪽은 현실이었을지도 모른다. 가식 떠느라 올라오는 구역질을 참고 참다 토해냈으니 현실에서 가면을 쓰고 가상에서 벗은 셈이다. 그런데 지금 누군가가 내 민낯을 들추려 한다. 내 이름을 건 개인전을 열어 간신히 삼켜왔으나 뱉고 만 것들을 전시하려 한다. 가면이 벗겨진 얼굴의, 혹은 가면 쓴 얼굴의 추악함에 몸서리치는 이는 내가 아닌 다른 사람일 것이다….

'솔잎마을 105.'

익숙한 글자가 머릿속을 스친다. 가식과 실체의 간극이 처음으로 들통난 날이었다. 문제는 그것이 마지막이기도 했다는 것으로, 그로부터 13년간 발각되지 않았으니 세월에 간극이 봉합됐으리라 소홀히 또는 너그러이 믿고 있을 것이다. 반대였다. 얼마간 떨어져 있던 두 섬은 긴 시간 동안 부지런히 혹은 사날없이 벌어져 어느덧 두 대륙으로 갈라지고 말았다. 그 사이엔 망망대해만이 놓여 있을 뿐이었다.

↳ '국평오'를 세 달 동안 세 번 썼으면 억까가 아니라 합리적 의심ㅇㅈ

↳ 이래 놓고 6개월 안에 돌아온다에 손모가지 건다

↳ 역겨운 새끼 해명 영상에 덕지덕지 광고 처넣을 때부터 알아봤다 잘

가라 멀리 안 나간다~

↳ 댓글 삭제하네? 아 내가 남 까는 건 괜찮지만 나 까는 건 못 참는다 고ㅋㅋ

↳ 팬이었는데 실망이에요 구취합니다

　　팬은 염병, 구독하지도 않았으면서. 1분팩트는 알고 있었다, 개돼지들에겐 단지 변소가 필요했음을. 서로 질세라 배설하는 꼬락서니가 일일 할당량이라도 있는 듯 개같이 성실했고 할당량 선무를 내 댓글창에서 채우려는 듯 돼지처럼 게을렀다. 이들은 자기가 쓴 욕설이 유튜브 필터에 걸린 줄도 모르고 왜 댓글을 삭제하냐며 아득바득 짖어댄다. 유튜버가 직접 지웠다 한들 집주인에게 왜 내가 눈 오물을 치우느냐 생떼부리는 노릇으로, 그럼 다른 집 가서 누시든가, 라고 말하지 않아도 커뮤니티 사이트로 쪼르르 달려가 똥 같은 글 내지는 글 같은 똥을 싸지르는데 그 내용은 '그 유튜버 실시간으로 여론 조작 중'이라 알소하는 것이겠다.

　　광고 넣는 게 역겨워? 역겨워서 월급은 어떻게 받아먹고 사냐?

　　6개월 안에 돌아와? 백수(百獸)들한테 무슨 이해를 바라겠냐만 6개월 정직이면 최고 수위의 중징계 아닌가. 나랏일 하는 양반들이 부하 직원을 상습 추행했을 때나 받는 처분이 6개월 정직인데, 광대라 업신여기는 우리에겐 왜 성자의 도덕적 잣대를 들이미는가?

　　저능하다. 집단 물결에 이성을 맡긴 채 휩쓸리다 물밑에선 들킬 일 없다는 듯 잘도 똥오줌을 지려댄다. 분뇨가 흘러가는 방향으로 대소사를 결정하는 한국인들의 민도에 지성을 기대한 적은 없다만 이래선 5등급 견적도 안 나올 정도다. 개돼지 무리서도 학습 효과 있는 머드러기가 하나쯤은 있을 터, 군 '개'일학(學)을 바라는 심정으로 댓글창을 새로고침 해본다. 배가 산으로 가는 와중에도 나와 같은 '인간'이 바다를 향해 노 젓고 있을지 모른다.

는 왜소한 희망을 집어삼키고 마는

거대한 파도.

↳ 방금 보미 님 시신 발견됐다는 기사 떴네요. 평생 죄책감 안고 살아가길.

꿀꺽,

목구멍으로 삼킨 파도가 심장을 전복시킨다. 메아리치는 흥통을 달래며 '조보미 시체'를 검색하자 기사 두 개가 나온 다. 제목 앞에 하나는 '속보'를, 나머지 하나는 '단독'을 붙였다. 더 쿵쾅대는 쪽을 클릭한다. 야산서 숨진 채 발견. 단독이랄 것도 없는 내용이다. 왜 하필 지금이란 말인가, 여태 잘 숨어 있었으면서. 1분팩트가 욕먹을 때 튀어나오든가, 아싸리 아예 찾기 힘든 곳에서 죽든가. 아니면 애초에 죽질 말든가. 솔직히 자살할 것까진 없었잖아. 봉사할 담력으로 뭔들 못하겠냐 고……

억지로 망자 탓을 하면서도 속으로는 알고 있었다. 죽음이 아니었다면 그녀의 누명은 영영 벗겨지지 않았으리란 걸.

영상의 싫어요 수가 만 개를 넘어선다. 여기서부턴 능력 밖 이라는 양 편도체의 파업에 내내 유지되던 긴장도 턱 하니 풀 린다. 제 기능을 상실한 감각은 댓글들을 텍스트보다 직선을 조형적으로 조합한 추상화로 인지할 따름인데 육두문자만큼은 속절없이 읽히는 것이라 문맹을 질투해보기에 더할 나위 없다. 하다못해 색맹도 아니었던 지라 간간이 파란 추상화도 눈에 밟힌다. 웹사이트 링크였다. 스팸이라도 좋으니 증오의 대홍수를 피해야 했다. 딸깍, 페이지를 불러오는 경각간의 하얀 화면이 어딘지 묘하게 평온하다. 단독의 지적 생명체를 실은 방주가 백색의 만을 가로질러 다다른 곳은—.

보미가 하늘나라로 떠났습니다.

최원혁의 방송이었다. 도피처인 줄 알았는데 도살장이었나 보다. 마치 죽음이 완정되기만을 기다린 듯한 방송 타이밍. 하늘은 오른뺨으론 부족해 내 왼뺨까지 후려봤으나 여전히 성이 차지 않아 고난을 더해보려는 심산으로, 골드버그 장치의 레일에 구슬 대신 죄인을 굴려놓은 것처럼 절대자의 형벌은 한 치의 오차도 없이 연쇄적으로 집행되었다. 그답지 않게 태만도 작파도 없어 시련의 밑천이 드러나려면 아직도 한참을 굴러가야 했지만 이대로라면 무저갱에 도달하는 건 시간문제라 눈알을 굴려 시계를 보는데 5시에서 한 치의 간격만 앞서 있었고 때마침 그리고 왜 하필 전화가 울린다. 낙관적이자 통계적으로는 스팸이겠으며 회의적이자 인과적으로는 아무래도…….

"여보세요?"

"집이야? 나 지금 출발하려는데."

차가운 공기 소리가 출발은 과거에 벌어진 일이라 말해주고 있다.

"어, 희연아. 집이긴 한데…." 음소거 해둔 화면 속에서 최원혁이 입을 뻐끔거린다. "우리 그냥 다음에 보면 안 될까?"

"……."

"미안, 일이 이것저것 터져서 정신이 하나도 없네. 급한 일이면 전화로 얘기할까? 그니까, 지금 말고 좀 이따가."

"바쁜 건 나도 알겠는데 잠깐 얼굴 좀 보자는 게, 그게 그렇게 어려워?"

'보미… 보미가 우리 곁을 떠났어요.'

최원혁의 입 모양이 그리 말했다.

"듣고 있어?"

"으응."

듣고는 있었다.

"나한테 할 말 없어?"

"할 말—"

이 있다고 한 건 너잖아.

"—이 뭐가 있겠어."

희연이 깊게 숨을 들이마시는 순간, 한숨을 내뱉으려는 낌새였기에, 아차 싶어 덧붙인다.

"미안하다는 말밖에."

"…그게 다야?"

그걸론 서운함을 풀기엔 어림없단 뜻일까, 네 실체에 대해 이실직고하란 뜻일까.

"내가 바쁘단 핑계로 너무 무심했던 것 같아."

이 악물고 서운함 이상을 가늠해보려 하지 않는 이유는 후자의 경우 이미 내정된 결말을 바꿀 수 없기 때문으로, 이윽고 오답을 택했다는 듯 한숨이 흘러나오는데 언제 그리도 많은 숨을 빨아들였으며 어디에 모셔두고 있었는지 모를 일이다.

"내가 오빠를… 당신을 왜 좋아한다고 생각해…?"

"갑자기 그게 무슨 소리야."

"……나에 대해 아는 게 하나도 없으니까."

그녀의 애정결핍이 이 시점에 곪아 터지는 것도 신의 장난질만 같다. 통화가 길어질 기미에 방송 음량을 한 칸 키워본다.

"혹시 지금 딴짓해?"

"편집 중이라니까. 최대한 빨리 끝내야 된다고."

"말 안 하려 했는데, 요새 나 우울증 약 먹고 있어."

"…언제부터?"

"3일 전부터."

솔직히 3년은 된 줄 알았어.

"스토킹하는 사람도 있는 거 알아?"

"뭐?" 다시 음량을 낮춘다.

"그건 또 무슨 말이야?" 대신 채팅창을 켜 상황을 살핀다.

"누가 날 지켜보는 것 같아. 병원까지 따라왔어."

"병원? 병원은 왜 갔는데?"

"그…냥 병원 갈 일이 있었는데 모르는 남자가 따라왔다니까. 분명 집 근처에서도 봤어, 그 사람."

방금 분명 '나라카'라는 글자를 봤는데.

"확실해? 약 때문에 그런 건 아니고?"

아차 싶었으나 뭐라도 덧붙여보기엔 상대의 "뭐?"가 더 빨랐다.

"지금 내가 우울증 약 때문에 헛것이라도 봤다는 거야?"

"미안, 그런 뜻이 아니라 나는 그냥…."

꼿꼿하게 정자세를 유지하던 최원혁이 고개를 떨군다.

"그냥?"

무언가 웅얼대느라 들썩이는 어깨. 입 모양을 좇을 수도 없다. 뭐라 말하고 있는 걸까. 아무리 대역죄인일지언정 언도 내용은 들을 자격이 있을 터.

"……."

내가 말할 차례였나?

"우리 나중에 얘기할까? 내일, 아니, 한 시간만 뒤에. 차라리 내가 밤에라도 찾아갈…"

"뭐가 그렇게 두려운 건데?"

"지금은 좋은 타이밍이 아닌 것 같아."

라는 말과 동시에 채팅창에 '나라카'가 범람하기 시작한다. 완곡하게 돌려 말했지만 최악의 타이밍이었다.

"…우리 시간 좀 갖자."

희연은 늘 내가 원하는 바를 먼저 제안하곤 했고,

"으응, 일주일만. 이번 일만 끝내고 다시 얘기해보자."

나는 그것이 마지막 제안일 수도 있다는 걸 알면서도 거절할 수 없었다.

"그래… 일주일."

"조심히 들어가."

전화를 끊기 직전 "그 인간 또 나타나면 경찰에 신고하고"라며 재빨리 걱정을 얹어본다. 한데 방송 음량을 키우는 게 선행됐으므로 낯선 목소리가 섞여 들어갔을지도.

"…제껏 말할 용기가 없었습니다. 저 이미지 안 좋은 거 아니까 제가 비밀로 하자 했거든요. 근데 이젠 말해야겠습니다."

최원혁이 고개를 든다. 제 짝 잃은 거미가 복수심을 주체 못 해 귀살스럽게 짜놓은 듯한 두 눈의 붉은 거미줄에선 어떤 조형미도 엿볼 수 없다.

"사랑했습니다, 우리."

그렇게 말하는 남자의 눈에 적의가 그렁그렁하다.

"이 목걸이, 시청자분들은 아실 거예요. 보미가 갖고 싶다고 한 목걸인데, 생일 때 주려고 아껴뒀거든요? 그런데, 이제 더 이상 전해줄 수 있는 방법이 없어서…… 죄송합니다, 잠깐만요."

본격적으로 울어보기 위해 팔뚝에 얼굴을 품자 그제야 하박에 새겨진 조커가 호아킨 피닉스가 아닌 히스 레저인 게 눈에 들어온다. 최악의 경우 고소 선언이나 채널 신고 테러 조장까지 감수하고 볼륨을 키운 만큼 화면 너머의 비극이 영 비극스럽지만은 않다. 특히 흘러넘친 눈물이 절묘하게 히스 레저의 눈가를 적시며 문자 그대로 '눈물을 훔친' 장면은 신의 장난질이 지나친 게 아니고서야 몰래카메라를 의심할 수밖에 없었는데, 비극이 희극처럼 보이는 게 거리감 때문이라면 우리는 서로 다른 행성에 떨어져 있는 듯했다.

"끄흐윽, 흡, 흐으윽…."

반대편 팔은 또 깨끗한 것이 일찌감치 조보미 못자리를 마련해놓은 걸지도.

"하… 죄송합니다."

다른 행성의 인간이 어렵게 눈물을 그친다. 거미줄의 밀도며 붉기가 짙어질 대로 짙어져 금방이라도 터질 성싶다.

"이제 선물을 전할 방법은 없습니다. 그 이유는 다들 아시겠죠. 보미가, 우리 보미가 죽었잖아요. 아니, 보미 죽였잖아요, 개좆 같은 새끼들이. 자살했단 말도 하지 마세요. 이거 보는 기자들, 자살이란 단어 쓰지 마. 없는 말 지어내서 낙인 찍고, 돈 좀 벌어보겠답시고 씨발 그걸 또 영상으로 만들어서 멀쩡한 사람 죽인 거잖아, 안 그래? 진정하라고요? 니들은 사랑하는 사람이 걸레 소리 들으며 죽었는데 진정할 수 있어? 그럼 당신들은, 가만히 처앉아서 저 살인자 새끼들 히히덕거리는 거 보고만 있을 거야? 신상을 털든, 채널을 신고하든, 똑같이 악플을 달든 뭐가 됐든 씨발 되갚아줘야 할 거 아니냐고…!

제발… 이렇게 무릎 꿇고 부탁합니다. 이 살인자 새끼들 제가 꼭 잡게 해주세요. 연락처, 사는 곳, 생김새, 나온 학교라든지 건너건너 아는 사이라든지 뭐든 좋으니 아는 게 있다면 제보 주세요. 얘네로 의심되는 애들도 상관없습니다, 싹 다 메일 주세요. 이게 보미에게 해줄 수 있는 제 마지막 선물입니다. 나라카 이 새끼 얼굴이랑 이름에 현상금 100만 원겁니다."

💬 **나라카 지금 갤 보는 거 다 안다 필승전략 전수해줄 테니 들어와라**

[작성자] 금딸0일차

니도 알겠지만 지금 여론 뒤집을 수 있는 방법은 자살밖에 없다. 눈에는 눈, 이에는 이, 자살에는 자살.

그런데 투신하자니 실패하면 평생 불구로 살아야 하고, 목매달자니 매듭도 고정도 쉽지 않다. 청산가리는 말할 것도 없고.

형이 추천하는 방법은 질소가스다. 오래 걸리는 번개탄과 달리 얘는 눈 한번 찔끔하면 어느새 무지개다리 등정 중인 너 자신을 발견할 거다.

번잡스럽게 비닐로 집구석 덮을 생각 말고 차 없으면 차부터 사자. 차는 납작할수록 가오도 살고 너도 쉽게 갈 수 있다.

꿀팁 됐으면 가기 전에 연락처라도 남겨줘라.. 어차피 털릴 신상 나한테 알려주면 치킨값만 빼고 현상금 100만 원 다 조의금으로 부쳐줄게.

+유서에 민주당 지지한다고 적는 거 잊지 말고. 네가 보수의 미래다.

↳ 무지개다리는 무슨 키우던 개새끼가 죽었노ㅋㅋ

　　↳ 그 새낀 개새끼가 맞다ㅇㅇ

↳ ? 나라카 국힘 지지한다고 밝혀진 지가 언젠데;

↳ 인방충들 악플로 사람 죽여놓고 만만한 렉카한테 독박 씌우는 거 봐.
하여튼 조선놈들 태세 전환 속도는 알아줘야

　　↳ 본인이 지금 댓글 달며 부들부들 떨고 있는 나라카라면 개추ㅋㅋ

　　　　↳ 나라카수호단 새끼들 양비론 안 먹히니까 인방충 탓으로 돌리네

↳ 팩트: 한녀 죽은 건 호재다.

↳ 보미 뒤진 거 진짜임? 보여주고 가지 부검의들만 계 탔네

↳ 이대남특) 나라카로 사회 이슈를 훑으며 남성시대로 정치를 배우고
앤드류테이트로 연애를 익힘

↳ https://open.kakao.com/o/gbBWcukf 나라카 정보 1:1 교환방

↳ 그래서 니네들이 나라카보다 돈 잘 벎???

　　내가 자살하면 다음 술래는 누가 될까. 지목을 당해 자살
하고 자살해서 지목당한다. 혐오는 곧 무한 동력이며 술래만
바뀔 뿐 수건돌리기는 계속된다. 책임 소재 순으로 수건을 넘
기다 보면 이름도 얼굴도 없는 다수의 그림자들이 나오겠지만
그들은 깍두기이므로 수건을 쥐게 되는 일은 없다.

　　방송 종료 직후, 최원혁이 공지사항으로 '나라카뿐만 아니
라 1분팩트까지, 둘 중 아무나 신상을 제보하면 100만 원을
주겠다'고 마지막 멘트를 정정했음에도 이번 술래는 나 혼자
로 정해진 듯했다. 상대가 영상을 올렸으니 응당 내 차례라 생
각하는 모양인데, 조보미는 왜 하필 이 시점에 죽은 채로 나
타나 술래잡기 판을 키워버렸다. 신상털이래 봐야 목소릴 분
석한답시고 '목소리만 들어도 찐따일 확률 100퍼센트'라는 등

대체로 장난이나 '헛저격'에 불과했지만 개중에는 가면의 특징—검회색, 작은 눈구멍, 무광 바니쉬로 된 마감 처리—으로부터 판매 업체를 찾아내는 등 제법 섬찟한 추적도 있었다. 현상금이 걸린 지 불과 세 시간 만에였다.

현상금이 목적이라면 굳이 떠벌리지도 않았겠다. 사리사욕을 넘어서는 하향 평준화를 향한 간절한 염원. 황금알 낳는 거위의 배를 갈라야만 했던 남자의 사연도 이제는 알 것 같다. 결단이 조금만 늦었더라도 이웃들이 죽창 들고 몰려와 거위의 모가질 비틀고 '무슨무슨죄'로 그간 축적한 재산까지 불태웠을 것이다. 저들에게 황금 따위 없어도 그만이다. 패배자들이 승리보다 갈망하는 건 승자의 패배였거늘.

거위로 무마할 수 있었을 때 칼을 꺼내 들었어야 했다. 결단을 내리지 못한 대가는 지목이었고 지목을 당한 자의 결말은 익히 아는 바였다. 개돼지들에게 역정 이외의 감정을 느끼게 될 줄 몰랐지만, 저들이 두렵다. 돌이켜보면 저들의 저능함은 필시 분별력과 높은 상관관계를 가질 테며 그 말인즉슨 아무도 나를 '적당히' 짓밟지 않을 거란 뜻이었다. 미필적 고의를 갖고 있었냐는 문제와 별개로.

저들은 우선 내 관상을 문제 삼을 것이다. 그러곤 성장 과정을 점열할 것이며 학대당한 흔적이 발견되지 않는다면 한때 임대주택에서 산 것을 '불우한 가정사'의 증거로 들이밀 것이다. 왜인지 어렸을 때 즐겨했던 FPS 게임의 폭력성을 고발하는 기사가 나올 수도 있겠고, 왜인지 누구나 받아봤을 봉사상이 '악마의 두 얼굴'을 묘사하는 데 쓰일 수도 있겠다. 배달 앱 이용 빈도나 이성과의 교제 횟수 등 갖가지 숫자들로 내 인간성을 셈해보려는 시도들이 예상되는 한편, 범죄심리 전문가들은 나의 내재된 욕구에 관한 오답—조보미처럼 사회적 지위가 우월한 여성을 상대로 자신의 지배력을 확인하여 도태된 현실에서의 르상티망을 넷상의 자아로 해소하려 했다든지—을 정답처럼 풀이할 것이다. 내 전화번호부에 등록된 연락처 개수보다 많은 이들이 증언대에 올라 학창 시절부터 군 시절에 이르기까지 수많은 실수와 치부를 폭로할 것으로, 개중에는 내 치부가 아닌 것도 있겠으나 유서라도 쓰지 않는 이상 정정되지 않을 것이며 유서로 정정하자니 그거야말로 불멸로 남을 치부였다. 이러나저러나 내 삶은 짓밟힐 것이다. 저들의 지성으로도 이만하면 충분하다고 느껴졌을 땐 충분했던 시간들을 한참 지나온 뒤일 터. 그제서야 누군가는 넘었던 선 안으로 돌아오며 말하겠지. 그러게, '적당히' 좀 할 것이지. 선 너머에는 왜인지 아무도 없다.

이름만 아는 사이들은 이름만 아는데도 불구하고 이름만 알기에 거리낌 없이 증인을 자처하겠다. 이지희는 '나라카랑 같이 스터디했던 썰'을 풀어보겠고, 편집 특강을 열었던 유튜버는 나라카가 자기 제자였다는 우스갯소리를 늘어놓겠으며, 예비군 훈련의 남자는 묘하게 자신과 닮은 유튜버를 알고 보니 예비군에서 마주쳤던 기묘한 이야기에 대해 천박하게 그러나 리드미컬하게 떠벌릴 것이다. 물론 동창과 지인들 중에도 평전에 한마디 보태려는 자들이 있어 졸업 앨범이나 함께 찍은 사진을 가보처럼 자랑할 수도 있겠다. 허풍에서 카더라로, 카더라에서 회고로. 관계가 가까워질수록 풍문의 농도도 짙어져 '당신'에게 다다를 때쯤이면 평전은 이미 교차검증까지 마쳤을 것이다. 하지만 당신은 남들이 쓴 평전 따위 펼쳐보지도 않을 것이다. 대신 지금까지 내가 쓴 글들을, 그 날카로운 자모음의 조합들을 찬찬히 되짚어볼 것이다. 당신이라면 악마의 일기에서도 둥근 문장을 찾아보려 애쓰겠지만, 덜 갈렸을 뿐인 무딘 냉소를 한사코 인정(人情)이라 우겨보겠지만, 그래봤자 오물에서 두엄감을 골라내는 꼴이었고 자진해서 오물통을 하작여댄 미련한 온정 끝엔 절망만이 그득할 뿐이었다. 나는 절망에 그을린 눈빛을 두 번 다시 마주할 자신이 없다.

가까운 이에게 무거운 좌절을 안겨주고 싶지도, 먼 누군가의 가벼운 파적거리가 되어주고 싶지도 않다, 박제될 바엔 박제을 택하겠다. 예정된 수난에 비하면 투신은 짜릿하고 교사는 관능적이며 음독은 달콤할 따름으로, 세상에서 가장 달가운 살인을 저지른 살인자이자 피해자가 기꺼이 되어볼 작정이다…….

…그러나 자살은 몽타주가 밝혀지고 나서야 빛을 본다는 것을 안다. 죄 없는 자는 자살로 누명을 벗되 죄 있는 자는 자살로 죄를 덮는다. 죄인의 윤곽이 드러나지도 않은 지금 내 배를 갈라봤자 사회적 사형과 생물학적 사망의 순서만 뒤바뀔 뿐이었다. 일생일대 한 번뿐인 필살기—정확하게는, 필사(死)기—를 낭비할 순 없으며 그렇다고 자살하기 위해 가면이 벗겨지길 기다릴 수는 더더욱 없다. 무언가는 해야만 했다. 뭐라도 도려내야 했는데 할복은 이르고 채널 삭제는 늦었다. 남은 선택지는 하나. 상대의 거위를 가르는 것뿐.

1분팩트 영상이 올라온 지 네 시간 반. 잇따른 변고에 방치해둔 미제를 되살핀다. 1분팩트가 영상을 올린 직후 조보미가 발견됐으며 희연의 잠정 이별 표명과 최원혁의 현상금 선포가 동시에 터지는 등 재수가 신의 낯짝이 궁금해질 만큼 없는 와중에도 마냥 하늘을 탓하기엔 인위적인 악재가 하나 있었다.

내게 느닷없이 가해진 '싫어요 테러'. 세상에 느닷있는 테러가 어딨겠냐마는 동기 정도는 있을진대, 상대 영상이 올라오기도 전에 여론이 뒤집힌 건 故라는 호가 붙은 뒤에야 죽은 조보미처럼 인과가 도착된 꼴이었다.

의문점은 이뿐만이 아니었다. 네 시간 앞서 올린 내 영상의 '좋아요' 수가 8천인 데 반해 녀석의 것은 1.7만에 달했다. 아무리 내가 술래라지만 녀석도 다음 술래였다, 어떻게 공범에게 '좋아요'를 누른단 말인가. 지랄맞기론 둘째가라면 서러운, 행여 둘째 소릴 듣는다면 으뜸가는 지랄을 보여주고도 남을 한국인들이나 그 습성은 나름대로 일률적이며 성향은 파괴적이었다. '좋아요'와 '테러'가 공존할 수 있는 단어가 아닌 건 차치하고 '좋아요 테러' 따위를 할 리가 없었다. 무엇보다 작위적인 것은 녀석의 좋아요 수가 내 영상의 싫어요 수와 얼추 비슷하단 점이었다. 마치 좋아요를 누른 1.7만 명과 싫어요를 누른 1.7만 명을 한데 모으면 그대로 1.7만 명일 것 같이.

유튜브 스튜디오에 접속한다. 화면에 터지는 시시껄렁한 축포. 최신 영상의 조회수 추이가 요 근래 올린 것 중 가장 좋다는 소식이다. 동영상 분석 탭으로 이동해 그래프 측정 항목에서 '싫어요'를 택하자 완만했던 기울기가 15시 반쯤 천장을 찌를 기세로 솟구친다. 해당 시각부터 두 시간 동안의 조회수가 9만인데 싫어요가 무려 만 개다. 좋아요 천 개까지 포함한다면 참여도는 9만 분의 1.1만, 12%를 상회하는 수치로 보통 1~3% 사이라는 점을 고려하면 의심할 것도 없이 어뷰징이었다. 1분팩트, 그 추잡하고 교활한 새끼가 매크로 프로그램으로 본인 영상엔 '좋아요'를, 내겐 '싫어요' 세례를 퍼부은 것이다.

당초 본인 영상 업로드 예정 시각에 맞춰 업체에 어뷰징을 의뢰했겠다. 그러나 편집이 늦어지면서 업체는 이미 올려져 있던 내 영상부터 작업에 착수, 영상엔 싫어요를, 악플엔 좋아요를 눌렀다. 뒤이어 그의 영상이 올라오고 여론이 기울었(던 것처럼 보였)을 때, 조보미 시체가 나타났다. 소식을 접한 사람들이 술래를 정하고자 두 채널에 방문했을 시점엔 댓글창 온도가 극과 극으로 나뉘어 있었을 터. 군중의 돌은 늘상 그렇듯 깨져 있는 쪽으로 향했다. 그러니까 지금 내가 독박을 쓰게 된 것도 어쩌다 아다리가 맞아떨어진 게 아니라, 프로크루스테스의 친내처럼 녀석이 좋아요 비율을 늘리고 줄이며 억지로 아귀를 꿰맞춘 것이었다….

씹새끼.

내가 군중의 판결을 기다리는 사이 상대는 내 유리창에 돌을 던졌다. 광기를 지휘한 것이다. 피차 같은 씹새끼라면 수단과 방법을 가리는 쪽이 모자란 씹새끼였다. 반론도 없이 페어플레이를 외친다면 더욱 모자란 씹새끼가 될 뿐이었고.

술래를 바꿔야 했다. 나아가 술래잡기를 끝내야 했다. 내가 국평오가 아니라는 걸 증명해봤자 잠깐 술래만 바뀔 뿐 수건은 곧 돌아올 것이다. 국평오를 만들어서 잡아 오지 않는 이상 술래잡기를 끝낼 방법은 한 가지였다. 1분팩트의 신상을 박제하는 것. 그러기 위해 나 역시 수단과 방법을 가리지 않으리라.

라고는 해도, 내가 가진 수단이라곤 1분팩트가 4년간 올린 영상들을 하나하나 살피는 게 전부였다.

1번째 영상, 요즘과 달리 자막이 없지만 TTS 특유의 또박또박한 발음 덕에 2배속으로도 대사를 인식하는 데 무리가 없다.

17번째 영상, 어렸을 때 본 만화의 방영 시기로 가늠하건대 80년대 후반에서 90년대 후반 사이 태어났다.

38번째 영상, 스스로 '앱등이'라 칭할 정도로 애플을 좋아하며 아이폰만 써 왔다.

39번째부터는 자막이 달려 있다. $('video'). playbackRate=4. 개발자 도구를 켜 영상을 4배속으로 돌린다.

105번째, "군대가 얼마나 병신이었냐면 사지방 쓸 때도 돈을 내야 됐다"는 발언으로 짐작해 17년 이전에 전역했겠다.

224번째, 여자친구가 없다고 한다. 눈으로 자막만 훑어도 충분한 관계로 재생 속도를 8배로 올린다.

396. 엔터사나 연예부에 소식통이라도 있는지 '팬덤 내에서 쉬쉬하고 있는 갈등을 어떻게 알아냈냐'는 댓글들이 종종 보인다.

540. 전역 직후 갤럭시 S8을 구입했으니 17년에 전역했을 것이다……?

퍼즐 조각들이 서로 어긋나기 시작했다. 과연 십새끼답게 가짜 조각을 섞어놓은 것이다. 가짜를 가려내기는커녕 그것이 몇 개 있는지조차 알 수 없으나 계속해서 다음 영상을 클릭한다. 모든 조각들을 맞추고 나면 맞물리지 않는 것들은 자연스레 걸러질 터.

615. 게임 효과음 만드는 영상에 쓰인 고가의 장비를 알아본다거나,

658. 〈라이어 게임〉 편집점 조작 의혹을 제기하며 현장음과 후시녹음된 음성을 구별하는 걸로 보아 이슈 유튜버인 주제 쓸데없이 레코딩에 조예가 깊은 편이다.

687. 조보미가 다이어트 제품 뒷광고 한 증거를 '한때 제품을 애용했던 제보자' 덕에 찾아냈다지만 답지 않게 혀가 긴 것이 경험담인듯싶다.

732. 여전히 여자친구가 없다고 한다.

791. '캣맘'을 비판하면서 길고양이는 또 옹호하는 게 꼴에 동물은 좋아하는 모양이다. 한데 이 주제는 나도 다른 기억이 있는데……

↳ 1q분쓰레기팩트님 그동안팬었는데실망입니다 구취하고갈게요 기분 나쁘셨ㅅ으면 재송합니다 +이게 뭐라고 좋아요 190개 감사합니다

"씨발."

영상을 클릭할 때마다 내뱉던 제발 소리가 800번째에서 저도 모르게 한 음절 바뀌고 만 까닭은 얼마 전 본 댓글이 튀어나왔기 때문으로, 그것은 내가 4년의 간극을 따라잡았단 뜻이기도 했지만 퍼즐 조각이 동났다는 뜻이기도 했다. 800개 영상을 시청했다. 스무고개로 쳐도 마흔 번이었다. 할 만큼 했다. 아니, 할 만큼 하지 않았고 그래서 더 해야만 했으나 할 수 있는 게 남아 있지 않았다. 나는 해냈지만, 해내지 못했다.

녀석이 채널명을 3분팩트로 짓고 분량이라도 늘렸더라면.

아니, 짧아도 좋으니 가면이라도 쓰고 나왔더라면.

나오는 건 바라지도 않고 TTS만 쓰지 않았더라면.

단 한마디라도 좋으니 '진짜' 네 목소릴 들려줬다면.

―아, 있다.

하나, 결코 꾸며낼 수 없는 '진짜' 조각이―

수만 문장에 걸쳐 자기 존재를 나긋이 그러나 올곧게 외치고 있는 목소리. 채널 개설 이래 한 번도 바뀐 적 없는 만큼

이 여자야말로 1분팩트의 페르소나였다. 채널을 만들던 때야 가장 부주의했던 시기일 테니 어쩌면 그녀의 기원이 그녀 대사보다 많은 걸 알려줄지도 모른다. 프로크루스테스에게 목소릴 빼앗긴 딱한 사연의 주인공을 찾아야 했다.

검색 결과 목록에서 세 번째 위치한 〈TTS 사이트 & 프로그램 TOP 5〉라는 제목의 글을 클릭한다. 1번 사이트는 회원 가입만 하면 무료로 쓸 수 있다. 'Language'란을 스크롤해 한국어를 택하고 'Voice'에서 여자 이름만 골라 샘플 음성을 재생해본다. Ayoung은 아니고 Dahyun도 아니다. Hyejin은 너무 어리고 Jihye는 늙었는데 Jungwon은…… 남자다. 2번은 유료 소프트웨어다. 우선은 웹 서비스 위주로 찾아보기 위해 건너뛴다. 3번은 '국민 사이트'라 할 수 있는 대형 포털 사이트에서 운영하는 서비스로, 역시 회원 가입이 필요하나 이미 갖고 있던 계정으로 로그인한다. 에멜무지로 상단의 '지훈'을 눌러보니 익숙한 음성이 들린다. 유튜버들이 애용하는 사이트란 뜻이었다. 100여 개에 달하는 목소리 중 '여성', '청년', '차분한' 필터를 적용하니 6개가 남는다. 차례대로 작성된 텍스트를 읽게 해본다. 가희는 어디선가 들어본 목소리지만 톤이 미묘하게 다르다. 이쪽 정원은 여자긴 한데 억양이 다소 딱딱하고, 은정은 끝음이 너무 늘어진다. 민아는 높낮이 변화가 없으며 유진은…….

"오늘의 한 줄 요약."

올곧게 울려 퍼지는 나긋한 목소리. 귀에 익다 못해 호흡 간격마저 예측할 수 있을 정도다. 찾았다. 이거라면 가능성 있다. 지난 20년간 전 국민이 이용한 사이트다. ID만 있으면 누군가의 일생을 훑는 것쯤은 해킹이랄 것도 없었다.

회원 가입을 누른다. 불과 얼마 전 이런 UI를 본 듯한 기시감이 드는데 이용 약관이 다 거기서 거기니 당연한 소리겠다. 녀석이 쓰는 ID는 'm1nutefact'. 왜인지 이미 알고 있다. 무한한 경우의 수에서 손에 익은 항로를 따라 열 글자를 골라내는데 자판에 새겨진 궤적의 복잡함이 궁수자리 못지않다. 이윽고 위성처럼 딸린 '중복 확인' 버튼으로 향하는 마우스 커서.

가 '중'자 근처도 못 가서 멈춰 선다. 뇌의 해마 가녘에서 간드러지게 살랑대던 기억의 정체는 데자뷔 따위가 아니었다. 얼마 전 1분팩트가 가입한 사이트를 찾아 헤맬 때 가장 먼저 접속한 곳이 바로 여기였으니, 출발선으로 돌아오기 위해 여태 그 꼴값을 떨어댄 셈이다. 공허를 배회하는 커서만 맥쩍게도.

…아닐 것이다. 돌고 돌아 원점일지언정 제자리걸음은 아닐 것이다. 이곳에 가입하지 않은 한국인을 찾는 게 더 어려운 만큼 회원임을 확인한 건 수확으로 칠 수도 없겠다. 그러나 업무용으로 쓰고 있단 사실의 발견은 명백한 진전이었다. 내 경험으로부터 확신할 수 있는 것은 두 가지. 첫째, 옛날부터 써왔던 계정을 업무용으로 쓸 리 없다. 그랬다면 메일도 새로 파지 않았을 것이다. 나 역시 'aviciniraya'라는 새 ID를 만들지 않았던가.

둘째, 'm1nutefact'가 아니라면 그와 비슷한 ID일 것이다. 유튜브 채널을 운영하다 보면 부계정을 만들 일이 생긴다. 대형 유튜버라면 B컷이나 풀버전 영상을 다룰 서브 채널이 필요할 수 있겠고 MCN이 없다면 광고 문의 계정을 따로 팔 수도 있겠다. 내 경우엔 하찮게도 악플들로부터 나라카를 옹호하기 위해서, 보다 하찮게는 계정당 무료로 제공되는 클라우드 용량이 꽉 차서 만든 ID가 있었다. 이름하여 'aviciniraya2'.

새겨진 별자리에 열한 번째 별을 더한다. 달을 밟듯 마우스 위의 검지에 살며시 중력을 얹어본다.

m1nutefact2 은(는) 사용 가능한 ID입니다.

긍정문에 반사적으로 쾌재를 부르는 찰나 내가 지금 ID나 만들던 게 아니었음을 깨닫는다. 마지막 퍼즐이 '2'가 아니라면 뭘까. 업무용이라면 패턴이 한정돼 있다. 관공서 비밀번호 '1q2w3e4r' 뒤에 붙는 특수기호가 '!'거나 '@'거나 '!@'인 것처럼 무언가를 더하는 수준일 텐데 ID에는 특수기호가 쓰일 수 없으니 언더바 또는 숫자 또는 언더바 숫자일 터. 언더바는 사용 빈도가 낮다. 혹시 '3'은 아닐까. 그것도 아니면 '1'이라거나. 첫 번째 ID에 '1'을 쓰지 않았다고 두 번째 ID에 '1'을 붙이는 인간은 본 적이 없지만서도…….

그때, 텍스트 커서의 껌뻑대는 박자가 한없이 느릿해지고, 비네팅처럼 좁아진 시야는 한 글자를 제외한 나머지 글자들을 후경으로 밀어낸다.

왜 마지막 퍼즐 조각이 꼭 가장자리에 놓여야 한다고 생각했을까.

m2nutefact 은(는) 이미 사용 중인 ID입니다.

끝끝내 마주한 달의 프로크루스테스. 비록 인류에게는 작은 한 걸음일지언정 한 명의 인간에게는 커다란 도약일지니—그간 원한을 넉넉히 산 걸 감안하면 인류에게도 두세 걸음은 될지 모르고—내가 한 발짝만 더 나아가도 네 그림자가 밟힐 것이고 그땐 모두가 죽창을 돌릴 것이다.

걸음을 옮겨본다. 검색 결과 별다른 정보는 없다. TTS를 따오는 용도로 만들어진 유령 계정인 듯했다. 애석하게도, 유령 계정은 스스로 개인정보를 유출할 일이 없다. 다만 유령에게 애석하게도, 개인정보를 관리할 일은 더더욱 없었다. 도메인 주소 뒤에 '/m2nutefact'를 덧붙이자 가입 시 자동 생성되는 블로그가 나온다. 대문 문구 'm2nutefact님의 블로그'는 출생과 동시에 버려진 기박한 팔자를 암시하고 있다. 버려짐이라 함은 블로그 존재에 대한 지각이 전제되어야 하므로 어미에겐 참작의 여지가 있겠다. ID를 눌러 '쪽지 보내기'를 택한다. 쪽지창 상단의 '받는 사람' 옆에 ID가 적혀 있으며 보다 우측엔 팔찌 같은 소괄호가 놓여 있다. 그 팔찌 사이에는, 가입 후 한 번도 닉네임을 변경하지 않은 탓에, 전화번호로 인증한 실명 세 글자가 보호자 연락처라도 되는 양 주기돼 있…

어?

낯설지 않은 이름이다. 흔한 이름이 아닌데. 우연치고는 이름 석 자를 제외한 글자들을 세상 밖 언어처럼 몰아내는 조리갯값이 더없이 친숙하다. 이런 이름을 가진 사람이 우주에 한 명은 아닐진대 이미 항해를 떠난 직감은 제멋대로 한 명의 몽타주를 그려본다. 생존욕과 승부욕, 또는 남의 거위를 가르고 말겠다는 절개욕, 혹은 그 모든 게 규착된 무언가를 추진력 삼아 나아가는 비행엔 백스페이스도 일시정지도 없으며 지나간 궤도를 따라 양각을 낸 누군가의 이목구비만이 관측될 뿐이다. 음모론이라기엔 어느 별자리보다 선명한.

〔 **9** 〕

갑자기 중요한 일이 생겼습니다. 약속을 5시로 미루죠.

나 빼고 다 병신이라는 착각이 유독 잦은 요즘이다. 2시 약속을 1시에 덜컥 세 시간이나 미루는 사람도 있는 걸 보면 착각만은 아닌 듯싶고.

좆까, 라고 답장하기 전에 시간부터 계산해본다. 5시에 파일을 받아 6시에 귀가한다면 촬영부터 편집까지 일사천리로 진행돼도 자정을 넘길 것이다. 오늘 안에는 수건을 넘겨야 했다. 1분팩트가 영상을 올린 지 21시간, 그 장시간의 침묵은 불계패로 오역돼 그새 2만 명이 구독을 취소했다. 고스란히 이주라도 한 듯 봄이조 채널은 2만 명이 늘어나 있었다. 자살한 사람에게 구독 눌러주는 것으로 용서를 구하다니 면죄부 이상으로 속 편한 발상이었다.

유튜버 '빌런도감'은 〈나라카, 당신이 몰랐던 15가지 사실〉

이라는 제목의 저격 영상을 업로드했다. 아홉은 이미 공공연히 알려졌고 넷은 '사실'이 아닌 가치판단의 영역이었으며 둘은 하나를 둘로 쪼갠 것으로, 박제된 당사자조차 병신 같다 느껴질 퀄리티였으나 이쯤 되면 내가 병신인 건지 조회수는 폭발적이었다. 한술 더 떠 오늘 밤 내 정체를 폭로하겠다는 렉카까지 등장했더랬다. 채널명 '신병상'으로, 안 봐도 상병신 짓을 하리란 것쯤은 명백했으나 문제는 이러한 유행이 비주류에 국한되지만은 않은 점이었다. 진보 성향의 언론사가 〈혐오를 견인하는 '사이버 렉카', 공론장의 괴물이 되다〉라는 기획 기사를 벌써 2편까지 내보냈으며, 유명 시사고발 프로그램 〈스포트라이트〉는 어제저녁 메일로 인터뷰를 청해놓고 당일 밤 방영분 말미에 "유튜브 채널 '나라카' 운영자에 대해 아시는 분의 제보를 기다립니다" 문구를 삽입했다. 물론 인터뷰에 응할 생각은 없었다만 불과 세 시간 만에 '섭외'에서 '수배'로 스탠스를 바꾼 건 조금 너무하지 싶다. 한편 트위터에선 '나라카 심판'과 '보미야미안해'가 실시간 트렌드 1, 3위에 올랐다. 2위는 '선우야_태어나줘서_고마워'였는데, 사이버 재판과 사이버 장례식 사이 긴 아이돌 생일파티에 눈치 챙기라며 일침을 가하는 유저들과 국장도 아닌데 왜 눈치를 봐야 하냐는 아이돌 팬덤 간 마찰이 일어나기도 했다.

"보미야… 끄흑, 보미야 미안해…!!"

'보미야미안해'를 저잣거리에 내놓은 자는 최원혁이었다. 그는 아침 댓바람부터 조보미가 소속된 크리에이터스네트웍스 사옥 앞에 마련된 추모 공간을 찾았다. 차에서 내리기 전부터 눈물을 글썽이던 그는 영정을 마주하자마자 그만 '왈칵!' 울음을 쏟아냈다. '왈칵'이 아니라 '왈칵!', 저리 울어대면 체내 수분

비율이 낮아질까 하는 궁금증이 들 정도로.

더 이상 꺼낼 눈물이 없던 남자는 겉옷 안주머니에서 눈물보다 반짝이는 무언가를 꺼냈다. 예의 그 목걸이였다. 이내 영정에 다가가 액자에 목걸이를 휘감자 리허설이라도 하고 온건지 하트 모양 펜던트가 조보미 쇄골 사이에 딱 맞게 떨어졌다. 오늘만큼은 히스 레저도 정장 소매에 숨어 있었건만 금방이라도 이경규가 튀어나올 것만 같은 위화감은 여전했는데, 그야 이 모든 과정이 카메라로 생중계되고 있던 탓이겠다. 이윽고 주인공이 절규하기 위해 냅다 엎드리자 미처 따라가지 '않은' 카메라가 배경에 있던 현수막을 잡았고, 잘 만든 타이틀 시퀀스처럼 초점이 맞춰지며 프레임을 꽉 채운 글자는 이러했다. '#보미야미안해'. 미안한 와중에도 '#'은 빠뜨리지 않고 챙긴 것이 '실트'에 오르면 그녀가 부활하리라 믿는 듯했다. 그럴 바에 드래곤볼이라도 모으는 게 어떻겠냐만 기어이 '실트'에 오른 걸 보면 그리 믿는 자가 한둘은 아니었던 모양이고.

"여러분이 보내주신 제보를 토대로 아는 동생들 시켜 소재지 뒤지는 중입니다."

최원혁이 진혼식을 마치고 뱉은 말이었다. 화자는 물론이거니와 '여러분'과 '아는 동생들'까지, 누구 하나 믿음직스럽지 못했지만 개나 소나 내게 달려드는 작금의 상황을 적절히 묘사한 문장이었다. 사냥이 과열된 나머지 목소리가 비슷해 나라카로 지목된 어느 무명 배우는 인스타그램 라이브로 유튜브 구독 목록을 인증하다가 환갑은 돼 보이는 초로의 비키니 룩북 영상을 시청한 기록이 들키는, 웃픈 '셀프 공개처형'이 벌어지기도 했는데 웃거나 슬퍼하기엔 당장 내 처형식이 코앞이었다.

뭣보다 1분팩트의 낌새가 심상치 않았다. 그간의 근면 교활을 떠올릴 때 침묵은 주로 새총의 고무줄을 잡아당기는 시간이었고 침묵이 길어질수록 잡아당긴 길이도 늘어나 뭔가 날아드는 것도 이제 곧이었다. 차례를 따지기엔 바둑 따월 두고 있는 게 아니었으므로, 상대가 연달아 수를 둔다 한들 대국은 계속된다. 이미 흘러간 시간만으로도 다음 수는 새총에 비유하기 힘들 터. 5시 약속은 너무 늦다. 지금도 시나리오 완성도는 나쁘지 않았고 승산은 충분했다. 이 이상 네게 휘둘려 줄 생각은 없나. 숯까, 이 건방진 새끼야—.

4시로 하시죠.

차마 좆을 까지 못해 타협안을 보낸 이유는 '나쁘지 않다'거나 '충분한' 수준으론 부족했기 때문이다. 일찍이 스크립트 짤 때 '그 영상'이 들어갈 부분도 정해놨겠다, 촬영부터 먼저하고 영상이야 나중에 끼워 넣으면 그만이었다.

찾았습니다, 나라카 씨.
이제 승부수를 던질 차례입니다.
1분팩트 〈아기들은 무슨 죄〉 영상을 명목상 10만 원에 넘기겠습니다.
가면을 쓰고 나와도 좋으니 직접 가져가십시오.

메일함에 쌓인 저주들 틈에서 낭보를 발견한 것은 새벽, 1분팩트의 정체를 밝혀내 한숨 돌리고 있을 때였다. 메일 하단에는 '그 영상'을 재생 중인 모니터를 찍은 사진이 첨부돼 있었다. 입수 경로는 알 수 없지만 거짓말 같진 않았다. 먼저 직

거래를 제안하는 사기꾼이 어딨겠는가. 신상 터는 게 목적이라면 계좌이체나 다른 방법도 많았다. 특히 '찾았습니다'라는 근본 없는 인사말이며 돈을 요구하는 주제에 스스로 '명목상'을 내거는 뻔뻔함으로 보아 다른 목적이 있는 지능범이라기보단 그냥 모자란 놈 같았다.

단돈 10만 원. 군중의 분노를 있는 것 없는 것 끌어모아 마녀사냥을 범국민적 운동으로 확산시키는 비용치곤 헐값이었다. 이쯤 되면 빼놓을 수 없는 국민청원도 기대해봄 직한데 이미 금 모으기 운동으로 증명된 단결력과, 증오는 금보다 싸다는 점을 고려하면 그 스케일은 2006 월드컵 스위스전 재경기 서명 이래 민족 최대 궐기에 이를 수도 있겠다. 고민할 것도 없었다. 시간이 금이라지만 때론 금을 바쳐서라도 얻어야 하는 게 있기 마련이었다.

3시 55분. 유리문에 비친 모습을 훑어본다. 나이키 모자, 마스크, 회색 후드집업, 청바지, 컨버스 신발, 칼하트 백팩. 이 정도면 여전히 익명 세계에 머무르고 있는 것과 진배없다. 간판 대신 '명징'이라 적힌 스티커를 붙여놓은 유리문을 밀자 로파이 음악이 흘러나온다. 마감 처리 없이 노출된 콘크리트를 보아 카페 간판도 비용 절감 목적으로 설치하지 않은 듯하다. (직원을 포함해) 눈을 마주치기는커녕 고개를 드는 사람조차 없어 먼저 도착했다는 결론을 내리고 코너 쪽 의자—시멘트로 된 정육면체를 의자라 부를 수 있다면 말이다—에 앉는다.

기어이 마스크를 벗지 않고 음료를 다 마셨을 땐 10분이 흐른 뒤였다. 마침 문이 열리며 비즈니스 캐주얼 차림의 젊은 남자가 들어온다. 실내를 우에서 좌로 훑으며 한 번, 다시 좌에서 우로 훑으며 한 번. 그렇게 두 차례 눈이 마주치자 결심이 선 듯 테이블—시멘트로 된 직육면체를 테이블이라 할 수 있다면 말이다—로 다가와,

"혹시—."

"네, 맞습니다."

'나라카' 세 글자가 입 밖으로 나오기 전에 말을 자른다.

"…2781 차주 맞으신가요?"

"아…… 아닌데요."

남자가 투덜하고 지나가며 흘긴 눈빛이 영 싸늘하다.

4시 20분. 각얼음을 입안에 털어 넣는다. 인내심이 차갑게 동났음에도 어디냐고 보낸 메일엔 답장이 없다. 메일에 남겨진 번호로 전화 걸어보지만 발신번호 표시제한은 수신이 차단돼 있다. 5분만 더 기다려보기로 한다.

4시 25분, 이렇게 된 이상 30분을 채우기로 한다.

30분, 끝자리 숫자가 1이 되는 순간 일어나기로 한다.

자리에서 일어나려는 찰나 문이 유난히 활짝 젖힌다. 앞자리도 끝자리도 3이었다. 몸무게가 세 자릿수는 돼 보이는 거구의 남성이 거칠게 숨을 고른다. 덩치에 어울리지 않게 앙증맞은 에코백을 들었으며 라이선스 브랜드 열풍이 불어닥친 모자엔 어째선지 '코스트코' 로고가 박혀 있다. 고개는 살펴보는 것치곤 필요 이상으로 두리번거렸고 집중해보느라 입술도 삐죽 튀어나온 것이 엄장을 감안하더라도 제스처가 큰 타입으로, 여러모로 저 새끼만 아니었으면 싶은 모양새였으나 조급해진 마음은 저것마저 정답이길 바라고 있었다.

머피의 법칙이라 해야 할지 샐리의 법칙이라 해야 할지. 아니나 다를까 정답이 내게 다가온다. 양팔을 내두르며 거방지

게 내딛는 발걸음엔 확신이 가득 실린 나머지 컨버스 밑창이 진동할 정도인데 초면이라 망정이지 구면이었다면 지금쯤 카페가 석면 가루로 뒤덮였을 것이다.

"혹시—."

망신은 한 번으로 족했기에 뒷말을 기다려본다. 한데 이럴 때면 꼭 머피의 지랄병이 도지곤 하던데.

"그, 나라카…"

"네네, 맞아요, 네."

"늦었네요, 시급히 정리할 일이 생겨서…."

땀을 닦기 위해 모자와 안경을 벗자 정리가 시급한 이목구비가 드러난다. 불룩한 밤볼 사이 움푹 꺼진 난장코와, 두둑한 입술에 대비되는 각박한 메밀눈. 이건 뭐 단짠단짠도 아니고.

"번호 남겨놨는데 전화 주시지. 제가 피처폰 쓰거든요, 수험생이라."

"제가 시간이 없어서요, 바로 파일 주시죠."

"아, 말씀드린 대로 노트북 가져오셨죠?"

가방에서 맥북을 꺼내는 동시에 그렇지 않아도 일그러진 얼굴이 도드라지게 일그러진다.

"아… 그, USB 드라이브가 A타입이라…."

비대한 손가락 사이 놓인 USB에는 요즘 유행하는 듯한 고양이 캐릭터가 그려져 있다. 그 맹랑한 취향은 넘어가더라도 지금 시대가 어느 때인데 USB라니.

"클라우드에 저장해놓은 건 없어요? 다운로드 링크만 주면 되는데."

"제가 스마트폰도 없고 노트북도 없어서 그런 걸 안 쓰거든요, 하핫."

그럼 USB는 왜 있냐, 원시인 새끼야.

"그치만 혹시 몰라서 전자사전에 저장해왔죠."

건네받은 전자사전엔 파일이 하나 놓여 있을 뿐으로, 고작해야 1cm² 남짓한 작은 섬네일이었지만 파일명 위에 울고 있는 여자는 누가 봐도 조보미였다. 파일명 '화면 녹화 0712…'는 내용적으론 원본이 업로드된 당일에 따놓은 영상이라는 점을, 외형적으론 오래된 폰트로 쓰여 꽤나 구형 모델이라는 점을 시사하고 있었다. 돋움체의 살아 있는 각이 융통성이라곤 찾아볼 수 없어 터치 센서가 탑재됐는지도 의문이지만 별수 없이 섬네일을 두드린다.

"만약 또 낙태했다면 믿고 맡길 수 있는 기존 병원으로 갔을까요, 쪽팔려서 다른 병원으로 갔을까요? 한 달이면 아직 A/S 기간 안 끝났을 텐…."

쳐 죽일 새끼.

라고 생각한 나 자신에게 놀라고 만다. 곧 이 영상의 가치가 돈으로 환산될 수 없다는 것도 깨닫는다. 조보미를 나락으로 보낸 장본인조차 일순간 사건의 내력을 잊고 부아가 치밀 정도인데 하물며 시청자들은 어떠할까. 이걸 보고도 이성의 끈을 놓지 않을 지능이라면 괜히 내 주장에 딴지를 걸고넘어졌다간 좆될 수 있다는 계산 또한 능히 해낼 것이고 결국엔 성난 목소리만 남을 것이니 국민 정서로 형벌을 내린다면 단언 사형이었다.

"이건 뭐죠? 드럼 육일공일… 에디, 에디냐?"

관련 종사자의 눈썰미로도 인지하기 어려운, 불투명도가 10퍼센트도 채 안 돼 보이는 문구가 화면 중앙을 가로지르고 있다.

"아, 그게 말이죠."

검지와 중지만을 펴 안경을 고쳐 쓰는데 그 눈빛이 사뭇 비장하다.

"잠시만요, 음료 좀 시키고 올게요."

얼마나 구구절절한 사정이 있어 저리 뜸 들이고 목부터 축이려는 걸까. 자리를 오가며 세 자릿수가 사출하는 묵중한 발걸음이 사연의 무게를 대변하는 듯싶다.

"화, 화면 녹화 프로그램 체험판 버전을 써서 워터마크를 못 지웠어요⋯."

병신인가⋯?

"여기, 10만 원 드리면 되죠?"

지갑에서 5만 원권 두 장을 꺼내며 말한다.

"저, 실은 말이죠,"

쓰읍, 거리며 좌우로 진자운동 중인 고개는 아무래도 10만 원으로는 안 되겠다고 말하려는 본새인데, 즉석에서 가격을 올리려 드는 양아치 근성도 혈압 상승에 적잖게 기여했으나 주먹을 불끈 쥐게 만든 주원인은 쓸데없이 길고 과장된 전조 증상 그 자체에 있었다. 언제까지 입술을 쪼뼛 내민 채 대가리를 흔들어댈지 알 길이 없는.

"실은 뭐요."

각진 물음을 던지자 마침내 고개가 멈춘다. 다만 접힌 턱살 사이에 고여 있던 땀방울이 턱 끝에서 저만의 진자운동에 한창이다.

"후—."

남자는 아직 타격 준비 동작을 마치지 못한 타자처럼 한숨을 쉬고 코를 긁적일 뿐으로, 이제 몇 초만 지나면 자세를 취하지 않아도 그 왼쪽 뺨아리에 무언가 날아들 것이었다.

"늦은 이유 솔직하게 말씀드릴게요. 실은 다른 구매자한테서 값을 더 후하게 쳐주겠다고 연락이 왔습니다."

"1분팩트요?"

"그, 그건 말씀드릴 수 없습니다. 고객 개인 정보이기 때문에…."

"제가 1분팩트보다 더 쳐드릴게요."

"그게 그렇게 간단한 일이 아니라서…."

일단 1분팩트는 맞는 듯하고.

"얼마 불렀죠?"

"…얼마 있으신데요?"

대체 얼마나 처맞고 싶으신 건데요.

"제가 얼마 있냐에 따라 가격이 달라지나 보죠?"

"이, 20만 원. 20만 원 불렀어요."

지갑을 연다. 혹시 몰라 30만 원을 뽑아온 선견지명이 빛을 볼 때였으나 혹시 모를 일이 생겼다는 게 유쾌하지만은 않다.

"지금 현금이 넉넉지 않아서요. 25까지 드릴 수 있을 것 같…"

"30만 원이요."

"초행길이라 꽤 헤맸는데 거마비라도 빼주시죠."

"초행길이요?"

예, 처음 초에 다닐 행이요.

"처음 와본 길이라고요."

"……."

그 말이 어째서 심금을 울린 건지 심각한 얼굴로 생각에 잠긴다. 길을 헤맸다는 거짓말이 통한 모양이다.

"거짓말이죠?"

보기보다 예리한 모양이고.

"…뭐가 거짓말이란 거죠?"

"처음 와봤다면서요."

"처음 와봤는데요."

"어디 사시는데요?"

"사는 곳은 왜요? 이렇게 외진 델 와본 쪽이 더 이상하지 않나요? 주민 앞에서 이런 말은 실례지만 까놓고 말해 서울이 아니라 경기도나 다름없잖아요."

사실이었다. 이 카페도 근방에 비하자면 낭중지추였다. 실제로 천장에 튀어나온 못은, 주변 미관에 녹아들도록 공사장 바이브를 살린 의도일지 모르겠으나, 애초에 카페라는 업종 자체가 미스매치로 보일 만큼 낙후된 동네였다.

"……."

남자가 말을 잃었다. 보기보다 여린 모양이다.

"30만 원이요."

속 좁은 새끼.

5만 원권 여섯 장을 넘기자 되면 좋고 안 돼도 괜찮다는 생각으로 찔러본 건지 고리눈이 되어 흰자위가 다 보일 지경이다.

"이제 파일 넘겨주시죠."

"어쩌죠. 전자사전에 파일 전송 기능이 없는데요."

USB나 니 대가리 둘 중 하나는 장식인가 보죠?

"USB 있잖아요."

"아끼는 USB인데…."

'아끼는'이라는 수식어가 USB 앞에 쓰이기도 했던가.

"바쁜 사람 불러서 30분 넘게 기다리게 해놓고 뭐 하자는 겁니까, 지금?"

"후—."

아가리 닫아, 입 냄새 나.

"우선 그러면……."

"……."

"……."

아가리 좀 열어, 운을 뗐으면.

"음료 좀 가져올게요."

"토피넛 향… 난 잘 모르겠는데."

음료에 독이 들었길 바라는 내 기도가 하늘에 닿았는지 연신 킁킁댄다. 이제 보니 어머니가 사주신 핏의 체크 남방도 각이 제법 살아 있는 게 어쩌다 한 번 꾸밀 때나 꺼내봄직한데 왜 날 만날 때 입고 온 건지 모르겠고 알고 싶지도 않다.

"이봐요."

"아, 예, 좋습니다. 제 불찰도 있고 하니 USB 넘길게요. 그대신."

호로록, 남자가 누군가의 인내심을 빨아들인다.

"대신에 USB 값으로 2만 원만 더 주시죠."

"이런 씨"발롬이.

"씨-타입 젠더는 없을까요? 방금 드린 게 지갑에 있던 돈전부라서요."

"저도 이거뿐이라서요. 그냥 이체해 주시죠, 2만 원만."

어떻게 숨긴 개인 정보인데 이제 와서 계좌이체를 할 순 없었다.

"참고로 원래 2만 5천 원짜리세요."

높임말도 제대로 못 쓰는 거랑 아웅다웅할 기력도 없었고.

"돈 뽑아올 테니 5분만 주시죠."

"5분만 드리겠습니다. 워낙 경쟁이 치열해서요."

넌 치열이 경쟁하느라 덧니가 삐죽빼죽한가 봐요,

라고 말할 시간도 없었다.

6분 뒤, 다시 카페로 돌아왔을 때 제 자릴 지키고 있는 건 음료 잔 두 개와 내 가방뿐이었다.

그새 입찰가가 오른 걸까. 영상 유포를 막고자 하는 상대의 절박함에 비하면 삼, 사십만 원쯤이야 우스울 테고 더 이상 잴 필요도 없는 거액을 불렀을지 모른다. 어쩌면 처음부터 난 1분팩트를 압박하기 위한 카드였을지도….

석면이며 못이며 떨어뜨릴 기세로 뛰쳐나간다. 영상을 유포 하려는 내 간절함도 결코 뒤지지 않았다. 오른쪽과 왼쪽 중 주 택가가 위치한 오른쪽을 택한 까닭은 본인이 정한 장소인 만 큼 집도 이 근처일 거였기 때문이다. 이내 마주친 사거리에서 사지선다 보기들을 북동남서로 훑고 다시 서남동북으로 마슬 러보는데 비곗덩어리는 온데간데없다. 그 엄벙대는 몸맨두리 를 고려했을 때 연비는 필시 두돈반 트럭만도 못할 터, 이쯤에 선 멀찍이나마 보여야 했다. 트럭이라든지 전봇대라든지 엄폐 물이 있긴 해도 일반 체형 기준에서나 엄폐물이었으며 애당초 숨어 있을 이유가 없었다. 내 소지품에 손대지 않은 이상.

그러고 보니 맥북이 왜 보이지 않았을까. 내가 가방에 도로 넣었던가? 혹시 그게 아니라면, 모자란 건 연기였을 뿐이고 내 게 다른 목적이 있는 지능범이었다면……

핸드폰을 꺼낸다. 메일에 남겨진 번호가 가짜일지도 모르는 마당에 내 번호를 숨기고 있을 때가 아니었다. 노트북 비밀번호를 '1234'로 설정해둔 자에게 비밀은 사치였다.

"네, 여보세요?"

막상 진짜가 받으니 좀만 더 사치를 부려볼 걸 싶기도 하고.

"어디시죠?"

"아, 죄송합니다. 화장실인데 금방 나갈게요."

"예?"

"아아, 가신 줄 알았구나. 저는 잠깐 자리 비울 때도 짐 챙기거든요. 이게 우리나라니까 괜찮은 거지 해외에선 싹 다 훔쳐 가요."

우리나라는 괜찮다면서 왜 챙기는 것이며 스마트폰도 없고 노트북도 없는 그지 같은 에코백을 누가 건드린다는 건지, 그리고 스스로에게 높임말은 왜 쓰는 건지 당최 알 수 없다.

"근데 저 나라카 씨한테 부탁할 게 하나 있는데."

"뭔데요."

"후……."

아가리 닫아, 입 냄새 떠오르니까.

이윽고 마른침 넘어가는 소리. 둘 중 어느 쪽에서 침을 삼켰는지도 모르겠다. 뜀박질 간 거친 날숨을 받아낸 마스크로부터 꿉꿉한 서스펜스가 엄습해온다.

"이 근처 맛집 추천 좀요."

니엄마요.

집으로 돌아가는 택시, 손아귀엔 적의 거위가 놓여 있다. 비로소 공수 교대였다. 피차 더러운 손인 건 마찬가지기에 정의의 사도가 될 생각은 없다. 다만 가해자를 가해하는 안티히

어로, 악을 강간하는 더 거대한 악이 되겠다. 전자의 악이 피해자만 800명에 달하는 만큼 거악(巨惡)은 프로크루스테스의 다리로는 부족해 목까지 잘라낸 테세우스 정도는 돼줘야 수지타산이 맞겠다. 무릇 소시민들은 권선징악을 동화일 뿐이라 여기면서도 어떤 이유에선지 악징악(惡懲惡)은 그럴싸하다고 믿기 마련으로, 양산형으로 찍혀 나오는 일진 미화 웹툰의 '착한 일진'이 비행 능력만 갖추면 동화 속 피터 팬과 다를 게 없음을 모르고 그저 '참교육' 키워드만 들어가면 파블로프의 개마냥 '사이다'를 외쳐댈 따름이다. 그렇다고 개들에게 저능을 나무랄 순 없는 노릇이라 나는 종을 흔들어 먹이를 던져줄 심산이다. 정확히 말하면 종은 유튜브가 대신 흔들어주지만.

네겐 안타깝게도 렉카에게 견인 당하는 렉카를 보며 안타까워할 휴머니스트는 없다. 모두가 처형인의 처형을 목 놓아 기다린다. 그런 의미에서 제 목을 칠 망나니로 날 고른 안목에 박수를 보낸다. 왜, 조선 시대에도 죄질이 더 가벼운 죄인이 칼춤을 추지 않았나. 800번이나 선보인 네 춤사위에 비한다면 송구하기 짝이 없으나 나도 이날을 기다리며 날을 갈았다, 죄를 지었으니 그만 모가지를 베풀어라—.

마침 주머니에서 종이 울린다. 내가 알림 설정해둔 채널은 하나뿐인데도.

1분팩트님이 동영상을 올렸습니다 끝.

한껏 당긴 고무줄을 놓아버린 모양이지. 무리한 나머지 고무줄이 끊어진 걸 수도 있겠으나 다년간 축적된 빅데이터로 보건대 내 인생에 '마침' 찾아오는 것들은 십중팔구 샐리가 아닌 머피였다. 불안인지 흥분인지 모를 무엇으로 떨리는 손끝을 알림창에 가져다 댄다. 날아든 것이 바둑돌인지 돌덩이인지 환부를 더듬어봐야 알 수 있는 처지가 가혹하기만 하다.

"긴말 않고 본론으로 들어가겠습니다. 나라카가 국평오라는 결정적 증거를 발견했습니다. 어제 저는 나라카가 채널을 만듦과 동시에 국평오가 사라졌다고 말씀드렸죠. 그런데 오늘, 익명 제보로 그 이후 작성된 국평오의 글을 찾아냈습니다. 그것도 바로 얼마 전, 봄이조 님의 유서가 발견된 날 쓴 글입니다."

💬 **유튜브도 아무나 하는 거 아니다**

[작성자] 국평오

나도 유튜브한 지 세 달 됐는데 댓글창에 거진 반틈이 븅신이다.

그나마 나는 남자고 얼굴도 안 까서 저 정돈 아니지만

여자들은 왠만한 멘탈 아니고서야 못 버티는 게 "팩트"임ㅋㅋㅋ

※ 삼가 고인의 명복을 빕니다 ※

"초심이라도 다지려 했던 걸까요? 국평오는, 아니, 나라카는 이날 업로드도 미룬 채 세 달 만에 유스갤에 찾아왔습니다. 고인의 명복을 빈다는 핑계를 댔지만 실은 루머의 원작자를 알아봐주길 바라는 심보였겠죠. 그 소원대로 우리 모두가 알게 됐으니 지금쯤 얼마나 꿈만 같을까요. 큰따옴표, 초성체, 그리고 당구장 기호까지. 제가 지적했던 특징이 모두 드러나

있는 데다가 3개월 차에 접어든 유튜버라는 점까지 일치하죠. 남자고, 얼굴 또한 공개하지 않았다고 합니다. 이거 원, 나라카의 적은 국평오인가요? 당신의 정체를 까발린 작자를 잡고 싶다면 당장 거울 앞으로 달려가시면 됩니다. 복수를 원하면 할복하시면 되겠고요, 반성을 원해도 할복하시면 됩니다. 그래 봤자 당신의 키보드에 묻은 수백 명의 피눈물에는 못 미치겠지만 말입니다.

그래도 정 뭔가를 도려내겠다면 손가락이길 바라. 흐르고 멎기를 기다리며 하나씩 하나씩. 열 손가락이 다할 즈음엔 그들의 피눈물에 견줘볼 수 있을 테고 그땐 네게도 안식이 찾아오겠지. 다만 유서는 못 쓸 거야."

…끝이다, 이젠.

바둑에서 연속 착수는 기권패를 뜻하기도 했다.

생각을 양도하면 껍데기가 된다. 마이클 브룩스 교수가 한 말이죠. 여러분은 제가 정말 낙태설을 유포한 범인이라 생각하십니까? 제 말은, 정녕 그것이 스스로 판단하여 내린 생각이 맞냐는 말입니다. 혹 언론이나 유튜버가 떠드는 대로, 또는 댓글에 쓰인 대로 그저 더 큰 목소릴 따라가고 있는 건 아닐는지요. 제 말을 곧이곧대로 믿어달란 말은 않겠습니다. 다만 한 번쯤은 자신의 목소리를 내보시길 바랍니다.

1분팩트는 알고 있었습니다. 개인의 생각이 모여 집단의 생각이 되는 게 아니라, 집단의 생각에 개인이 생각을 맞춘다는 걸. 그래서 거꾸로 집단의 생각부터 만들었죠. 이 그래프는 1분팩트가 어제 16시에 업로드한 영상의 좋아요 수를 측정한 그래프입니다. 특정 시간대에 '좋아요'가 무려 1만 개나 폭증했죠. 놀랍게도 같은 시간 동안 제 영상도 1만 개가 늘었어요. '좋아요' 말고 '싫어요'가. 네, 1분팩트가 매크로를 돌려 여론을 조작한 것입니다. 그 증거로 한때 3만을 넘었던 제 영상 싫어요 수가 지금 2만 대로 줄었죠. 가계정으로 누른 것이 감지돼 복구된 겁니다. 그러나 보미 님의 주검이 발견됐을 당시만 해도 이렇게 프로그램으로 탄생한 껍데기들이 댓글창까지 점거 중이었고, 여러분은 만들어진 여론에 편승해 기꺼이 껍데기가 돼주었습니다. 두 껍데기의 차이점이라곤 ID가 해석 가능하냐 불가능하냐 뿐이었죠.

혐의를 입증할 증거 따윈 필요치 않았습니다. 아무도 묻지 않았죠. 우리가 원하는 건 정의가 아닌 살인자였으니까요. 오늘 전까지만 해도 1분팩트가 증거랍시고 내세운 건 제 회원 전용 게시물의 문체가 국평오와 유사하다는 게 다였죠. 유사성을 증명하기 위해 유사하지 않은 부분은 잘라냈지만 말입니다. 한데 이게 증거였다면, 증거가 발굴되기 이전엔 뭘 믿고 돈까지 써가며 유료 회원에 가입한 걸까요? 팬심으로 제 유료 멤버십을 구독하고 있던 게 아닌 이상 선후 관계가 조금 어색합니다. 어쩌면 1분팩트는 범인을 지목한 게 아니라, 지목한 저를 범인으로 만들려 했던 게 아닐까요? 1분팩트가 누군가를 범인으로 만들어야만 했던 까닭. 그 실마리는 이 영상에 있습니다.

"만약 또 낙태했다면 믿고 맡길 수 있는 기존 병원으로 갔을까요, 쪽팔려서 다른 병원으로 갔을까요? 한 달이면 아직 A/S 기간 안 끝났을 텐…. 현재 하루도 지나지 않아 무려 5만 명이 봄이조 채널을 구독 취소했는데요. 오늘의 한 줄 요약. 낙태죄는 2021년이 돼서야 사라진 거 아시죠?"

…참담하다는 말로는 부족한 심경입니다. 아직 A/S 기간 안 끝났다고요? 이거 완전 개새끼 아니야. 연구에 따르면 개들도 죄책감을 느낀다는데, 버젓이 채널 운영 중인 꼬라질 보면 개만도 못한 새끼라 해야겠죠.

그런데 혹시 이 영상 제목 기억나실까요? 〈아기들은 무슨 죄〉였는데요, 영상 올리신 분께서 이런 말을 하셨더라고요. "내 영상은 파급력이 낮다. 그 증거로 세 달 전 '봄이조 낙태'를 검색했을 때 유튜브 상단에 노출되지 않았다." 당연히 안 나오겠죠, 자동 검토 삐하려고 제목은커녕 태그에도 '봄이조', '낙태' 둘 다 안 썼잖습니까. 그나저나 세 달 전 검색 결과를 캡처한 화면은 왜 갖고 있죠? 영상 올릴 때부터 이런 날이 오게 될 줄 예상했던 모양이죠? 그러면서 스스로를 '이미 실검에 오른 이슈를 정리해 알려주는' 역할이라 자처하는데, 자꾸 뭘 정리해요, 곤도 마리에도 아니고. 해당 이슈가 오전 11시경 실검에 떴고, 당신 영상은 12시에 올라왔는데, 소재 선정부터 기획, 편집, 업로드까지 한 시간 만에 마쳤다고요? 손바닥으로 백날 하늘을 가려보십쇼, 제가 그 손가락 하나하나 접어드릴라니까.

그럼 다시, 1분팩트는 왜 만들어진 범인이 필요했을까요? 큐레이터가 아니라 크리에이터였기에? 단독범은 너무 적적해서? 핵심은 이겁니다. 제가 지목된 대역에 불과하다면, 국평오 역은 본래 누구 것이었을까요?

영상 업로드 시각에 주목하겠습니다. 7월 12일 오후 12시 정각. 국평오가 문제의 글을 작성한 시간이 같은 날 00시 37분이니까 열두 시간이 채 지나지 않은 시점입니다. 다른 유튜버들이 늦은 오후에야 업로드한 걸 감안하면 매우 이른 시각이죠. 일 처리가 특출나게 빠른 걸까요? 심지어 5만 명이 구독을 취소했다는데, '인플루언서트래커'에서 제공하는 그래프에 따르면 업로드 시점에 구독자 감소량은 3만이었습니다. 빠르다 못해 시간마저 앞서갔죠. 이슈가 되리란 걸 미리 알고 영상을 만들어놓은 뒤에, 사람들이 유튜브를 시청하는 점심시간에 업로드했다고 가정한다면 지나친 비약일까요. 무슨 수로 이슈를 점치냐고요? 그 비결은 친히 클로징 멘트로 귀띔해 주셨습니다. '낙태죄는 2021년이 돼서야 사라진 거 아시죠?' 어딘가 익숙하시겠지만 데자뷔는 아닐 겁니다. '낙태죄는 2021년이 돼서야 폐지되었다.' 국평오가 마지막에 쓴 구절과 똑같거든요. 그렇습니다, 1분팩트는 낙태설을 최초 유포한 국평오와 동일 인물이었습니다.

단순히 따라 쓴 거 아니냐고요. 아닙니다. '인플루언서트래커'에선 삭제된 영상의 제목과 섬네일을 볼 수 있는데요. 1분팩트가 몰래 내린 보미 님에 대한 영상이 또 있었습니다. 섬네일 텍스트를 읽어드리자면, 〈라이어 게임 준우승자 봄이조 학폭 논란〉. 이때도 이슈를 가장 먼저 견인해온 유튜버는 1분팩트였습니다. 허위 사실임을 알고 있었다는 듯 욕먹기 전에 일찌감치 영상을 내린 것도 공통점이고요. 차이점이 있다면 '유스갤'이 아닌 '판'을 이용했다는 점입니다. 진정성이 요구되는 미투 성격상 실명 인증해야 가입할 수 있는 사이트에 글을 써야 했겠죠, 어디서 졸업 앨범까지 구해와서 말입니다. 이로 인해 평소처럼 익명의 그림자 속에 숨을 수 없었던 1분팩트는, 보미 님이 법적 조치에 나서겠다 경고하자 글을 삭제하고 튀었습니다. 고인은 상상도 못 했을 겁니다. 자신을 모함한 이들 중 아예 같은 학교도 안 나온 인간이 있을 거라곤.

이쯤 되면 얼마나 많은 글과 영상을 지우면서 살아온 건지 궁금하네요. 그나마 싸지른 건 치울 줄 안다는 게 개보단 나은 지점일까요. 개한테 1승, 기특합니다. 1분팩트 가라사대, 본인이 영상을 올리자 국평오가 모든 글을 지웠다 했죠. 그런데 오늘 홀연히 나타난 제보자를 빼면 아무도 국평오 글을 캡처 못 했다는 게 위화감이 듭니다. 영상을 본 시청자들이 국평오 글을 검색하러 몰려갔을 텐데, 그전에 삭제된 걸 보면 '본인'이 1등으로 시청했나 봅니다. 여기서 '본인'은 국평오 얘기고요. 더 의아한 건 영상 업로더 '본인'조차 캡처를 안 했어. 방금 말한 '본인'은 1분팩트입니다. 그렇게나 범인 잡으려 혈안 돼 있는 사람이 증거 확보도 전에 영상부터 올린다고요? 형사가 범인에게 어서 도망치라고 외치는 꼴이죠. 자, 여기서 반전. 만약 형사가 범인이었다면? '형사'로서 전말을 밝히기 전에 '범인'으로 남긴 흔적을 지웠다, 가짜 범인을 지목하기 위해서. 어째 거북한 위화감이 싹 가시지 않습니까.

1분팩트가 저를 지목하며 언급한 '진효림 공동구매 폭리 논란'. 증거를 인멸했다고 자신했는지 자기 과오를 스스럼없이 입에 올렸죠. 한데 업보라는 게 실재하는지 증거 갖고 있는 사람이 딱 한 명 있었으니 그게 바로 나야. 저번 영상에서 제가 팬심으로 관련 게시물을 캡처 따났다 했죠. 보시다시피 국평오가 루머를 유포한 시각이 16시 10분입니다. 어김없이 1분팩트도 영상을 올렸는데 이번엔 당일 21시, 무려 다섯 시간도 안 지난 때였죠. 이 가짜 뉴스 또한 국평오가 최초 유포했으며, 최초 업로드한 유튜버는 역시 1분팩트였습니다. 날조로 밝혀졌을 땐 이미 영상이 내려간 뒤였고요. 이번 사건과 소름 돋는 공통점이 한 가지 더 있습니다. 제가 효림 님께 여쭤본 결과, 자숙 중일 때 1분팩트가 이런 메일을 보냈다네요.

'안녕하세요, 유튜버 1분팩트입니다. 제가 효림 님에 대해 다룬 내용이 사실과 달라 영상을 내리기로 결정했습니다. 영상을 내린다고 없던 일이 되는 게 아니므로 제가 도울 방법이 없을까 싶어 연락드립니다. 제 불찰에 진심으로 사죄드리며, 모쪼록 건강하시길 바랍니다.'

어? 이번에도 데자뷔가 아닙니다. 1분팩트가 보미 님께 쓴 메일과 비교해보시죠. 틀린 그림 찾기 하자는 것도 아니고 거의 똑같습니다. 이 두 통의 메일이 시사하는 바가 무엇일까요? 아, 그래도 피해자한테 사과는 하는구나? 글쎄요, 사과를 '복붙'해서 할 바엔 챗 지피티한테 위임하는 게 낫지 않을까요. 단체 메일 안 보낸 게 어디냐만은.

두 사건의 공통분모가 말해주는 건 이겁니다. 마르지 않는 샘의 비밀. 1분팩트에게는 '최소' 두 가지 인격이 있습니다. 최소라 함은 더 있단 뜻이겠죠. 먼저 누적 조회수 6억에 빛나는 이슈 유튜버 '1분팩트'. 거저로 그 자리에 올랐겠거니 생각한다면 오산입니다. 이슈가 없으면 영상도 없으니까요. 비 내려야 우산을 팔 수 있는 우산 장수 처지랄까요. 가뭄이 길어지자 우산 장수는 결심합니다. 비가 쏟아지게끔 만들자고. 그렇게 탄생한 자아가 '국평오'입니다. 1분팩트에게 가뭄이 들이닥칠 때마다 국평오는 기우제에 바칠 제물을 정하곤 했죠. 어느 정도 이름이 알려졌되 팬덤은 약해 역풍 맞을 위험이 적은 자. 논란에 휘말린 전례가 있으면 가산점, '페미'거나 '검머외'면 추가 가산점. 마르지 않는 샘의 비밀은 그저 마를 일이 없도록 물을 퍼부었을 뿐입니다.

'국평오로 생산한 루머를 콘텐츠로 가공 후 1분팩트 라벨을 붙여 유통한다.' 이것이 업계 1위 사이버 렉카의 노하우였습니다. 아니, 렉카분들께 실례죠. 건수 없다고 일부러 사고를 내는 렉카는 없잖습니까?

물론 리스크도 있습니다. 뇌내망상으로 싸지른 소설을 실화라고 씨불인 이상 조회수를 천년만년 빨아낼 순 없는 노릇이죠. 단물을 빨 만큼 빨았으면 영상을 내리고 피해자에게 사과문을 보냅니다. 보험을 들어놓는 거죠. 만에 하나 사달이 나면 그제서야 메일을 공개해, 난 진작에 영상도 내렸고 사과까지 했는데? 라며 스리슬쩍 책임에서 벗어나는 겁니다. 글도 쓰고 영상도 만들면서 짬짬이 편지까지 보냈으니 뭐, 육손이라도 되나 보죠?

하나 이것만으론 역부족이죠. 바로 이 지점에서 '아낌없이 주는 나무' 국평오의 진가가 드러납니다. 1분팩트 자신은 큐레이터일 뿐이며 사과까지 전했지만서도, 정 그렇게 아니꼬우면 내 직접 최초 유포자를 심판하겠노라 선언합니다. 빌런에서 히어로가 되는 방법, 더 사악한 빌런을 찾아 응징하면 그만입니다. 당면 과업은 하나. 군중의 분노를 온전히 담아낼 수 있도록, 그리하여 노여움 한 방울 자기한테 튀지 않도록 국평오에게 실체를 부여하는 일입니다. 걱정은 없습니다. 오래전부터 치밀하게 준비해왔거든요. 여러분, 과연 국평오가 쓴 유행어가 '국민 평균은 5등급' 하나일까요? 좀 전에 말씀드린 '공동구매 폭리 논란' 글을 보시죠. '중요한 건 깎이지 않는 가격'? 한물 간 유행어 억지로 끼워 넣는 게 어디 농촌특산물 축제 포스터에서나 볼 법하죠. MZ처럼 보이고 싶어서 이런 걸까요? 아니요. 이렇게 남발한 유행어 중 하나라도 누군가가 즐겨 쓰는 유행어와 겹친다면 국평오로 둔갑시킬 수 있기 때문이죠.

문체가 비슷해 보이는 것도 같은 맥락입니다. 특정성이 성립될 만한 포인트를 작위적으로 배치해놓곤 지뢰밭에 '한 놈'만 걸리라는 거죠. 제가 밟은 건 '당구장 기호'나 '큰따옴표'였지만, 낙태설 본문에 처음부터 끝까지 깔린 '쉼표' 또한 밟지 않았을 뿐 지뢰긴 마찬가지였을 겁니다. 누가 알까요, 밟지 않은 것들이 더 많을지.

밟은 놈들 중에 다시 한 놈만 뽑아보자면 이슈 유튜버가 제격입니다. 악플러라 한들 이상할 게 없는 이미지에 이미 미움받고 있는 빌런들이거든요. 대역을 정했으면 그럴싸한 서사를 부여해야겠죠. 저는 채널 개설일로 꼬투리 잡혔지만 다른 적임자가 있었다면 또 그만한 사연을 갖다붙였을 겁니다. 제 채널 개설일을 기점으로 국평오가 사라졌다고요? 보미 님 같은 메이저 유튜버를 건드렸겠다, 슬슬 하청업자를 갈아치울 때가 됐다고 판단하셨나 보죠?

그렇게 저는 1분팩트의 죄를 대속하기 위해 십자가를 짊어집니다. 아낌없이 주는 나무는 십자가가 돼 대역과 함께 못 박힐 운명이었죠. 제2의 국평오야 다시 만들어내면 그만입니다. 모르죠, 지금 이 순간에도 몇 그루의 나무가 무럭무럭 자라나고 있을지. 그런데 1분팩트, 알고 있습니까? 아무리 위장해봤자 국평오와 닮은 꼴은 내가 아닌 당신이라는 걸.

"두 맹점은 매우 간편하고 무성의한 하나의 해결책으로 귀결되는데 바로 '가상의 지인'입니다."

이틀 전, 국평오를 토사구팽하며 뱉은 말이죠. 낙태설의 허점을 메꾸려 지인을 들먹인다고 한마디 하셨는데, 정확히 19초 뒤엔 이런 말도 합니다.

"제가 지인 중 안티머글 회원을 수소문해 찾아본바…."

국평오나 1분팩트나 증거의 출처를 얼버무릴 때마다 데우스 엑스 마키나처럼 지인을 등장시키죠. 그나마 오늘은 레퍼토리를 바꿨더라고요? '지인'에서 '익명 제보'로. 여전히 간편하고 무성의한 해결책이지만 그 제보받았다는 글 한번 살펴보겠습니다.

💬 **유튜브도 아무나 하는 거 아니다**

[작성자] 국평오

나도 유튜브한 지 세 달 됐는데 댓글창에 거진 반틈이 붕신이다.
그나마 나는 남자고 얼굴도 안 까서 저 정돈 아니지만
여자들은 왠만한 멘탈 아니고서야 못 버티는 게 "팩트"임ㅋㅋㅋ
※ 삼가 고인의 명복을 빕니다 ※

…지나칠 정도로 제가 쓴 것 같지 않습니까? 제 말은, 흉내 내지 않고서야 이렇게까지 특징이 집약적으로 드러날 수 있냐는 말입니다. 아직 사망이 확인되지도 않은 시점에 고인의 명복을 빌어요? 그것도 'ㅋㅋㅋ' 웃자마자? 꼭 당구장 기호로 장식할 멘트가 필요했던 것 같고 꼭 세 번씩 웃어야만 했던 것 같죠. 여기에 큰따옴표까지, 마지막 두 줄에 특징들이 몰려 있는 것도 심히 부자연스럽습니다. 어디 문체만 그런가요? 1분팩트가 말하길,

"개인정보를 남긴 적도 없는데 수백 개에 달하는 글들을 지웠다? 글 내용을 본인 영상과 비교해볼까 봐 에지간히 두려웠던 모양입니다."

그동안 개인정보를 남긴 적 없다는 사람이 이렇게 알차게

신상을 밝힌다고요? 뜬금없이 세 달 만에 나타나서? 무엇보다 작성일이 유서가 발견된 날이면 1분팩트가 절 저격하기 전이라는 건데, 본인 말대로라면 국평오가 증거를 인멸하지 않은 시점이죠. 그렇다면 1분팩트가 이 글을 못 보고 지나쳤을 가능성이 얼마나 될까요?

여기서 문제. 국평오가 세 달 만에 유스갤에 출몰한 까닭은? 1번, 명복을 빌기 위해. 2번, 유튜브 운영 고충을 토로하려고. 3번, 갤 망했는지 점검차. 4번, 자기소개 목적으로. 정답은 4번입니다. 다만 자기소개가 '진짜' 자기를 소개하는 건 아니고요, 국평오에게 실체를 부여하는 최종 단계. 낙점된 대역에 빙의해 자기소개하기. 유서 소식을 듣자마자 1분팩트는 비상 대응 매뉴얼대로 조치에 나섭니다. 그간 추려놓은 후보군에서 국평오와 싱크로율이 가장 높은 자를 선정, 유스갤에 마지막 글을 남기죠. 유서처럼 자전적 성격을 띠는 동시에 다잉 메시지처럼 범인을 가리키기도 하는 이 최후의 일기를 다섯 글자로 요약하면 다음과 같습니다.

나, 나라카다.

네 글자를 추가하자면 이렇습니다.

나, 존나 나라카라니깐.

이런 글을 당장 얼마 전에 써놓고, 세 달 전 제 등장과 동시에 국평오가 사라졌다 말한 이유가 뭘까요? 첫째론 '나라카=국평오' 설에 힘을 실을 의도였겠고요. 둘째로 승부수는 클라이맥스에 던지고 싶었기 때문입니다. 공방전을 계속 이어가려면 자기 자신이 쓴 글도 못 본 척해야 했죠. 이 진흙탕 싸움이 누군가에겐 아물지 않은 상처를 후벼파는 고문만 같고, 어떤 이들에겐 진실에 다가서기 위해 지나쳐야 하는 관문일 테지만, 1분팩트에게는 콘텐츠였습니다. 매 편마다 조회수 삼사백만은 보장된 대형 콘텐츠. 잘 나가는 드라마들이 으레 그렇듯 최대한 질질 끌고 싶었을 겁니다. 또 모르죠, 시즌제를 기획 중이었을지. 유튜브 경력 4년 동안 남 일만 조명해봤지 본인이 조명받는 건 처음일 테니까요. 이대로 시즌 1이 끝나면 얼마나 오래 자숙해야 할지 감도 안 오겠다, 이참에 한 몫 땡기기도 해야겠고. 이제 좀 아시겠습니까, 1분팩트가 영상 말미마다 '다음 편 예고'를 때려댄 연유를? 아무리 조회수에 미쳐 있어도 설마 그러겠냐고요? 설마 이상으로 조회수에 미치지 않았으면 우리가 왜 이 짓거릴 하고 있겠습니까.

하지만 현실은 각본대로 흘러가지 않습니다. 증거를 조작하고 매크로까지 돌렸는데도 커뮤니티 내 비난 여론은 여전합니다. 허튼짓한 게 들키기라도 하면 역풍 맞을 위험도 있었죠. 결정적으로 현상금이 걸리고 신상이 털리기 시작하자 1분팩트는 미뤄왔던 결말을 맺기로 합니다. 그리고 우린 1분팩트가 결말짓는 방식을 잘 알고 있죠. 갑자기 툭 튀어나와 결정적 증거를 하사하신 오늘의 데우스는 '익명의 제보자'였습니다.

＊

나였다. 익명의 제보자. 나는 오늘 다섯 통의 메일을 보냈다. 1분팩트에게 두 개, 진효림에게 두 개, 나에게 한 개.

첫 번째 수신자는 나였다. 진효림 이메일 ID에서 알파벳 하나만 다른 '짭계정'을 만들어 내게 메일을 보낸 뒤, '전달'을 눌러 '진짜' 진효림에게 메일을 썼다. 원문을 건드리는 대신 '-----Forwarded message-----'에 기재된 정보만 수정했는데, '날짜'는 진효림이 자숙 중이던 5월로, '보낸 사람'은 'm1 nutefact@amail.com'으로 바꿔놓는 식이었다. 원문 위에 덧붙인 내용은 다음과 같았다. '안녕하세요, 언젠가 제게 잘못 온 메일을 읽고 무시했는데, 최근에 유튜버 1분팩트의 영상을 보고 진효림이라는 분께 썼다는 걸 알게 되어 늦게나마 전달드립니다.'

진효림에게 쓴 나머지 한 통은 1분팩트가 사과문을 보낸 적 있는지 묻는 메일이었다. 답장을 받고자 국평오를 향한 적개심을 구구절절 드러냈음은 물론이다.

1분팩트 몫은 다시 'm1nutefact'와 'm2nutefact'로 나뉘었다. 먼저 보낸 쪽은 후자였다.

나, 너 알아.

그뿐이었다. 12시간 뒤, '그 영상'을 구하러 집을 나설 즈음 본계정에 메일을 보냈다. 〈익명 제보입니다〉라는 제목의 메일에는, 국평오로 글을 쓰고―캡처하자마자 지운 후―작성 시각만 합성으로 바꾼 사진이 첨부돼 있었다. 늘 그렇듯 합성은 완벽했지만 1분팩트는 긴가민가했을 것이다. 조보미의 유서가 발견된 날, 저런 글은 본 적 없었을 테니까. 그러나 어떤 믿음은 믿어야만 하기에 생겨나기도 한다. 부계정이 발각된 이상 신상 털리는 건 시간문제였으며 '그 영상'까지 내주고 말았으니, 절체절명의 위기에 내려온 동아줄이 새 건지 썩은 건지 가려볼 틈도 없었을 터. 그저 못 보고 지나쳤겠거니 스스로를 타일렀을 것이다. 이런 걸로 장난칠 한가한 인간이 어딨겠냐며 자문도 했을 것이다. 그렇게 잔입질을 하는 동안 의구심을 죽여나갔고 종국엔 확신에 찬 동공으로 미끼를 물고 만 것이다.

★

한때 강박적으로 집어넣던 쉼표가 증발한 이유도 알 것 같죠. 대역이 확정된 이상 '나라카스럽지 않은' 특징은 쳐내야 했기 때문입니다. 그런데 정작 본인 말투는 쳐낼 생각 못 했나 봅니다? 우선 말끝마다 팩트 팩트 거리는 건 1분팩트 습관이죠. 그리고 혹시 본문 첫 줄의 '반틈'이란 단어, 들어본 적 있으십니까? '절반'이란 뜻의 전라도 사투리더라고요? 그러고 보니 방금 틀어드린 영상에선 이런 말도 했죠.

"글 내용을 본인 영상과 비교해볼까 봐 에지간히 두려웠던 모양입니다."

'에지간히'요? '어지간히'겠죠. 이 역시 전남 지방 사투리네요. 거의 다 왔습니다. 이번엔 제가 '어떤 영상'에 삽입된 자막 몇 개 보여드리겠습니다.

반틈만 하고 내일 다시 촬영하겠습니다
저도 왠만하면 악플들 무시하고 싶은데

여기서도 '반틈'이 나오네요? 그리고 국평오 글도 그렇고 이 자막도 그렇고, 의무 교육을 스킵 하셨는지 '웬만'을 자꾸 '왠만'으로 적고 있죠. 폰트가 아기자기한 게 1분팩트 채널과 괴리가 있지만 놀랍게도 1분팩트가 쓴 자막이 맞습니다. 다만 1분팩트 영상이 아닐 뿐. '술은 마셨지만 음주운전은 하지 않았다' 패러디냐고요? 술잔 잡은 사람과 운전대 잡은 사람이 다를 수 있듯 등장인물이 여럿이라면 가능한 얘기죠. 이 경우엔 '인물'보다 '인격'이란 표현이 어울리겠지만. 다음은 1분팩트 영상 속 숨은 단서입니다.

"봄이조 님이나 가족분께서 원하신다면 지금이라도 사죄하러 찾아뵙겠습니다. 죄송합니다."

진정성을 보여준답시고 친히 목소릴 녹음하셨죠. 음성이 뭉개질 정도로 변조해놓고 무슨 진심을 전하겠단 건지 모르겠지만 이거 하나는 알 거 같네요. 마이크 성능이 끝내준다. 신기하리만치 잡음이 들리질 않는 데다, 이어폰 꽂고 집중해보면 좌우 소리가 미세하게 다른 것도 알 수 있죠. 고성능 스테레오 마이크를 썼단 뜻입니다. 게다가 이 '죄송합니다' 뒤에 나오는 소리 다시 한번 들어보시죠.

'끼익—.'

상상력이 풍부한 분들은 무슨 소린지 눈치챘을 겁니다. 허리를 숙이기 위해 눈앞의 마이크암을 뒤로 미는 소리입니다. 어라? 4년간 기계음만 쓰던 분이 해명 영상 한 번 찍으려고 고가의 마이크와, 그것을 거치할 마이크암까지 구비한다고요? 아무리 시즌제로 이끌어 갈 계획이었다곤 하나 조금 과한 것 같습니다.

힌트는 여기까지, 진실에 다가서려면 범인의 정체보다 범행 동기를 뜯어봐야 합니다. 제가 조사하다 보니 1분팩트가 제보받았노라 밝힌 영상이 딱 하나 더 있었는데, 공교롭게도 보미 님에 관한 영상이었습니다. 뒷광고를 폭로한 영상으로, 개인적인 악감정을 감추려 제보자를 들먹인 건데요. 그도 그럴 게 보미 님을 저격한 게 한두 번이 아녔거든요. 〈라이어 게임〉 조작설, 학폭설, 뒷광고, 그리고 이번 낙태설까지. 범인은 대체 뭐가 그렇게 고까웠던 걸까요? 이 회오리치는 증오는 고작 나방 몇 마리의 날갯짓으로부터 시작됐습니다.

작년 이맘때쯤, 〈라이어 게임〉 본편에 앞서 참가자 면접분이 공개됐죠. 사진 속 보미 님이 속한 조는 D조였습니다. 그리운 얼굴이 반갑긴 하나 잠시 그 옆에 계신 분께 주목하겠습니다. 얼굴은 가려드렸습니다. 물론 시청자분들을 위해서요. 결론부터 말씀드리면 이분 불합격했죠. 구독자 수도 딸리고, 당시 논란에 휩싸이기도 했고요. 그런데도 당사자는 다른 곳에서 탈락 사유를 찾은 것 같습니다. 면접 영상에 달린 댓글들 읽어드릴게요. '와꾸로는 밀리니까 목소리로 아양 떠네 업소 면접인 줄', '남상에 통짜허리 ㄹㅇ좆극혐 비닐봉지 씌우고 해야 할 듯ㅋㅋ', '정 안 가게 빻았네 〈라이어 게임〉이 아니라 〈겟 업 뷰티〉부터 나가라'.

댓글 작성자들의 공통점은 구독 채널 목록에 봄이조가 있었다는 겁니다. 일그러진 팬심으로 경쟁자를 깎아내린 거죠, 이미 본편 촬영까지 마친 것도 모르고. 험담에 상처받아 험담을 퍼뜨렸으니, 역시 가는 말이 고와야 오는 말이 고운 걸까요. 정작 보미 님은 입도 뻥긋하지 않았는데 말입니다.

자, 저희도 참 멀리 돌아왔습니다. 무고한 고인의 이름에 수차례 빨간줄을 그어댄 귀축의 정체를 공개할 차례입니다. '국평오'라는 이름의 헤비 악플러이자, 이슈 유튜브 채널 '1분팩트'를 운영 중이며, 〈라이어 게임〉 최종 면접 탈락자.

…그녀의 본명은 김미르, 구독자 12만 유튜버 ASMir입니다.

＊

더 이상 미끼 따윈 필요 없다. 그대로의 진실은 꾸며진 거짓만큼이나 사악한 것이었다. 넌 규명을 택하지도 않았고 하다 못해 침묵을 택하지도 않았다. 첫째로 의인이 될 수 있었고 둘째로 목격자로 남을 수 있었으나 셋째로 방관자가 되기는커녕 넷째인 살인자의 길을 택했다. 살인자에게 책임을 전가할 수 있어 얼마나 큰 축복인가, 목을 내려쳐도 탈 날 걱정 없으니.

★

"오늘은 잠이 솔솔 오게 해줄 소리들을 준비해왔어요."

이 나긋나긋한 목소리의 ASMR 유튜버인데요. 소름 끼치죠. 1분팩트에게 이리도 상냥한 면모가 있을 줄이야. 혐오 장사에 회의감이 들었는지 김미르 씨는 1년 반 전 ASMir 채널을 개설합니다. 노하우도 있겠다, 자신 있었겠죠. 한데 이 세상이라는 게 참 녹록지 않습니다. ASMR 콘텐츠가 목소리는 물론이고 기획력도 중요한데, 또 얼굴까지 이뻐야 돼. 아이러니하죠, 어차피 영상 틀어놓고 보지도 않으면서 목소리 이쁜 사람이 아니라 이쁜 사람 목소릴 찾는다는 게. 오해 마세요, 오로지 꽃길만 걷진 않았을 거란 뜻입니다. 전반적으로다가.

그래도 미르 양은 굴하지 않았고, 이에 감복한 알고리즘이 영상을 태워줍니다. 1분팩트 채널에도 소개된 영상이죠, 〈마인크래프트 효과음 만들기〉. 본인 영상을 보며 '이젠 K-ASMR 시대'라고 말한 건 비밀이고요, 표절로 판명 난 건 안 비밀입니다. 이 시기 〈라이어 게임〉에 지원했으나 떨어지고요. 시간이 흘러 충격적인 소식이 전해집니다. 낙태설을 조작할 때 이용한 여초 카페였죠, 안티머글. 이 안티머글을 매각한 주동자가 바로 김미르 씨였다는 사실이 밝혀집니다. 그러니까 이 상황을 라노벨식으로 표현해보자면, '유튜브에선 이대남의 아이돌인 내가 알고 보니 80만 지하 페미 조직의 수장?!' 정도 되겠네요. 그런데 충격적인 건 따로 있습니다. 국평오나 1분팩트에게 난관이 들이닥칠 때면 어김없이 강림하던 분이 계시죠. '안티머글 회원인 가상의 지인'. 그게 가상이 아니었을뿐더러 실은 김미르 본인이었다는 겁니다.

본인이 퍼뜨린 가짜 뉴스가 가짜라는 걸 어떻게 증명할 수 있을까요? 운영자 권한으로 찾아봤노라 증언할 수 있겠고요, 더 화끈하게는 자수하는 방법도 있겠죠. 근데 그건 하수들 얘기고요. 고수의 방법은 이렇습니다.

"제가 지인 중 안티머글 회원을 수소문해 찾아본바, 기사가 나왔을 낸 이미 가입이 막혀 있다는 거죠."

'루머를 유포할 때 미리 옥에 티를 넣어두고, 티 나지 않게 가상의 지인을 통해 찾아낸다.' 피해자의 누명을 벗겨내 위기에서 빠져나갈 탈출구를 유포자 자신만 알 법한 곳에 마련해둔 겁니다. 이 정도는 기본이죠, 임신선을 낙태 자국이라 주장하며 '인셀남'인 척까지 했는걸요. 혹 아직까지 카페 가입이 막혀 있는 것도 김미르의 요구 사항 때문이 아닐까요? ID 중복 확인을 막아야 루머도 살아남고 1분팩트 채널도 살릴 수 있을 테니까요. 아님 말고.

그래서 ASMir가 1분팩트라는 증거, 어딨냐고요? 고작 사투리 좀 쓴 걸로 물고 늘어지면 말투로 트집 잡던 누구와 다를 바 없겠죠. 지금 보고 계신 화면은 1분팩트 영상 목록인데요. 쭉 내려가다 보면 ASMir 채널 홍보 영상이 나옵니다. 1분팩트의 모든 영상을 통틀어 유튜버가 긍정적으로 묘사된 유일한 영상이라 해도 과언이 아닐 텐데요. 어디 이뿐인가요. 그녀의 표절 논란이 불거진 게 바로 다음 달인데 해당 이슈는 다루지 않았죠. 최신 영상까지 쭉 올라와도 안티머글 매매 사건 또한 보이지 않습니다. 구독자가 적어 넘어갔다기엔 최근에 올린 〈횟집 수조의 개〉 영상 주인공은 10만 유튜버였고요. 유튜버라면 사소한 실수 하나 놓칠 리 없는 1분팩트가 이런 대형 떡밥을 거른다고요? 그럴 리 있겠습니까, 상동이 아니고 서야.

상극에겐 또 얼마나 엄하던지요. 나무위키의 'ASMir' 문서입니다. 표절을 지적하는 문장에 누군가 이런 각주를 달아 놨네요? '과일을 찌르거나 라면을 으깨는 등 비슷한 장면이 있는 건 사실이나 그 비중을 고려했을 때 실질적 유사성이 있다고 보기엔 어렵다.' 이분 IP를 눌러 문서 기여 내역을 살펴보니 우연찮게도 '봄이조' 문서의 '논란 및 사건사고'를 수정한 이력이 있었습니다. 그중 'Windows 정품 미인증' 항목 읽어드릴게요. 크흠, 조금 깁니다. '미인증 윈도우 OS를 사용하는 것은 명백히 라이선스 위반에 해당되는 사안이며, 스트리머는 개인 사용자가 아닌 상업 이용자인 만큼 단순한 윤리 의식 결여의 문제가 아닌 엄중하게 다뤄져야 할 위법 행위이다.' 이야… 실례지만 빌 게이츠 본인이세요?

다음 증거는 저까지 수치스러울 정도입니다. 시청자분들은 보미 님 안티카페가 있단 걸 아시는지요? 집요함으로는 타진요 뺨치는 소수정예 정신병자 집단인데요. 여기, 운영자 다음으로 많은 글을 작성한 회원을 주목해주시죠. 뒷광고며 낙태설이며 1분팩트가 보미 님을 저격할 때마다 영상을 퍼날랐죠. 이쯤 되면 '충격적'이라 해야 할지, '역시나'라고 해야 할지. 이 회원분이 남긴 가입 인사글은 다음과 같았습니다.

작성자: mrkim93
가입 사유(10자 이상): 거품을 걷어내기 위해

가입 없인 글을 읽을 수 없어 방심했나 보죠? 'mrkim'은 '미르 김'이고요, 미르 김 씨는 '93'년생이죠. 예? 보미 님 안티 카페 회원인 동시에 1분팩트 채널을 구독 중인 93년생 김 군 아니냐고요? 그럴 수도 있죠. 근데, 카페에 ASMR 유튜버 영업 글도 쓰셨더라고요? 추천하신 채널은 그냥 저만 알고 있는 걸로 할게요.

마지막 증거입니다. 1분팩트 영상 설명란에 적힌 이메일 ID 는 'm1nutefact'죠. 대국민 포털 사이트 조회 결과 중복된 ID 는 없었으나 'm2nutefact'라는 회원은 존재했습니다. 회원정보를 방치해둔 덕에 실명까지 확인할 수 있었는데요. '충격적'이게도 계정 소유자의 이름은 '역시나' 김미르였습니다.

시간순으로 재구성해 보겠습니다. 김미르는 연예 커뮤니티를 운영하며 얻은 정보를 바탕으로 1분팩트 채널을 성장시켰습니다. 유튜버라면 누구나 겪는 정체기도 국평오가 제작한 루머로 슬기롭게 극복했죠. 결국 수십만 구독자를 거느릴 정도로 성공하지만 그녀는 공허했습니다. 수십만 명 중에 인간 김미르를 아는 사람은 한 명도 없었거든요. 그녀는 자신이 제물로 삼던 유명인들이 부러웠습니다. 누군가에게 미움받을지언정 사랑이란 걸 받아보고 싶었습니다. 그렇게 자기혐오와 자아실현 욕구 사이에서 탄생한 채널이 ASMir입니다.

새 출발인 만큼 열심이었죠. 내성적인 성격에도 불구하고 서바이벌 예능까지 지원해봤습니다. 하지만 그녀에게 드라마는 허락되지 않습니다. 그저 이쁘장하단 이유로 경쟁자가 뽑히고, 준우승까지 하며 승승장구하자 그녀는 분노합니다. 저 자리 내 건데. 내게도 기회가 주어졌다면 더 이상 1분팩트로 살아가지 않아도 됐을 텐데. 나도 나를 사랑할 수 있었는데,

너만 없었다면.

걷잡을 수 없는 열분은 보미 님에게로 향합니다. 안타깝고 다행이게도 분풀이마저 쉽지 않았습니다. 편집점 조작설은 불발에 그칩니다. 학폭설 역시 오발이었고요. 보다 정밀하게 흠집 낼 방법을 찾던 그녀는 안티머글을 이용하기로 작심합니다. 카페를 팔아 진실을 밀봉할 생각이었죠. 안티머글 운영자, 1분팩트, 그리고 국평오까지, 김미르의 모든 불결한 에고들이 손잡은 순간. 결국 이번 낙태설은 그다지 다행이지 않게 명중하여, 매우 안타깝게도 흠집 이상의 구멍을 내고 말았습니다.

죽이기까지 할 생각은 없었다만 빠져나갈 구멍은 진작 마련해놨습니다. 단두대에 대타를 세워 사면받겠다는 계획이었죠. 그리고 지금 여러분이 보고 계신 것이 그 계획의 결과입니다. 시나리오야 그럴싸했는데 캐스팅이 잘못됐죠. 전 누굴 대신해 십자가에 못 박힐 위인은 못 되니까요. 그런데 설사 계획대로 흘러갔다 한들 잊지 말아야 할 게 있습니다. 대역이 있든 없든, 공범이 있든 없든, 당신에게 하사할 면죄부 따윈 없다는 것입니다. 구천을 떠도는 피해자의 원혼은 이미 처절하게 난도질당했거든요.

"순진한 컨셉으로 인기를 모은 봄이죠. 남자 경험이 없는 척하던 그녀였지만 아니나 다를까, 낙태한 정황이 드러났습니다."

"안 했다니까요? 낙태한 적이 없는데 어떻게 그런 글을 써요. 내가 언제 모솔이랬어요? 계속 아니라고 했잖아요."

"남혐 단어 '드릉드릉'을 쓰는 영상이 발굴되며 돈을 바치던 호구, 아니, 팬들까지 등 돌리고 있는 상황입니다."

"난 그런 유행어가 있다는 것도 이번에 처음 알았어요. 이게 왜 남혐인데요? 내가 뭘 잘못했길래 우르르 몰려와서 너 이거 했냐, 저거 했냐 괴롭히는 거냐구요."

"네티즌들은 '이미 딸 하나 아들 하나씩 죽인 것 아니냐' 묻기도 했습니다. 진실은 그녀 자궁만이 알고 있겠죠."

"그냥 죽어버렸으면 좋겠대. 왜 아직도 자살 안 하고 있내. 내가 자살하면 뭐가 좋은데요? 내가 죽는 게 당신들한테 무슨 득이 되길래 자살하라 자살하라 기도하는 거냐고, 씨발…!"

"죄송하다는 말만 남긴 채 방송을 중절하고 아이처럼 사라진 봄이조. 그녀가 진정 사과해야만 하는 대상은 이미 이 세상에 없는데 어쩌죠?"

"만약에, 아주 만약에 제가 돌아온다면…… 좋아해주시는 분들이 더 좋아해주실 수 있는 사람이 됐을 때 돌아오도록 하겠습니다."

★

감정 펌프질은 여기까지. 목이 잘린 송장 앞에 칼춤을 추지 말지어다. 불경한 낱말을 입에 담지 아니하며 손끝은 산 사람에게 향해져야 할 것이다. 가상의 페르소나는 잠시 내려놓는다. 책임자 처벌 이상의 화두를 던지기 위해 '진짜' 목소리를 꺼낼 차례다. 최대한 컷 편집 없이 롱테이크로 가져가 텐션을 전략적으로 낮춘다. 말보다 중요한 건 말과 말 사이의 여백. 그곳에 진심을 배치하고자 대사 마디마디에 엔터를 눌렀다.

★

　…저희는 보미 님을 더 좋아하게 됐지만 돌이키기엔 너무 늦었나 봅니다. 심연을 오랫동안 들여다보면 심연 또한 우릴 들여다본다고 했나요? 그저 조회수 때문에 비극을 파헤치고 악인을 쫓던 한 여성이, 이제는 비극을 꾸며내 사람을 죽이는 악인이 되었습니다. 그녀의 다음 희생양이 저였다는 사실을 생각하면 꺼림칙하지만, 한편으론 조금 씁쓸…하기도 합니다. 어쩌면 그녀 말대로 우린 통아저씨 게임 중이라 착각하고 있던 건 아닐까요. 파국에 이를 때까지 돌아가며 고인에게 주저 없이 칼을 꽂았으니까요. 사실 확인 없이 악성 루머를 퍼뜨리는 이슈 유튜버, 가짜 뉴스를 뒷짐 지고 방관하는 유튜브, 마녀사냥을 유머로 소비하는 커뮤니티와, 커뮤니티 글을 받아쓰기하는 언론, 그리고 오늘도 도덕적으로 무결한, 당신. 죽으면 그 순간만 흩어질 뿐인, 그러나 몇 번이고 다시 덩이질 모래알들. 과연 이 비극이 오로지 한 사람의 증오로부터 태동했다 말해도 괜찮은 걸까요? 그렇게 속 편히 꼬리 자르고, 고인을 욕보였던 우악스러운 혓바닥과, 잔인박행한 손가락들로 잘도 명복을 빌어도 되는 걸까요? 혹시 지금 이 영상을 보고 있는 당신도 쥐고 있는 칼을 1분팩트와 나라카, 둘 중 어느 쪽에 꽂아야 할지 궁금해 섬네일을 누르진 않았습니까? 우리 모두 고인을 기리기 전에, 감히 흉악한 몰골로 영정 앞에 서기 전에……! 한 번쯤은 거울을 들여다보길 바라겠습니다. 이제 그

혐오의 칼을 내려놓아야 할 때입니다.

✳

　카메라를 가리킨 손가락을 거둔다. 천천히 그리고 깍듯이 허리를 굽힌다. 하나, 둘, 셋, 암전. 검은 모니터에 얼굴이 비춰지려는 찰나 페이드-인 되며 약속처럼 얼굴을 덮고 마는 하얀 문장.

　삼가 고인의 명복을 빕니다.

〔 11 〕

성민이 지애@미 걸@레보@지마냥 다 따이네 느검마 몸판돈으로 컴터
부터 장만해라.

종이를 쥔 남자의 오른손이 청소기처럼 진동한다.

"피고소인이 쓴 게 맞습니까?"

여자가 무게를 잡아보려 미간을 찌푸린 채 물었다.

"모르겠는데요."

"본인 ID 아니에요?"

"친구들이랑 돌려 쓰는 ID라 저도 잘—"

종이 끝자락이 요란한 소릴 내며 남자의 엄지와 검지 사이로
빨려 들어간다. 이토록 떨리는 손에 달리 내놓을 구실이 없다.

"…제가 쓴 게 맞는 것 같습니다."

"이런 건 합의 보는 게 가장 좋거든요. 벌금형도 전과기록 남
는 거 아시죠? 학생 이름에 빨간줄 그일 수도 있어요."

빨간줄은 무슨, 어리다고 누굴 빙신으로 아나. 초범에겐 기소유예 처분이 내려진다는 걸 익히 들었기에 합의할 생각 따위 없었으나,

"그… 고소하셨다는 분과 통화해볼 수 있을까요?"

나 따위의 생각은 중요치 않은 모양이었다.

"잠시만요."

여자가 전활 걸기 위해 의자를 돌리자 남은 자들 사이로 침묵이 들이끼인다. 그 뻑뻑함이 옆자리를 곁눈질하는 것조차 버거울 정도다.

"아직 학생이기도 하고, 정말 많이 반성하고 있는데. 보호자 분과 한번 통화해보시겠어요?"

욕은 학생이 아니었어도 했을 것이며 반성은 정말이지 조금도 하지 않았다. 그럼에도 곧장 건네지는 핸드폰을 보아 상대 또한 내 신분이나 반성 여부엔 관심이 없는 듯했다. 아무렴 합의금만 챙겨준다면야.

"예, 안녕하세요. 그, 저희 아들이 게임에서 심한 욕을 썼다고 해서……"

발걸음이 어찌나 빠르던지 멀어져 가는 목소릴 어깨너머로 주워 담은 것도 거기까지였다. 자릴 뜨다니 의외였다. 억지로 날 바꿔 사과시킬 줄 알았는데.

더 의외인 건 통화 시간으로, 여자의 겁박과 같은 훈계—너, 통매음은 합의랑 상관없이 처벌받을 수 있는 거 알지? 이런 거 함부로 쓰고 다니다 성범죄자 된다—가 시작됨과 동시에 성큼 성큼 돌아오는 게 요구액을 협상도 없이 수용한 듯했다.

"…죄송합니다."

라는 말을 듣긴 한 걸까. 대답이 돌아오지 않은 관계로 낡은

포터 안의 기류는 더욱 각박해졌다. 다만 운을 떼고 나니 곁눈질할 용기도 생기는 것으로, 글로브 박스에 고정돼 있던 시선을 슬쩍 올려보나 당신은 정면만 바라볼 뿐이었다. 입을 꿰매고 목에 깁스라도 한 듯, 집을 지나쳐 고양에 있는 외딴 아파트에 도착할 때까지.

"죄송합니다."

라는 말을 왜 해야 하는 걸까. 많아 봐야 서른쯤 돼 보이는 추레한 차림의 남자에게, 무릎 꿇고 50만 원이 담긴 봉투를 전하면서, 그것도 내가 아닌 당신이. 이미 자신보다 커버렸기에 그렇게 해선 눈높이만 더 벌어질 뿐이라는 사실을 알면서도 작은 사람은 무릎을 꿇고 나서야 자식을 바라봤다. 노을 진 바다처럼 벌겋게 분노가 일렁이던 눈빛, 바람이라도 불면 파도처럼 날 집어삼킬 것만 같은.

나는 눈을 마주치지 않으려 아파트 외벽에 페인트칠 된 글자를 애써 속으로 되뇌었다. 솔잎마을 105. 왜 지금 그 아파트 이름이 아버지 얼굴처럼 떠오르는지.

"그럼 고인과 알고 지낸 지 얼마나 되신 거죠?"

알고 지냈다기엔 조금 더 깊게 얽힌 것 같기도 하고, 막상 아는 것들을 세어보니 알맞은 말 같기도 하고. 그래도 너무 정 없는 표현이 아닌가 싶다가도 내가 저지른 짓을 돌이켜보면 제법 다정한 축에 속하는 듯싶고.

'무작위로 거울 어딘가를 노려봤을 때 너머에 있는 사람과 눈이 마주칠 확률은 몇 퍼센트인가?'

누군가가 낸 수수께끼였는데 그 누군가가 나일지도 모르겠다. 영화에서나 보던 매직미러를 영화관 밖에서 보게 될 줄이야.

"저… 저희도 절차를 따르는 것뿐이니까요. 고인과 언제 어디서 만났는지 말씀해주시겠습니까?"

스크린 중앙에 배치된 남자의 대사였다. 그러고 보니 언제부터 '고인'이라 부르고 있던 거지. 대체 어느 틈에 그녀의 배역이 '고인'으로 바뀐 걸까. 물음이 거듭될수록 해상도는 급격히 떨어져 질문 몇 번이면 남자의 턱수염 면적을 픽셀 수로 환산할 수도 있을 성싶다—

—가도 대답을 갈구하는 눈매의 곡선에서 어떠한 계단 현상도 찾아볼 수 없어 이제는 현실을 마주하기로 한다.

"세 달 전 영상 편집 특강에서 처음 만났고요. 사귄 건 두 달 정도 됐습니다."

희연에게 연락한 건 1분팩트를 효수한 다음 날, 그러니까 흘려보내야 할 일주일 중 이틀 치밖에 채우지 않았을 때였다. 모처럼 먼저 전화 걸었지만 그녀는 받지 않았고, 남긴 카톡은 읽히지 않은 채로 이튿날 내가 다시 읽게 되었다. 이즈음 내 채널은 두 번 다시 안 올 호황을 맞았으나 장마랍시고 수재민들에게 우산을 팔 순 없는 노릇이라 구실만 살필 따름이었는데, 마침 최원혁이 내게 사과해준 덕에 〈한 명의 사과가 우리의 죄를 씻겨줄 수 없다〉라는 제목의 영상을 만드는 데 힘쓸 뿐이었다. 희연의 부재가 피부에 와닿은 건 엿새째로, 그제야 용케 찾아갈 생각이 들었으나, 다시 그제야 사는 곳조차 모른다는 걸 깨달았다. 물어본 적은 있었지만 노원구 쪽이라는 답변이 전부였고 나 또한 그 답을 전부로 받아들였으니, 하다못해 누굴 보러오거나 데려다준 쪽도 늘 희연이었으니, 주소를 찾으려 기억을 더듬어봤자 서울 지도 오른쪽 상단을 향해 다트를 던지는 것과 마찬가지였다.

"나에 대해 아는 게 하나도 없으니까…."

안다. 그녀의 질타는 애정결핍이 아닌 내 무심의 소치였음을. 시간을 갖자는 최후통첩을 제안으로 받아들이곤 덥석 일주일을 흥정한 꼴이 점직하다 못해 자해가 마려울 지경이나 하릴없이 하루를 더 기다려 일주일을 채우기로 한다. 그녀는 타고나기를 끝맺는 재주가 없는 휴머니스트였으니까.

…그런 사람이 단행할 수 있는 작별 인사는 이것밖에 없었나 보다.

"전화로 다툼이 있었다 하셨는데, 정확히 어떤 얘기가 오고 갔죠?"

'다툼'을 부정할 생각은 없다만 '정확'을 요한다거나 '오고 갔다' 묘사될 만큼 치열하진 않았는데.

"아, 어디까지나 저희도 그림을 그려보기 위해 질문드리는 겁니다."

"할 말이 있다고 해서 만나기로 했는데, 제가 바빠서 약속을 취소했습니다. 그때까지만 하더라도 심각한 상황인 줄 몰랐거든요. 자기가 뭐 때문에 저를 좋아하는 것 같냐 물어봤는데 소, 솔직히 말하면… 우울증 약 때문에 나타난 부작용이라 치부하고 넘긴 것 같습니다, 하…….."

인간은 죽음을 앞둔 순간에도 비극을 완성시키려는 본능이 있다고 했던가. 한숨이나 말더듬이 계산된 것이 아니었음에도 어딘가 작위적이라는 느낌이 든다. 동시에 연인의 죽음으로 취조받는 판국에 한숨이 자연스러웠는지 평가해보는 자신에게 소름이 돋는다.

"양희연 씨가 언제부터 항우울제를 드셨죠?"

"그게… 그 전화가 있기 3일 전부터요. 제가 연락도 없고

희연이에게 소홀히 하면서….”

“3일이라.”

남자가 고개를 갸우뚱한다. 오답을 말했다는 듯이.

“그밖에 별다른 말은 없었던가요? 평소완 다르다고 느껴졌다거나.”

“스…토커를 봤다고 했습니다. 병원을 다녀왔는데 누군가 지켜보고 있었다고, 그날 집까지 따라오면서요.”

“병원에서 스토커요?”

별안간 커져버린 눈동자에 남자의 눈썹이 위로 밀려난다.

“네, 자세한 말은 못 들었지만 분명 스토커를 봤다고 했습니다.”

“그래서 선생님께선 어떻게 하셨죠?”

“이따가 들를 테니 우선 다시 나타나면 경찰에 신고하자 했습니다. 그리고….”

대본에 지문―(한숨을 쉬며 뜸 들인다)―이라도 적힌 듯한 타이밍.

“저도 모르게 약 부작용은 아닌지 물었습니다, 그럴 의도는 없었는데.”

“그 말에 상처받아 시간을 갖기로 했다, 이 말씀인 거죠?”

“…네.”

“그 뒤로 연락은 없었고요.”

“네, 맞습니다.”

“집에 찾아가볼 생각은 안 들었나요?”

“제가…… 어디 사는지를 몰라서…….”

“아.”

여자친구 집도 모르는 인간이라니 스스로 생각해봐도 미

타스럽지만 어째 '그럴 수도 있겠다'는 반응이다.

"그럴 수도 있죠."

남자가 대수롭지 않게 고개를 '까딱' 하고 생각에 잠긴다. '까딱'이라니, 형사에게 보속을 내려주길 기대한 건 아니다만 남의 고해성사를 너무 가벼이 흘려듣는 것 아닌가.

"형사님, 희연이를 따라다닌 남자가 있던 것 같습니다."

"…고인께서 평소에도 병원을 다녔었나요?"

"아니요."

"왜 병원에 갔는지는 말해주던가요?"

본인은 그 이유를 알고 있다는 듯한 말투는 뭘까.

"말 안 했습니다."

이마까지 밀려났던 남자의 주름이 어느새 미간에 한 움큼 고여 있다. 미묘하게 내리 깐 시선은 생각에 잠겼다기보다 영 곤란하다 싶은 인상이다.

"글쎄요, 이런 말씀 드리기 유감스럽지만…."

시선을 조심스레 그러나 똑바로 두 눈동자에 고정하며,

"스토킹은 양희연 씨가 했던걸요?"

활시위를 떠난 문장이 그녀를 관통해 내게 박힌다. 모욕이다. 화살은 오롯이 죄인에게 쏟아져야 했다. 내 허술한 애정에 면박 줄 생각이라면 고인까지 욕보여선 안 될 일이었다.

"어머니 기일이더군요. 핸드폰 비밀번호 말입니다. 통화 목록을 살펴봤는데 논현에 있는 성형외과가 나오더라고요. 고인과 통화하셨다는 날짜가 15일이니까… 말씀하신 병원이 맞을 겁니다. 좀 전에 저희가 확인해보니, 그 전날 희연 씨가 찾아와 다짜고짜 원장 선생을 만나게 해달라 고집을 피웠답니다. 이번 주는 어렵다고 설득하니 일단 물러나긴 했는데, 글쎄, 희연 씨가 마감 시간까지 로비에 앉아 있었다네요? 원장이 퇴근할 때 택시 타고 쫓아간 모습도 CCTV에 찍혔고요. 문제는 다음 날인데. 이번엔 복도에 앉아 있다가 대상이 화장실 다녀올 때를 노려 위협을 가했습니다. 피해자, 아, 의사 선생이 횡설수설하며 다가오는 희연 씨를 지나치려는 순간 대뜸 손목을 낚아채더니 댁 주소를 읊었대요. 네 가족이 사는 곳을 알고 있다고. 의사가 신고하겠다 하자 그제야 돌아갔고요. CCTV와 진술이 일치하고, 원장과 고인의 접점도 일절 없었고. 또 양희연 씨가 그 양반 결혼 여부를 검색한 기록도 있어서… 물론 더 알아봐야겠지만, 조현병을 앓고 계셨던 걸로 보입니다."

"……."

"우울증에 혼자 있는 시간이 길어지면 조현병 증상이 동반되는 경우가 더러 있거든요. 환청이라든가, 망상이라든가. 그 원장이란 사람, 유튜브뿐만 아니라 TV에도 나오는 스타 의사던데. 아무래도 고인께서 이런 것들을 접하고 자신을 스토킹한다 여긴 게 아닐는지…."

"집까지 따라왔다고 했는데…."

"그렇게 말씀하신 만큼 귀갓길 동선을 따라 확인해보긴 하겠지만, 그, 백사마을이라고 들어보셨죠? 서울의 마지막 달동네. 양희연 씨 집이 거기 언덕 끝자락에 있는데, CCTV가 그리 많지 않습니다. 뭣보다 스토킹 범죄 대부분이 SNS로 접근해오기 마련인데 그런 흔적도 전혀 없고."

고갤 젓는다. 희연은 누군가를 해할 사람이 아니었다. 그럴 성정도, 그릇도 못됐다. 정말이지 내가 아는 그녀는 결코 그럴 사람이—

"혹시 양희연 씨 가정사에 대해 들은 적 있습니까?"

—아니라고 단정 짓기엔 그녀에 대해 아는 게 터무니없이 적지 않은가.

"…없습니다."

남자의 검지가 이마와 미간 사이를 헤엄친다. 그녀가 '그럴 사람'이 될 수밖에 없던 사연이라도 있는 모양이지.

"그, 어릴 때부터 어머니랑 단둘이 살다가, 올 초 재개발이 무산되면서 어머님이 목숨을 끊으셨어요. 양희연 씨가 삼킨 것도 그때 쓰인 독과 동일한 성분으로 추정됩니다."

요 몇 분 새 충격의 역치가 높아진 탓일까. 그녀 어머니의 자살은 잔뜩 뜸 들여 말한 것치곤 받아들이기 수월했다. 면식도 없는 사람의 유일한 매개체였던 희연이 죽기도 했거니와 연인이 스토커였다는 소식에 비하면 약과일 수밖에 없겠으나, 내가 정녕 담담할 수 있던 까닭은 형사가 읊은 그녀의 집안 내력이 내겐 사죄경과도 같았기 때문이리라. 희연은 자살했다, 그녀 어머니와 같은 방법으로. 어쩌면 대대손손 전해져 내려온 유전병이었을지도. 아무래도 처음부터 이렇게 될 숙명이 아니었을까. 과실을 전적으로 내게 묻기엔 그녀 살아온 역사가 지나치게 파란만장했고 내 분량은 고작 몇 페이지에 불과했다. 다만 그 분량이 최종 장에 할애된 것뿐.

"음독을 시도했는데 손목 열상도 있으니 조사해보겠지만 범죄 관련성은 낮아 보입니다. 하나뿐인 가족이 자살했고, 직장도 그 무렵 퇴사했고. 우울증 약도 옛날부터 복용했고요. 심한 우울증에 남자친구분과 다투기까지 했으니 유서가 없어도 이상할 게 없죠. 독극물을 숨긴 곳도 당사자 아니면 도저히 모를 만한 곳이라 타살 혐의점을 찾긴 어려울 것 같습니다. 손목 상처도 본인에 의한 주저흔으로 보이고요."

희연은 시도에 시도를 거듭해 죽음에 이르렀다, 자살에 패자부활전이라도 있는 것처럼. 단지 그녀에게 부활은 기적이 아닌 실패였을 뿐. 독과 칼, 하나론 부족해 두 개를 집어들 정도로 필사적인 결의의 근원은 무엇이란 말인가.

"…오늘은 이만 가보셔도 좋습니다."

가난과 편부모. 그 근원을 찾아 그녀에게 들이닥친 시련을 시간순으로 정렬해보려는 것은 기실 닭이 먼저냐 달걀이 먼저냐는 논쟁과 다를 게 없으며, 독이 죽였냐 칼이 죽였냐 따지고 드는 격으로, 안치실에서 탯줄에 이르기까지 복잡하게 엉킨 불행의 타래를 끌러본들 실마리는 지상에 없었다. 하늘이었다, 희연을 마리오네트 다루듯 완롱한 건. 하다못해 끝맺는 재주마저 내려주지 않아 남들은 한 번이면 족할 자살을 두 번이나 꿈꾸게 만들었으니, 화살은 창극을 향해 쏘아져야 마땅했다. 혼자 죄책감에 시달려 고해성사 해봐야 신에겐 자길 비꼬는 사캐즘으로 들릴 터.

"아, 그 전에 마지막으로…."

남자가 재킷 안주머니에서 핸드폰을 꺼낸다.

"혹시… 이런 거… 그, 뭐냐……."

말과 생각과 타이핑을 동시에 해보느라 무엇 하나 끝맺지 못하다가,

"맞다."

생각은 마친 모양이고,

"이거."

타이핑도 끝냈으니 비로소 문장을 완성할 차례였으나.

불쑥 핸드폰 화면을 들이민다. 정해진 순서를 어긴 탓인지 시간이 유독 더디게 흘러간다. 두 눈을 향해 뻗쳐오는 남자의

팔이 초고속 카메라로 촬영한 화살처럼 위아래로 출렁인다. 느리다. 하나 느리다고 날아드는 화살을 피할 순 없었다.

"고인께서 마지막에 이런 걸 보셨더라고요?"

화살은 눈앞에 멈췄으나 분명 어딘가를 관통했다. 대체 왜, 대체 왜. 구멍에 대고 던진 질문이 메아리처럼 울려 퍼진다. 악몽이라기엔 선명하고 현실이라기엔 느닷없다. 그래, 몰래카메라 같은 건 아닐까. 그것도 아주 고약하기 그지없는.

"생각을 양도하면 껍데기가 된다. 마이클 브룩스 교수가 한 말이죠."

희연은 자살했다, 내 영상을 본 후.

'나한테 할 말 없어?'

'할 말'이라는 게, 아니, 내가 '해야 할 말'이라는 게 그거였나. 일주일 전, 우리가 만나기로 한 날, 나는 희연을 보지 못했지만 희연은 날 마주치고 말았다. 유튜브에서. 프로 영상 제작자인 줄로만 알았던, 그래서 동경해 마지않았던 연인의 가면을 벗겨보니―혹은 씌워보니―한낱 이슈 유튜버였다는 실상에 신도는 해명을 요구했으나 목자는 달아났다. 그것이 초래할 결말을 넉넉잡아 이별이며 보수적이래 봐야 앙갚음이라 추산했기에. 오산이었다. 세상으로부터 배신당할 만큼 당한 그녀가 연인에게마저 배신당했을 때 취할 수 있었던 이별 방법은 오직 하나, 자살뿐이었다. 햄릿에게 배신당한 오필리아처럼.

벼랑 끝에 바드럽게 매달려 있던 그녀 손등에 떨어진 무게추가 지금 내 눈앞에 있다. 남들보다 두 배는 무거웠던 운명의 중력에 내 무게까지 더해졌다면 자못 묵직했으리라는 것쯤은 납득할 수 있다. 하나 그렇다 한들 내가 이슈 유튜버라는 게 차마 눈감아줄 수 없어 영영 눈감을 만큼 대죄란 말인가? 쓰라린 독을 삼키고도 끊어지지 않는 생에 악착같이 톱질했을 만큼 말이다. 그녀 말마따나 난 이슈를 요약해주는 사람일 뿐일진대, 적어도 햄릿은 아비라도 죽이지 않았냐는 말이다.

"뭐, 별 건 아닌데. 양희연 씨가 전에도 이런 영상을 본 적 있습니까?"

"저도 잘—"

"다만 한 번쯤은 자신의 목소리를 내보시길 바랍니다."

침을 삼키며 고개를 가로젓는다. 내서는 안 되는 목소리였기에

이내 내뱉지 못한 것들이 두꺼운 볼때기에 들러붙은 독소들까지 안고 가라앉은 양 위란하게 오장육부를 헤집는다. 핸드폰 액정이 커튼처럼 일렁이는 바람에 시선을 돌려보나 잔상이 아로새겨진 벽면에서 한냐가 낼 수 있는 가장 경박한 목소리로 입을 놀려댄다. 애초에 모노로 녹음했을 것이며 그보다 애초에 흘러나오는 스피커가 핸드폰 하나였음에도 상하전후 좌우 육면으로부터 화살 같은 목소리가 쏟아진다. 얼얼해진 감각들 틈을 파고든 화살은 태초에 구의 형상에 가까웠던, 그러나 언제부턴가 각진 육면체가 되고만 양심이란 것을 폭폭 찔러댔다. 죄책감이라든가 수치심이라든가 하는 오래된 감정들이, 유년 시절 뒤뜰에 묻어둔 채 잊고 지낸 반려견 이름 같은 감정들이 가만가만 삐져나올 것만 같아 눈을 질끈 감는다. 그녀가 죽었다는 말에 액체 한 방울 내보이지 않아놓고 이제 와서 뭐라도 흘려보겠다는 것이, 태연하게 인간의 탈을 써보겠다는 것이 역겨울 따름이다. 안 된다. 네가 정녕 사람이라면 눈가의 온도를 낮출지어다. 그녀의 손에 독이며 칼을 쥐여준 장본인이 이래선 안 되는 것이다…….

그러나 나 따위의 생각은 중요치 않다는 듯 바깥으로 역류하고 마는 한줄기 인간성은, 구를 각지게 둘러싼 곰팡이들을 발라낸 듯 독보다 역했으며 칼날만큼 예리했다. 다시 삼킬 수도, 마저 뱉을 수도 없이.

입을 꿰매고 목엔 깁스라도 한 것처럼 지켜보던 남자가 손수건을 건넨다. 혹여 눈물의 까닭을 색출할까 봐 아무것도 묻힐 수 없다. 다만 손으로 꽉 쥐어볼 뿐. 이럴 때면 습관적으로 진동하는 손은 이제 보니 당신으로부터 물려받은 유전인가 보다. 눈물을 훔친 검지에 그새 포자가 전이된 양 손톱 멍이 거멓게 불어나 있다. 도망쳐야 했다. 취조실로부터, 아버지로부터, 희연으로부터. 가난과 편부모, 그리고 어머니의 자살에도 묵묵히 수난사를 갱신해나가던 독종의 삶을 종지부 찍고 만 야차의 목소리로부터.

때아닌 기립에 놀란 기색도 잠시, 남자가 고개를 끄덕이곤 철문으로 향한다. 누군가의 발걸음 못지않게 무겁고 빠른 걸음걸이로. 육중한 문이 바닥을 긁으며 내는 절규 소리가 이렇게 죄인을 보내선 안 되노라 항명하는 것 같다. 그 뻑뻑함이 고개를 드는 것조차 버겁다. 서둘러 걸음을 옮긴다. 남자가 가면 뒤의 얼굴을 점쳐보기 전에, 혹은 내 얼굴 위로 가면을 얹어보기 전에. 혹은 어쩌면, 다시 한번 주어진 자백의 기회에 일주일을 미뤄왔던 '해야 할 말'을 스스로 토해내기 전에.

"크흠,"

그 헛기침 한 번에 나는 부서질 뻔도 했다.

"그런데 선생님은 하시는 일이 뭐라고 했죠?"

(문턱을 넘으며, 낼 수 있는 가장 진중한 목소리로)

"…공무원 준비 중입니다."

〔 **12** 〕

아직이었다. 맥박을 읽고 슬슬 시동을 거는 손부터 진정시
키려 창문을 연다. 한동안 열지 않았는지 창틀에서 삐걱대는
소리가 난다. 코끝에 닿는 바람이 미지근한 게 영락없는 봄 재
질이다. 이게 얼마 만의 외출인지도 모르겠다. 달막거리는 마
음이 이른 봄이나 간만의 외출 때문은 아니었지만 심장 박동
에 서너 번은 보탰을 것이다. 갈라진 노면으로 인한 불규칙적
덜컹거림이 시골길의 그윽한 아취에 젖지 않도록 막아선다.
노후된 버스가 긴장과 평화 사이 어딘가를 달리고 있었다.

꽃다발 속 웅크린 작약꽃 몽우리가 바람에 사부작댄다. 꼭
옹알이를 마치고 첫 말이라도 떼려는 순간처럼. 지금이었다.
대지에 맴도는 상서로운 기운이 그리 말해주었다. 새로고침하
기 위해 화면을 쓸어내린 엄지를 쉽사리 떼 내지 못하다 버스
가 크게 들썩이고 나서야 떨어낸다. 둥근 화살표가 세 바퀴
반쯤 돌고, '나라카' 아래 작게 쓰인 진회색 문구가 일곱 글자

에서 여덟 글자로 바뀐다. 고작해야 7pt 남짓한 크기일 텐데 이 순간만큼은 채널명보다 더 거대하게 다가온다.

구독자 100만 명

해냈다. 어설픈 재능으로는 과녁으로조차 삼을 수 없으며 운에 기댈 바엔 바늘귀를 맞추는 게 더 빠른, 대중은 물론 인공지능의 기호까지 통달해야만 오를 수 있는 경지. '인플루언서'라는 수식어가 유치하게 느껴지고 사람들은 '대기업'이라 칭송해 마지않는, 광대와 예술가를 구분 짓는 바로미터. 기어이 몽상을 관철한 공로로 구글이 '골드 버튼'을 수여하며 동봉된 그들의 헌사에 따르면 '밴쿠버나 베니스는 물론 라스베이거스보다 큰' 왕국의 통치자가 된 셈이니, 나도 조금은 떳떳해져도 괜찮은 걸까. 그저 맘 놓고 숨 돌릴 정도로 조금만.

5개월 전, 나는 두 여자의 삶을 붕괴시켰다. 간발의 차로 먼저 무너져내린 쪽은 김미르였다. 하늘이 날 미워하거나, 늘 그렇듯 수를 썼거나. 내가 김미르의 실체를 폭로하자마자 조보미 시신 발견 기사가 오보로 밝혀졌다. 연예계에 빠삭한 만큼 연예부에 연줄이 있어 뒷거래가 오간 게 아닌지 미심쩍었으나 아무렴 상관없었다. 조보미의 죽음이 불난 데 기름을 들이부었을지언정 그녀가 부활했다고 여론이 진화되진 않았으니까. 더 이상 피해자의 생사가 경중을 가리지 못할 만큼 죄가 막중하기도 했고.

가해자는 무력했다. 영상 찍을 엄두도 나지 않았는지 장문의 글을 게재했다. 죄송하다는 표현이 일곱 번이나 쓰인 반박문으로, 그 상태론 반론을 펼쳐봤자 무릎 꿇고 카운터를 휘두르는 거나 마찬가지였다. 김미르는 진실을 시인하는 한편 국평오 글을 토대로 두어 차례 영상을 만든 적이 있을 뿐 사실 그에 대해 잘 모르고, 지금껏 나를 국평오로 몰아간 것도 제보 내용에 근거했을 뿐이라며 또다시 책임 전가에 나섰지만 그녀의 말을 믿는 사람은 아무도 없었다. 그도 그럴 게 그녀가 1분 팩트이며, 카페를 팔고 튄 운영자이자, 거짓임을 알고도 낙태설을 콘텐츠로 만든 천하의 날백정이었다는, 날것 그대로의 진실들은 변명할 여지가 없었다.

김미르는 ASMir 채널 영상을 전부 비공개로 돌리는 동시에 내 영상을 저작권 침해로 신고했다. '그 영상'을 허락도 없이 가져다 썼다는 게 사유였는데, 본인이 등장하지도 않는 짜깁기 영상의 저작권을 인정받기 위해선 증거가 필요했다. 이를테면 동일한 내용의 영상이 본인 채널에 올려져 있다든가 하는. 애석하게도 스스로 증거를 인멸한 지 오래였다. 더 안타까운 사실은 ASMir 영상들이 '김미르박제소2(1은 이미 정지당한 듯했다)'라는 채널에 빠짐없이 박제되고 말았다는 것이다.

↳ 미르야 오늘도 니 목소리 들으며 한발뺐다 어차피 망한거 벗방 진출하자

해당 채널에 불과 30분 전 달린 댓글이었다.

다른 한 명은 사회적 사망에 그치지 않았다. 이미 관념적으론 죽은 거나 진배없던 희연은 나를 만나 육체적 죽음을 향한 마지막 걸음을 내디뎠다. 그것도 두 번이나. 눈을 떴을 땐 유산으로 불량품을 남겨준 어머니를 원망했을지도 모르겠다. 눈을 질끈 감았을 땐 자신의 최후를 두고 노름 중인 신들을 향해 울분을 토하듯 피를 튀겨냈을 것이고. 하지만 그녀에게 죽음을

강매한 건 어머니의 청산가리도, 신들의 노름벽도 아니었다. 내 영상이었다. 그녀가 비산시킨 피의 파편들은 내 살갗에 스며들어 잉크처럼 퍼지고 만 두 방울의 물음을 남겼다.

내가 그토록 용인될 수 없는 존재인가.

그렇다면 나는 어떻게 살아가야 한단 말인가.

첫 번째 물음에 대한 답은 찾을 수 없었다. 아버지를 절망시킨 이래 같은 악행을 반복한 적은 있어도 같은 실수를 반복한 적은 없다. 하늘을 우러러 부끄럼은 차고 넘쳤지만 적발되진 않았다는 뜻이다. 그런 의미에서 희연이 내 실체라고 착각한 '나라카'도 빙산의 일각에 불과했다. 기껏해야 비아냥이었고 없는 말을 지어낸 적도 없으며 누군가의 엄마를 매춘부 취급한 적은 더더욱 없었다. 그야 난 유튜버였으니까. 종종 날 선 표현이 있긴 해도 그 역시 자기 검열과 플랫폼 가이드라인과 불편한 시청자라는 삼중막을 덧씌웠기에 칼이 아닌 칼집을 부리는 꼴이었다. 그렇게 무던히 사포질한 일각이었거늘, 그것마저 용서의 임계치를 넘어 단념하고 말 정도로 뾰족했단 말인가. 지나가는 연인들을 붙잡고 설문했을 때 '용서'와 '포기' 이분면 중 어디에 더 많은 스티커가 붙여질지 안 봐도 뻔하지만, 포기 대상이 자기 자신이라면 결과도 달라지지 않을까.

첫 문항을 빈칸으로 넘어가고도 따라오는 물음엔 답을 구할 수 있었다. 이제라도 내 존재 가치를 입증하면 된다. 나는 살 가치가 있었으며, 그러니까 실은 너도 살아갈 가치가 있었다, 라고 전해주기 위해선 스스로 떳떳해지는 게 우선이었다. 하여 내게 내민 조건은 세 가지였다. '무고한 사람 헛저격 않기', '사익의 공익화', 그리고 '백만 구독자 달성'. 첫 번째는 희연이 내게 말했던 대로, 두 번째는 내가 마음속으로 희연에게 말했던 대로. 마지막은 존재 가치를 정량적으로나마 인정 받았다고 말할 수 있는 최소한의 자격이었다. 가면도 버렸다. 환심을 백만 번이나 사려면 틀거지부터 그럴싸해야 했다. 나는 1분팩트는 물론이고 이제까지의 '나'와도 달라야만 했다.

해서 보다 전연령대 친화적인 가면을 샀다.

동력은 충분했다. 일장 연설이 마음을 움직였는지 1분팩트와의 진흙탕 싸움을 보러 투기장을 찾은 수만 관중이 구독을 눌렀다. 몇몇 커뮤니티를 중심으로 '그간 국평오로 몰아간 것을 구독으로 보상하자'는 '구독 운동'이 일어나면서—유스갤에서는 한동안 나를 갤주(主)라 칭하기도 했다—1주 만에 구독자가 14만이 늘었다. 제보자로부터 단독 입수한 '겟 업 뷰티 박민우 성병 전파 논란', 명예훼손으로 고소까지 당한—그러나 소재 불명으로 수사 중단된—'소비자 기만 바이럴 업체 목록 공개' 등 이슈를 퍼나르기보다 직접 취재에 나서자 나무위키 설명이 '사이버 렉카치곤 양호한'에서 '사이버 렉카로 치부할 수 없는'으로 바뀌었다. 구독자들이 하사한 별명 '보험사 렉카'는 불신으로 점철된 업계에서 유일하게 믿고 봐도 '괜찮은 이슈 유튜버'임을 의미했다. 그때 난 미처 몰랐다. 희연이 찾아 헤매던 유니콘이 나였을 줄은.

그렇게 나는 백만 유튜버가 됐다.

내려진 보속을 모두 치른 지금, 빈칸으로 남겨둔 첫 번째 물음의 답도 조금은 알 것 같다. 그녀가 아는 '나'는 용서받지 못할 인간이다. '그'의 참혹한 행적을 떠올릴 때면 이제는 십이면체 정도로 각진 무언가가 한없이 무거워진다. 그 무게는 분노나 경멸의 것이 아니었다. 슬픔과 절망의 무게였다. 그날, 아버지 얼굴에서 불그스름하게 반짝이던 동그라미 한 쌍이 품은 것과 같은. 돌이켜보면 두 개의 석양은 이글대지 않았다. 화는 사그라들어 물결에 여광만 간신히 비출 뿐이었다. 나는 이제 절망이 분노보다 슬픔에 가까운 감정이라는 것을 알며 내가 마주할 수 없었던 것도 무엇이었는지 깨닫는다. 파도처럼 날 집어삼킬 듯했던 당신의 눈빛은 실은 파도로 넘실대고 있었기에, 바람이라도 불면 한 방울 넘쳐흐를까 먼저 고갤 돌린 것이다. 창밖으로 펼쳐질 듯 오늘따라 생생한 그날의 파노라마.

굳이 희연이나 아버지의 잣대로 목측해보지 않아도 안다. '그'가 내게 스티커를 건넨다면 나 역시 '포기'를 택하리란 걸. 설령 그 대상이 자기 자신이라 할지라도.

그래서 난 나를 죽였다. 망자가 부활하지 않는 이상 작금의 내가 존재해선 안 될 이유 따윈 없었다. 참회로 일궈낸 새 삶이었고 하늘은 새것처럼 깨끗했다.

"이번 정류소는 그린브랜뉴파인리프빌입니다. 다음 정류소는 고양 추모의집입니다."

목적지이자 종점이 곧이었다. 네게 전해줄 말이 있다. 5개월 전 다짐대로 '그러니까 너도 살아갈 가치가 있었다'라고 말해주긴 어려울지도 모른다, 당시의 난 살아갈 가치가 없었으니까. 그럼에도 네게 전해야만 하는 말이 있다. 사진 속 네 두 눈을 보고, 작약꽃을 건네며 떳떳하게 고할 것이다. 네가 있어 나도 다시 태어날 수 있었다고. 그러니까 네 죽음도 실은 헛되지 않았다고.

한동안 피멍이 걸려 있던 곳을 어루만진다. 댓글창엔 백만 달성을 축하하는 구독자들의 행렬이 한창인데 베니스라면 모를까 라스베이거스 인구수보다 많을 것 같진 않다. 99만과

100만은 1푼 차이일 뿐인데 갑자기 쏟아지는 축하가 영 낯설다. 그새 내가 다른 사람이 되기라도 한 것처럼.

'와 백만 유튜버라니'

핸드폰 화면 천장으로부터 뚝 떨어진 알림 메시지였다.

'대박이네'

그럴 리가 없는데.

정말 그럴 리가 없는데.

두 눈으로 보고도 핸드폰 기기와 원추세포, 둘 중 하나 혹은 둘 다 오작동을 의심해 본 까닭은 텍스트 옆에 위치한 아이콘의 색상 때문이었다. 유튜브의 적색도 백색도 아니었다. 밤색과 노란색이었다. 홈 화면으로 빠져나가자 카카오톡 아이콘에 미확인 메시지 개수를 알리는 숫자가 초시계처럼 빠르게 올라간다. 백그라운드 실행 중인 앱을 꺼보거나 눈을 깜빡인다고 숫자가 줄어들진 않는 게 기능 결함은 아닌 모양이다. 수전증도 이쯤 되면 오작동이라기보다 마음에 드리운 암운의 밀도를 재는 비중계만 같다. 떨림이 곧 생벼락이라도 칠 조짐이다. 목적지를 향해 발발대며 나아가던 손가락이 버스의 횡요로 적백색 아이콘에 불시착한다. 두 칸짜리 셀룰러 신호가 힘겹게 추천 영상을 불러오는 동안 우측 상단을 연타하며 곧장 '내 채널'로 들어갈 채비를 마친다. 핸드폰의 진동과 버스의 덜컹거림과 고동치는 심박이 엄지손에 한데 모여 소용돌이치며 지문은 그것이 남긴 화석인 듯싶다. 이윽고 피드 목록의 빈칸들이 채워지기도 전에 엄지가 동그란 프로필 아이콘을 스친다. 순간 손가락과 프로필 사이, 그 1밀리미터가 채 되지 않는 틈으로 뚝 떨어진 노란 낙뢰가 손끝을 아릿하게 에고 만다.

'이거 너임?'

몇 년 만의 연락인지도 모를 사람의 인사말 위로 유튜브 영상이 있다.

나를 자살시킨 두 사람에게.

종착역이었다.

[13]

어… 뭐라고 해야 할까요. 그동안 잘 지내셨나요…는 좀 이
상하죠, 죽은 사람이 안부를 묻다니. 차라리 저는 잘 지냈다
고 말하는 게 나을까요? 잘 지낸 적도 없는데. 머리숱도 좀 비
었죠, 예전보다. 이게 발모벽이라고, 불안할 때마다 머리를 막
꼬다가, 뽑히고 나면 그제야 안도감? 같은 게 느껴진다고 해야
하나? 그, 유명 연예인들이나 앓는다는 공황장애도 왔어요.
웃기죠, 그 정도 급도 아니면서……. 마스크에 모자에 선글라
스까지 썼는데도 사람들이 저만 쳐다보는 것 같았어요. 무섭
더라고요. 왜, 저 죽었으면 하는 분들도 계셨잖아요. 그분들이
절 죽이러 찾아왔을까 봐. 금방이라도 달려와 옆구릴 푹푹 찔
러댈 것만 같아서.

그래서 밖에 못 나갔어요. 그렇게 죽는 것만도 못하게 숨어
살다 너무 지쳐서, 진짜 너무 힘들어서 오늘 죽으려고 했거든
요? 이번엔 진짜 유서를 써보려는데, 백지에 엄마 얼굴이 보이

는 거예요. 작년에 뉴스에서 봤거든요, 우리 엄마 우는 거. 유서며 시체며 이미 두 번을 실신시켰는데, 세 번이나 무너뜨릴 순 없잖아요. 그 생각이 드니까 쓸 맘이 사라졌어요. 죽고 싶지만 떡볶이도 먹고 싶었구요, 떡볶이까지 먹고 나니까 억울해졌어요. 갈 때 가더라도 할 말은 하고 가야죠. 어차피 잃을 것도 없는데 뭐가 그렇게 두려웠던 걸까요?

두려웠던 거? 있죠. 사람들 댓글. 무플보다 악플이 낫다고요? 누구 입장에서요? 제가 억울하다니까, 면상만 대강 분칠하고 편하게 골방에서 앵벌이하는 골빈년이 뭐가 그리 억울하다고 질질 짜네요. 제 유서를 보곤, 사이버 창녀 뒈진 건 짱깨 사망과 더불어 반가운 부고 소식이래요. 시체 발견 기사엔 장의사가 부럽다며 시체닦기 알바 지원하겠대요. 역겨웠어요. 확 자살해버릴까 하는 생각도 들었죠. 그치만 정말 자살하려던 건 아니었어요. 방송을 접었으면 접었지, 내가 뭘 잘못했다고 죽기까지 해야 하나요? 그런데도 절 극단적 선택으로 몰아갔던 사람들이 있어요. 모종의 이유로 제가 자살하길 바랐던 사람과, 아무 이유 없이 바랐던 사람. 어느 쪽이 더 악질인지는 여러분 판단에 맡기겠습니다.

그전에 먼저 밝힐 게 하나 있어요. 저는 임신을 중단한 적이 있습니다. 소문대로 중단하자마자 피임 없이 관계를 가진 건 아닙니다. 실은, 제가 피임하지 않은 것도 딱 한 번, 아이를 가지게 됐을 때였거든요. 낳고 싶었고, 결혼 생각도 있었습니다. 제가 사랑하는 사람도 같은 마음일 거라 생각했죠.

착각이었어요. 그이는 아이를 지우길 원했어요. 함께 책임지자는 말에 네가 날 좋아하는 것 같지 않다며 임산부 앞에서 담배를 물었죠. 저 혼자서라도 키울 생각이었지만, 그는 임신 사실조차 숨기길 원했습니다. 마치 제 배 속에 자리 잡은 생명의 씨앗이 처음부터 존재하지 않았던 것처럼….

며칠 뒤 그가 덜컥 돈을 보내왔어요. 수술 날짜 잡으라는 뜻이었죠. 그는 수일에 걸쳐 낙태를 종용했고 저는 결국…….아, 또 머리카락 뽑았네. 제가 멍청했죠. 좀만 더 마음을 굳게 먹었더라면, 그를 좀만 덜 사랑했더라면 아이는 물론이고 저 자신까지 죽을 필욘 없었을 텐데.

운명의 장난인지 얼마 지나지 않아 제 임신 중단설이 퍼졌습니다. 그이는 제가 방송 중인 걸 알면서도 전화해 따졌습니다. 경력자를 몰라봤다고. 여태 잘만 지워놓고 이제 와서 무슨 책임이냐며 돈을 돌려달라 했죠. 생판 남을 믿어 의심치 않는 반면 날 의심하기로 굳게 믿은 연인에게 제가 뭘 어떻게 할 수 있었을까요, 돌려줄 수밖에.

하지만 그의 요구는 그치지 않았습니다. 제게 자숙을 강요하며 입막음 값을 제시했죠. 본인 수익의 20퍼센트. 제 수입에 비하면 터무니없는 액수였지만 돈은 중요치 않았습니다. 배신감 때문에 도저히 아무렇지 않은 척 방송할 자신이 없었거든요.

세 달 뒤, 그는 또다시 제안을 가장한 가스라이팅을 했습니다. 이 댓글들 봐라, 널 미워하는 사람들이 아직도 이만큼이나 된다. 복귀는 물 건너간 거나 마찬가지인데 네 명예라도 회복해야 하지 않겠냐. 그러니까 자살극을 꾸며내보자. 여론은 무조건 100프로 돌아선다. 너만 괜찮다면 커미션도 올려주겠다.그는 알까요, 돈이 아니라 애정을 주었다면 그걸로 족했다는 걸. 제 대답을 듣기도 전에 그는 만년필과 크라프트지를 꺼냈고, 봉지에선 어김없이 소주병이 부딪치는 소리가 들렸습니다.저는 그가 또 술에 취해 고함치진 않을까 두려웠습니다. 그저 부르는 대로 받아 적을 뿐이었죠. '흔적 없이 거품처럼 사라지겠다.' 어느 가을 오후, 제가 자살하고 만 것입니다.

그날부터 전 살아 있어선 안 되는 존재가 됐습니다. 다른 사람 명의로 된 핸드폰을 썼고, 돈도 현금으로 받았죠. 시체가 될 순 없어도 생사불명 실종자 정도는 돼야 했으니까요. 본래 그의 계획은 실종이 보도된 당일에 사망이 확인됐다고 소문내는 것이었습니다. 그러나 보도와 함께 제 유튜브 조회수가 급등하자 시간차를 두기로 마음먹었죠. 화제성을 유지하려면 살아 있길 바라는 대중의 염원을 이용해야 한다는 게 그의 주장이었습니다. 결과적으로 그에겐 '신의 한 수'였어요, 이슈 유튜버들 간에 폭로전이 벌어지며 엄청난 관심이 쏠렸으니까요. 이윽고 여론이 고조됐을 때, 그의 표현을 빌리자면 '책임자 처벌을 향한 갈증이 네 생사에 대한 궁금증을 앞서게 되었을 때', 그는 제 죽음을 알릴 적기라 판단했습니다. 분풀이를 위해서라도 제가 죽었길 기도하는 자들이 살아 있길 바라는 이들보다 많아졌을 거라면서요.

그는 먼저 제가 속한 회사에 연락해 홈페이지에 부고문을 띄워달라 했습니다. 제 실종을 알린 당사자이기도 했거니와 사안이 사안인 만큼 이것저것 캐묻지 않았겠죠. 그는 부고문을 캡처해 커뮤니티 사이트에 올렸고, 이를 본 인터넷 언론사가 속보를 냈습니다. 다시, 유서 내용을 최초 입수했던 기자가 속보를 보게 됐고, 그에게 전활 걸어 사실 확인을 청했을 때, 그는 기어이 실체 없는 시체에 살을 붙이고 말았습니다. 멀지 않은 산에서 숨진 채 발견됐다고. 그러곤 말을 잇지 못했으니, 이 을래야 좀처럼 이을 말이 없었을 테니 단독 보도래 봤자 그게 다였죠. 마지막으로 그는 관짝에 쐐기를 박기 위해, 말 그대로

'확인 사살'을 위해 장례식을 열었습니다. 조문객들 앞에서 제가 정말 죽기라도 한 것처럼 오열했죠, 카메라를 켠 채로.

맞아요. 그 남자의 이름은 최원혁입니다. 그가 전하지 못한 선물이라며 목걸이를 꺼내 들자 저도 그만 울음이 터져 나왔어요. 너무 어이가 없어서. 채팅 내용 보여드릴게요, 제 핸드폰이… 아, 촬영 중이구나. 잠시 공기계 좀 가져올게요.

이 텔레그램 내용 보이시나요? 하나씩 읽어드리면,

'너 저번에 그 목걸이 샀어?'

'응', '내가 진작에 샀지 그때'

'그럼 니네 집에서 가져간다?'

'그냥 반지까지 다 가져가'

'ㅇㅋ'

울다 지쳐 헛웃음이 나오더라고요. 그제서야 자살을 권한 이유도 깨달았죠. 루머 때문에 썸 타는 콘텐츠도 못 찍겠다, 아예 죽은 연인을 잊지 못하는 순애보 컨셉으로 선회할 꿍꿍이였던 거죠. 그에게 저는 처음부터 끝까지 돈벌이 수단에 불과했습니다.

사망 기사가 오보로 밝혀졌음에도 그의 물 샐 틈 없는 눈물은 죽음을 기정사실로 못 박았습니다. 그리고 제 죽음은 불티나게 팔렸죠. 최원혁은 처음으로 평균시청 랭킹 1위 BJ를 차지했고, 내친김에 제 유튜브 채널까지 먹었어요. 이름도 바꿨죠, '혁이조'로. 말하는 대로 이뤄졌달까요? 보미가 이 집 참 좋아했는데, 하자 마라탕 광고가 들어왔고, 보미랑 겨울에 삿포로 가기로 했었는데, 말하곤 여행사 커머셜을 찍었죠. 사운드클라우드에서 잘 나가는 래퍼와 곡도 냈더라고요, 〈봄에게〉. 억울했어요. 관계를 가진 건 우리 둘인데 왜 나 혼자 이런 벌을 감당해야 하는지. 그가 양아치에서 로맨티스트가 되는 동안 왜 난 걸레에서 시체가 되고만 건지. 정작 애를 지우자고 강권한 사람은 당신인데.

"미쳤냐? 죽은 사람이 돈 쓸데가 어딨다고 돈타령이야. 못 줘, 더 이상은. 억울하면 네가 방송하든가. 왜 김밥천국이라도 다녀왔다 하지 그래."

올해 2월 통화 내용입니다. 예상보다 많은 돈을 벌자 그는 돌변했습니다. 아니요, 처음부터 이럴 계획이었을지도 모르죠. 입막음 비용도 아까워서 자살로 둔갑시켰던 건지 누가 알아요. 꼼짝없이 당할 뻔했지만 저는 지속된 막말에 통화 내용을 녹음하기 시작했습니다. 다음은 오늘 자살을 결심한 직후 나눈 대화입니다.

"너, 다른 여자 생겼지?"

"그게 너랑 무슨 상관인데. 이젠 그런 거까지 신경 써야 되냐?"

"나… 나 더 이상은 안 되겠어. 자살할 거야."

"하려면 카톡 남기고 해라. 저번에 징계받은 기자한테 빚이라도 갚게."

"나, 너 때문에 죽는 거라고. 네 아이처럼."

"아니, 그 얘긴 다 끝났잖아. 내 덕에 너도 애 밴 거 숨겨서 육수들 등골 빼먹은 거 아냐? 가뜩이나 웬 개잡놈이랑 우결을 찍는다고 개지랄 떨던 새끼인데, 진짜 결혼해버리면 씨발 뭐 화환이라도 보내줄 거 같냐?"

최원혁은 전화를 끊었습니다. 손에는 제 목숨을 끊어줄 노끈이 쥐어져 있었죠. 근데, 부아가 치밀더라고요. 체념이 아닌 다른 감정을 느낀 건 실로 오랜만이었습니다. 죽었다고 세상을 속이기 위해선 저부터 속여야 됐거든요, 너는 죽은 사람이라고. 한데 거울을 보자 살아 있는 눈이 저를 매섭게 쏘아보고 있었어요. 기력을 과시하듯 숨을 노골적으로 몰아쉬면서.

쓰지도 않은 유서를 찢었습니다. 하고 싶은 말은 입으로 뱉어야 직성이 풀리겠더라고요. 핸드폰을 생수병에 세우고 노끈으로 고정했습니다. 너무 꽉 묶는 바람에 카메라 앱도 간신히 눌렀죠. 이 끈 보이시나요? 아직 많이 남았는데 버리려고요. 그동안 속여서 진심으로 죄송합니다. 살고 싶어서 거짓말한 건데 돌아보니 전 죽어 있었지 뭐예요? 저는 이제 5개월 전, 제가 죽은 날로 돌아가려 합니다. 염치없지만 다시 시작해볼게요. 인사말부터 드려야 될까요? 잠깐만요, 숨 좀 고를게요. 흐읍, 하…….

봄이 돼서야 돌아왔네요. 안녕하세요, 조보미입니다.

아, 왜 이렇게 눈물이 나지? 악취미라 해도 할 말 없는데, 저 보고 싶다는 댓글들 보면서 하루하루 버텼거든요. 팬들이 어떻게 반겨줄까 상상도 해보고. 꿈만 같았죠. 결코 이뤄질 수 없는 꿈. 제가, 감히 제가 무슨 수로 돌아오겠어요, 최원혁은 물론이고 날 죽인 '진범'이 버젓이 활개 치고 있는데.

그런데 그거 아세요? 저보다 절 죽인 사람이 더 벌벌 떨고 있을 거라는 거. 얼마나 무섭겠어요, 시체가 살아 돌아왔으니. 지금부터 들려드릴 이야기는 이 비극에 맨 처음 불을 지핀 사람에 대한 이야기입니다. 1분팩트요? 그 인간도 한몫했죠. 그치만 불을 훔쳤을 뿐이죠, 그 벌로 아직까지 쪼이고 있고요. 진범의 범행 동기는 훨씬 천진난만했습니다. 단지 불장난에 쓸 땔감이 필요했달까요.

혹시 이 글 기억하시나요? 〈유튜브도 아무나 하는 거 아니다〉. 10월 12일 17시 29분. 제 유서가 발견된 날, 1분팩트가 나라카를 흉내 내어 썼다는 글이죠. 알고 계신 대로 이 글은 국평오가 쓴 게 맞습니다. 다만 1분팩트 글이 아닐 뿐. '술은 마셨지만 음주운전은 하지 않았다' 패러디는 아니고요, '운전자 바꿔치기'도 염두해야겠죠. 지금 보여드리는 사진은 문체를 베끼기 위해 참고했다는 나라카의 회원 전용 게시물입니다. 보시다시피 작성 시간이 '1시간 전'이라 돼 있죠. 유튜브엔 게시 시각이 표시되지 않아 방심하셨나 보죠? 해당 캡처 파일이 생성된 시간은 10월 12일 19시 29분, 즉 게시물은 17시 30분부터 18시 29분 사이 올라왔습니다. 그러니까 나라카의 말인즉슨 아무리 빨라도 17시 반에 올라온 게시물을 1분팩트가 1분 앞서 베꼈단 건데, 빠르다 못해 시간마저 앞서갔죠. 네, 국평오의 글은 합성이었습니다. 나라카가 파놓은 함정에 1분팩트가 보기 좋게 걸린 거죠. '반틈'이라든지 '왠만'이라든지 상대에 빙의해 국평오로 몰아가려 한 쪽은 나라카였습니다.

1분팩트가 지목된 대역에 불과하다면 국평오 역은 본래 누구 것이었을까요? 범인은 관심이 고팠어요. 루머 유포 직후 제 방송에 찾아와 후원을 보낼 정도로. 당시엔 눈치 못 챘는데 'ㅇㅇ'이 국평오라는 걸 알고 다시 보니까 '국평오'란 닉네임이 보이더라고요. 적선은 최원혁 방송에서도 계속됐어요. 차이가 있다면 여기선 닉네임 옆에 ID까지 보인다는 점이었죠. 괄호 안에 보이시나요? '13rooks.' 직역해보면 열세 마리의 떼까마귀? 저도 구글링 해봤는데 아무것도 안 나오더라고요. 하지만 시간은 죽은 사람의 편이었습니다. 언젠가 D사 카페 글 검색 결과에 '작성자'로 필터를 걸었더니 딱 하나, 이런 제목의 글이 나왔습니다.

눌러보니 깜짝 놀랐어요. 공지사항, 카테고리, 배너 디자인과 카페명까지 안티머글과 똑같았지만 안티머글이 아니었거든요. 배너의 '안티머글' 텍스트가 픽셀이 살짝 깨져 있어 마우스로 드래그해보니 파란 여백이 드러났습니다. 카페명 중복을 피하려 스페이스 바를 눌러 여백으로 등록한 뒤, 안티머글 배너를 통째로 캡처해 이미지로 삽입했더라고요. 회원 수도 두 명뿐이고, 공지사항을 빼면 게시물도 없었습니다. 게다가 이 등업 신청 가이드 글이요, 제목엔 23년에 업데이트한 걸로 쓰여 있는데 작성일은 24년 7월 11일이었어요. 카페 개설일도 7월 11일이고. 혹시나 닉네임 중복확인란에 'its_spring'을 넣어보니 이런 문구가 나왔죠. '이미 사용 중인 별명입니다.'

소름 끼쳤어요. 이렇게 지극정성으로 절 매장하려는 사람이 있다는 게. 대체 뭐 하는 사람인지 궁금했죠. 국평오를 다시 마주친 곳은 의외지만 그렇게까지 의외는 아닌 곳이었습니다.

작성자: 13rooks

가입 사유(10자 이상): 떡밥 좀 찾느라 10자

바로 나라카가 언급한 제 안티카페였죠. 어? 나라카가 말하길, '국평오=1분팩트=mrkim93'이죠. 그럼 이 ID는 뭐죠? 김미르가 두 번 가입했나요? 그럴 수도 있죠. 하필 루머가 유포되기 전날 '떡밥 좀 찾느라' 또 가입했을 수도 있죠. 다중 계정이라기엔 mrkim93의 글에 비추천을 눌렀지만 그건 고양이가 눌렀을지 누가 알까요.

"가입 없인 글을 읽을 수 없어 방심했나 보죠?"

나라카가 mrkim93의 가입 인사글을 찾아내며 한 말이죠. 저는 궁금했어요. 그럼 나라카는 무슨 ID로 가입한 건지. 제 유서가 발견된 이후에 쓰인 가입 인사글은 하나도 없었는데. 궁금증은 13rooks의 뜻을 해독하고 나서야 풀렸습니다.

"제가 존경하는 정치철학자 마이클 브룩스가 이런 말을 했죠."

"생각을 양도하면 껍데기가 된다. 마이클 브룩스 교수가 한 말이죠."

'13'은 숫자가 아닌 알파벳 B를 뜻했습니다. Michael Brooks. 나라카 못지않게 국평오도 그를 좋아하나 봐요, ID로 쓸 만큼. 공교롭게도 나라카는 '국민 평균은 5등급이다'라는 말을 국평오만큼이나 좋아하고요. 국평오가 사라지자 나라카가 나타났으며 둘은 동시에 등장한 적이 없습니다. 마치 1인 2역을 맡은 연극배우처럼.

그때부터 나라카 영상을 몇 번씩 돌려봤던지요. 나라카는 언제부턴가 자기 얘기 하는 걸 피했습니다. 단서가 될 만한 건 초창기 영상에밖에 없었죠, 가령 4년제 대학을 나왔다거나 하는. 저는 국내 모든 4년제 대학의 웹메일 주소 앞에 13rooks를 적어 메일을 보냈습니다. 204통을 보냈고, 203통의 답장을 받았어요. '주소를 찾을 수 없어 메일이 전송되지 않았습니다'라는. 홀로 답장이 없는 이메일 주소를 해당 대학 홈페이지는 물론 이곳저곳에 검색해봤죠. 이번에 그를 발견한 장소는 그렇게까지 의외인 곳이었습니다. 4년 전, 국세청 블로그에 올라온 카드뉴스였죠. 하단에는 카드뉴스를 제작한 대학생 기자의 이메일과 이름이 적혀 있었습니다.

다시 메일을 썼어요. 아, 기자분께 쓴 건 아니고요, 어느 온라인 쇼핑몰 판매자분께 긴히 문의드릴 게 있었거든요. 제가 기자분 성함을 대며 구매상품 환불을 요청한 곳은, 나라카가 썼던 가면을 파는 해외 업체였습니다. 영어를 못하는 저도 화났다는 걸 알 수 있을 만큼 격정적인 답장이 돌아왔어요. 7월 달에 사놓고 이제 와서 무슨 환불이냐고. 그렇습니다, 나라카는 임신 중단설을 최초 유포한 국평오와 동일 인물이었습니다.

네? 같은 인물을 존경하며 같은 시기에 같은 가면을 구매한 같은 나라 사람일 뿐이라고요? 제가 이름, 얼굴, 전화번호, 사는 곳, 대학교, SNS까지 다 알아냈는데. 모르는 사람이면 번호 정돈 공개해도 괜찮으시죠? 공일공 육오공칠… 여기까지만 할까요? 제가 무례했네요, 곧 백만 유튜버가 되실 분한테. 영상 올라갈 때쯤엔 이미 넘었으려나? 전화가 백만 명한테 쏟아지는 건 좀 그렇잖아요. 근데, 조금 화나긴 하네요. 골드 버튼, 나도 못 받아본 건데. 내가 누구 때문에 죽을 판인 건데, 정작 그 누구는 살판나다니. 나는 죽기엔 한도 많고, 겁도 많아서…! 다만, 다만 죽지 못해 살아가는데 어떻게 저리도 떵떵거리며 살 수 있는 거냐구요…!

역겨웠습니다. 남에게 덤터기 씌운 것도, 그래 놓고 범행 수법과 심리를 꿰뚫은 척 의기양양댄 것도, '삼가 고인의 명복을 빕니다' 뒤에 포스트롤 광고를 달아놓은 것도. 저를 봄이조가 아닌 보미 님이라 부를 때마다 얼마나 털끝이 곤두섰는지 아세요? 자기가 죽인 사람 이름을 그토록 쉽게 부를 수 있다는 게, 그 구저분한 입에 거리낌 없이 성씨도 없이 생 이름을 올린다는 게 어찌나 소름 돋고 도가니가 저릿저릿하던지.

무엇보다 역한 건 갑자기 개념 유튜버 행세를 하기 시작했단 거예요. 지가 죽여놓고 우리 모두가 공범입니다, 어물쩍 묻어가려 하질 않나, 그 나물에 그 밥인 주제에 진실의 수호자 코스프레를 하질 않나. 지난날의 인간 말종은 온데간데없고 다시 태어나기라도 한 것처럼. 안 되죠, 죄를 지었으면 벌을 받는 게 세상의 이치잖아요. 글을 지우면 죄가 싹 사라지기라도 한답니까? 당신에게 튄 핏자국만 표백해내면 없던 일이 되는 건가요? 그럼 죽어서도 씻겨지지 않을 제 멍울은, 누구한테 책임을 물어야 하는 건데요? 정 다시 태어나고 싶으면 밀린 죗값부터 치러야죠, 가면만 바꿔쓰면 끝인가요? 누구 맘대로 보속이라도 받아낸 양 자의로 회개하겠단 거예요, 피해자가 두 눈 시퍼렇게 뜨고 지켜보고 있는데. 하늘이 알고 내가 아는데, 밤하늘에 새겨진 당신의 전과가 천지를 뒤덮고도 남을 판인데 어디 좆만 한 손바닥으로 하늘을 가리겠단 겁니까?

진짜 뻔뻔한 사람이네요. 사람이 아니라 짐승이죠, 인간의 탈을 썼다고 다 사람은 아니니까요. 그 좆 같은 가면만 벗겨내면 개들도 느낀다는 죄책감이란 거, 느껴보실 수 있을까요? 그제서야 두꺼운 낯짝에 눈치껏 반성하는 기색이라도 비추려나요? 그럼 지금부터 타의로나마 반성의 시간을 가져보시길 바랍니다. 당신도 길을 걷다 핸드폰을 들이밀며 달려오는 무언가에 쫓겨보길. 상가 화장실로 숨었을 때 칸막이 위로 나타나는 카메라 렌즈와 눈이 마주쳐보길. 번호도 등록돼 있지 않은 사람한테 진짜냐고 묻는 문자를 받아보고, 번호만 등록된 인간이 걔 원래부터 그런 애였다고 아는 척하는 인스타 게시물을 읽어보길. 게시물을 퍼간 커뮤니티 사이트의 관상가들로부터 역시 관상은 과학이란 얘길 듣는 한편, 나무위키 사관들이 가정사까지 샅샅이 기록한 팔만대장경을 정독한 다음, 잘못된 내용을 고쳤을 뿐인데 본인 등판했다며 조리돌림 당하다가,

결국 정정되지 않은 채 유튜브에 박제된 영상을 시청하면서, 가정 교육 독학한 고아년, 이란 댓글을 마주하게 될 부모 얼굴을 상상해보길. 바라건대 손목으로 커터 칼의 온도를 재볼 만큼 죽음과 한 뼘 거리에 놓여보길, 그러나 그 한 뼘이 차마 좁혀지지 않고, 도저히 멀어지지도 않기를. 그렇게 내가 있던 지옥에서 너 또한 악착같이 살아남길, 내 이렇게 기도할 테니.

마지막으로 나라카. 이 우악스러운 혓바닥과, 잔인박행한 손가락을 지녔으며, 허기가 아닌 치기를 달래려 빨빨대다가, 썩은 걸 탐할 뿐이라는 구실로 뼈까지 발라 먹는, 꼬리만 뚝 자른 채 그림자 뒤로 숨고 마는 짐승의 이름은요……

제3부 파수꾼

〔 **14** 〕

"남녀 차별, 죄송합니다, 여남 차별이죠? 여남 차별 하는 건 좋다 이거예요."

언제 잠든 걸까. 매일 틀어놓는 1분팩트 영상이 이젠 자장가만 같다. 잠든 새 다른 채널로 넘어가면 정직한 기계음이 아닌 살아 있는 목소리에 그제야 눈이 떠지곤 했는데, 알고리즘이 이슈 유튜브로 도배된 탓에 기상 나팔수는 어제나 그제나 가면을 쓰고 있었다. 이런 걸 왜 보는지도 궁금하지만 진짜 미스터리는 구독 기준이겠다. 가면을 찍어낸 공장만 다를 뿐 컨셉은 공장에서 찍어낸 듯 천편일률적인데, 당최 어떤 기준으로 구독을 누르길래 채널 규모가 제각각인 걸까. 어제나 그제와 마찬가지로 '채널 추천 안함'으로 마우스 커서가 향하는 순간,

"국민 평균은 수능 5등급이라는데 얘넨 학습효과 없는 거 보면 7등급, 8등급이야."

국민 평균은 수능 5등급. 이 가면은 다른 가면들과 구분해 놓을 필요가 있겠다. 바탕화면의 '보미' 폴더에 들어가 '1분팩트'와 '기념일 영상 편집' 사이 위치한 '국평오' 폴더를 클릭한다. '정보 모음'이란 파일명의 메모장을 열자 딱히 정보랄 것도 없는 항목들이 26번까지 쓰여 있다. 그나마 단서랄 만한 건 '그놈'에게 후원할 때 알아낸 ID였으나 신상을 캐내기엔 역부족이었다. 와중에 마침 '디데이' 전날 나타난 이 '나라카'라는 놈은 수상한 점이 한두 가지가 아니었으므로—막상 따지고 보니 한두 가지긴 한데— 영상을 하나하나 파볼 삭정이다. 국평오의 글 689개를 모두 읽은 마당에 달리 선택지가 없기도 했고. 시간은 쫓는 자의 편이었다.

그런 줄로만 알았으나.

다음 날, 보미의 유서가 발견됐다. 왜 마침 '디데이'에. 세 달까진 괜찮을 거라 생각했는데 나만 괜찮았나 보다. 오늘은 그녀를 해방시켜줄 계획이었는데. 내가 구원의 손길을 내밀려는 찰나 보미는 영영 닿을 수 없는 곳으로 떠나버렸다. 손아귀에 스며드는 것은 다만 하나, 그녀로부터 승계받은 복수심뿐.

나, 너 알아.

'나'는 '너'에 대해 많은 걸 아는 동시에 많은 걸 알지 못했다. 주특기 번호는 알아도 전화번호는 몰랐고, 메이플스토리 직업은 알아도 실제 직업은 몰랐으며, 성적 취향까지 파악했지만 인적 사항은 알아낼 수 없었다. 그럼에도 난 너를 안다. 그것은 경고가 아니라 원망이나 소망, 또는 망자 앞의 서약이었음을.

소망은 마우스 클릭 몇 번 만에 이뤄졌다. 나라카가 유료 회원들에게 서신을 남긴 것이다. 그 저렴한 말투만 봐도 알 수 있었다, 구면이라는 걸. 필적 감정을 받아보고 자시고 할 것도 없었다, 샘플을 689개나 살펴본 내가 전문가였다. 놈은 '국평오'와 '나라카'가 섬처럼 떨어져 있다고 착각하는 듯했다. 둘 다 그 자신이기에 멀어져봤자 오른손과 왼손 거리라는 걸 알지 못했다.

사람을 죽여놓고 태연하게 낯짝을 공개할 줄이야. 구면인 악귀의 초면을 마주한다. 새까만 고글이 위로는 관자놀이를, 아래로는 광대뼈를 덮고 있어 드러난 이목구비의 실평수는 가면과 별 차이가 없다. 암허에 윤곽이라도 그려보자니 이미지 메타데이터의 '촬영 날짜'나 'GPS 좌표'도 업로드 과정에서 증발해 그마저 여의찮다. 하릴없이 암허를 뚫어져라 쳐다볼 수밖에. 투시 능력이라도 있는 것처럼, 그 능력으로 사진 속 물체까지 투시할 수 있는 것처럼.

'E'…?

누군가의 검지 위에 알파벳이 놓여 있다. 사진을 찍어준 사람의 핸드폰에 부착된 스티커였다. 다른 정보를 담지 않으려 최대한 가까이서 찍었겠지만 큼직한 고글 렌즈는 알파벳 조각 하나 빠뜨리지 않고 스티커를 고이 담아내었다.

Emily.

글자 위에 있는 고양이 캐릭터가 어느 유기묘 봉사 동호회의 로고였음을 알아내는 건 놈을 쫓기 시작한 이래 가장 쉬운 일이었다.

*

"그 임신 중지했다고 악플 달린 사람? 하여튼 한남들 돈 안 드는 짓은 제일 열심히 한다니까."

봉사를 마치고 해산할 즈음 누군가 꺼낸 보미 이야기에 회장이란 사람이 거들었다.

"언니." 옆에 걷던 여자가 팔뚝을 톡톡 치자,

"아, 맞다." 회장이 멋쩍은 얼굴로 돌아본다.

"시, 신경 쓰지 마세요, 하하…."

어쩌다 내가 '한남' 대표로 '한녀'의 말실수를 사해주고 있는 건지. 봉사에 참여한 여섯 명 중 '한남'은 내가 유일하긴 했지만.

고글에 비친 (나라카의 연인으로 짐작되는 인물의) 헤어스타일은 검은 단발이렸다. 회장은 숏컷이고, 옆 사람은 긴 곱슬머리며, 정치적으로 올바른 시각을 견지해도 '양남'은 금발이니 아웃이었다. 나머지 둘은 단발이며 공교롭게도 둘 다 핸드폰에 에밀리 스티커를 붙여놨는데, 한 명은 손가락 두께가 사진의 그것에 1.5배 내지는 2배 정도 되었으므로 소거법에 의해 조건을 만족하는 사람은 한 명뿐이었다.

"희연아, 이거 좀 주고 올래?"

희연이라는 여자. 특이점으론 오늘 한마디도 내뱉지 않은 것으로, 회장의 부탁에도 고개를 끄덕였을 뿐이니 아직까지 기록은 유효했다.

"이게 뭐죠?"

USB라는 건 척 봐도 알았고 농아인인지 확인차 물어본 것이다.

"처음… 나오신 분들한테 드리는 거…….."

말은 할 줄 아는구나. 메모의 3번 항목은 지워야겠다.

여자가 목례를 하고 민트색 레이의 조수석에 오른다. 운전
석에는 '한남' 앞에서 '한남'을 내뱉은 게 퍽 민망했는지 회장
이 벌써 떠날 채비를 마쳤다. 자칫하면 놓칠 기세라 서둘러 시
동을 건다. 나라카의 여자친구가 맞다면 주말인 만큼 놈의 실
물을 접할 수 있을지도 몰랐다.

중계동 주공 아파트 입구에 여자가 내린 것은 20분이 흐른
뒤였다. 얼마나 죽치고 있어야 할지 막막한 고민도 잠시, 민트
색 차가 멀리 사라지자 여자가 입구 밖으로 나와 걷기 시작한
다. 아파트 단지를 지나 왜 이런 곳에 있는지 모를 인스타 감
성의 카페에서 샛길로 진입하는데 던전 입구마냥 위태롭게 기
울어진 십자가가 이방인을 맞이한다. '예수사랑'이라 적힌 천
막 아래에는 자세히 보지 않으면 체 게바라로 오인할 법한 예
수의 흑백 초상화가 걸려 있다. 철판으로 된 가설 울타리가 쭉
늘어선 길을 따라 반문물의 세계로 바퀴를 굴린다. 스프레이
로 낙서된 'SEX'가 없었다면 이세계라 착각했을 만큼 낯선 풍
경이다. 범퍼가 찌그러진 용달차 뒤로 차를 세운다. 양쪽 세계
의 교집합에 'SEX'가 있다면 네 바퀴가 온전한 자동차는 차집
합에 속했기에.

차에서 내리자 공기가 제법 을씨년스럽다. 남의 터전에 이
런 표현은 실례다만 어째 점입가경이다. 울타리 끝에는 오르
막길이 기다리고 있고 양옆으로 집— 같은 것—들이 보인다.
(그나마) 멀쩡한 지붕이 반, 천막으로 덮인 지붕이 반이다. 천
막이 날아가지 않도록 놓인 폐타이어가 잊혀진 초병처럼 폐가
를 지키고 있다. 달동네를 더욱 달동네스럽게 만드는 듯 같은

벽화들도 하나둘씩 모습을 드러낸다. 물론 'SEX'도 있고 '섹스도 있으며 어째선지 '보1지'도 있다. 방뇨나 무단 투기를 금하는 경고도 빠지지 않는데 '금지' 앞엔 강경하면 '절대'가, 간곡하게는 '제발'이 붙어 있으며 '금지' 뒤엔 이를 어길 시 내려질 처벌들, 성기를 절단내겠다느니 아가리에 쓰레길 쑤셔 넣겠다느니 하는, 주로 체벌에 국한된 내용이 적나라하게 명시돼 있으나 그럼에도 소변이며 가래침이며 담배꽁초며 소주병이며 고철이며 잔반 찌끼며 온갖 오예지물들이 전봇대 곁을 둘러싸고 있다. 특이사항으로 집집마다 철거 예정을 알리는 동그라미가 붉은 래커로 칠해져 있어 마치 신의 벌을 피하려 문설주에 어린 양의 피를 바른 듯하다. 신에게 간택받은 자들은 아파트로 이주했을 것인 반면 그렇지 않은 자가 저기 부지런히 발을 옮기고 있었다.

오르막길 끝에서 좁은 골목으로 한 번 더 파고들고 나서야 여자가 발길을 멈춘다. 열쇠를 꽂은 집은 기와지붕에 방범창까지 딸린 집, 인 줄 알았는데 원근법상의 착시일 뿐이었고 그 옆의 알루미늄 샷시문이 열린다. 슬레이트 지붕이 허름하다 못해 오늘내일하는 풍창파벽으로 흡사 브라질 빈민가 '파벨라'에나 있을 법한 비주얼이다. 누가 애묘인 아니랄까 봐 그 와중에 길고양이 밥그릇까지 모셔놨다. 밥그릇 뒤편에는 본디 네잎클로버를 의도하고 그렸을 것으로 추정되는 벽화가 새겨져 있다. 시멘트가 떨어져 나가버린 바람에 지금은 세 잎이 돼버렸지만.

현재 위치를 저장하기 위해 핸드폰을 꺼낸다. 웬일로 카톡 메시지가 2백 개나 쌓여 있는데 전부 한 채팅방, '봄 뒤에 여름'에서 나온 것이었다. 보미의 '진짜' 팬들이 모인 비공개 단톡방으로, 특정 콘텐츠를 하도록 여론을 조성하거나 물 흐리는 유저를 차단하게 만드는 등 방송이 원활히 진행되게끔 막후에서 힘쓰는 게 우리 역할이었다. 보미와 컨셉이 겹치는 스트리머의 팬덤을 '여캠이나 빠는 육수들'로 몰아가고 드물게는 스트리머를 공격하기도 했는데, 보미와 동 시간대 방송하던 진효림이 자숙한 틈을 타 남자친구와 일본 여행 갔다는 소문을 냈으며, 〈라이어 게임〉 면접 땐 보미와 같은 조에 속한 여성 참가자들에게 악플 테러를 가했다. 이게 다 보미가 노글노글 물러터진 탓이었다. 조작된 루머에 반격 대신 체념을 택할 만큼.

보미가 살아 있다는 증거입니다. 첫째, 유서답지 않은 형식…

단톡방 상단에 고정된 공지사항을 펼쳐본다. '보미가 살아 있다'는 문장만으로도 벌써부터 기적을 목도한 듯 숨이 가빠 온다.

보미가 살아 있다는 증거입니다.
첫째, 유서답지 않은 형식
아는 분이 심리부검에 참여한 적 있는 전문가인데요. 그분 말에 따르면 자살자는 이면지나 포스트잇 같은 남는 종이에 유서를 쓰는 경우가 많으며 거창한 어휘보단 오히려 평소보다 더 낮은 수준의 일상어를 사용한다고 합니다. 그러나 보미의 유서 사진을 보면 고급 용지에 쓰인데다, 획의 굵기가 고르지 못한 게 만년필로 적은 듯하죠. 시적인 표현도 보미치곤 너무 서정적이고요. 마치 언론에 공개되길 바라며 쓴 '보여주기용' 유서처럼 느껴진다면 정신 승리일까요.
둘째, 유서답지 않은 내용

자살자 유서에는 보통 구체적 사유나 사과, 자책이 포함됩니다. 친지에게 남기는 메시지나 사후 처리 부탁도 빠지지 않고요. 그러나 보미의 유서에는 그 어떤 것도 쓰이지 않았어요. 무엇보다 '흔적 없이 사라지겠다'는 사람이 대놓고 흔적을 남긴 게 모순적이죠. 사라지겠단 말은 죽음이 아닌 은거를 뜻하는 게 아닐까요? '추락'이라는 단어로 투신하는 듯한 인상을 심어놓고, '민들레 홀씨'니 '거품'이니 해서 경찰이 산이며 강을 파헤치고 있지만 이 모든 게 숨바꼭질을 위한 시선 돌리기라는 거죠.

셋째, 자살답지 않은 실종

그놈이 밝히길, 전날 점심에 통화했을 땐 평소와 다를 게 없었다 했죠. 하여 유서 작성 시점을 정오 이후라 가정한다면 자살 암시로부터 24시간 이내 신고가 이뤄진 게 됩니다. 통상적으로 24시간 이내 신고 시 하루 안에 생사가 확인되는 반면 보미는 아직 어떠한 흔적도 발견되지 않았죠. 자살자 대다수가 자택에서 발견되는데 그렇게 유명한 사람이 자차 없이 먼 곳 찾아 떠난 것도 수상쩍고요. 정황상 이미 둔세할 준비를 마친 다음 유서를 공개한 걸로 보입니다.

벌써 봄이 돌아오긴 이를 테지요. 이제 가을일 뿐이니까요.

멤버들 사이서 유독 신망이 두터운 양반이 쓴 것으로, 평소 젠체하는 말투가 썩 재수 없었으나 정신 승리로 치부하기엔 승산이 그럴싸했다. 그녀에게 불어닥친 풍파가 자살을 꾸미고도 남을 만큼 모질었다는 걸 잘 알고 있지 않은가.

어쩌면 이건 하늘이 떨군 네잎클로버가 아닐까. 이 여자의 집 앞에 다다라서야 메시지를 읽게 된 것도 복수심에 불탈 바에 꺼져가는 생명의 불씨부터 살리라는 묵시일지 몰랐다. 체 게바라를 닮은 자의 아버지가 내린.

발길을 돌린다. 천명을 받들기 위한 발걸음이 무겁지만은 않다. 맥박을 메트로놈 삼아 내딛던 걸음걸이가 이제는 달음 박질이 된 게 맥박과 걸음 중 무엇이 먼저 빨라진 탓인지 모르 겠으나, 그 요란한 심장의 발길질은 누군가의 박동까지 더해 져 2인분으로 들썩이는 듯했다.

이제 나는 느낄 수 있다, 당신이 살아 있음을. 그녀가 자칫 투신의 서약을 이행하기 전에 발 디딜 틈을 마련해야만 했다. 직접 나서자니 단톡방의 도움을 받아도 파급력을 기대하긴 어려웠다. 보미에게 메일을 쓰자니 당신의 결백을 안다고 보낸 메일을 아직 읽지도 않았고.

방법은 이이제이, 가면을 가면으로 벗겨내는 것뿐이다. 나 라카가 최초 유포자라는 증거를 1분팩트에게 넘긴다. 채널 개 설일, 자주 쓰는 말, 말투, 국평오가 나라카 등장과 함께 사라 졌다는 사실까지. 첩보를 핑계로 접선해 또 다른 악귀인 1분 팩트의 신상까지 캐낸다. 거래 내역이 있는 만큼 놈도 날 의심 하진 않을 것이다. 다만 몽타주에 대한 유일한 단서나 다름없 는 나라카 사진이나 기타 다른 중대한 정보는 넘기지 않는다. 공범에게 새 발의 피의 적혈구 하나만큼이라도 환대가 쏟아 져선 안 될 일이다. 결정적 단서들은 1분팩트가 제보자 블로 그 주소를 밝힌 뒤 내가 직접 공개할 것이다. 영웅은 오로지 나여야만 하니까. 나는 구설수에 일희일비하는 철새 팬들은 물론 무능한 단톡방 멤버들이나, 돈으로 식사권을 사는 졸부 와도 다른 특별한 존재여야 하니까.

내겐 이름이 있었다는 걸 각인시킬 것이다, 모두에게.

그리고 보미에게.

〔 **15** 〕

예수사랑, SEX, 그리고 세잎클로버.

태어나기를 돌연변이거나 세 잎짜리가 밟히고 찢겨 생겨나는 게 네잎클로버인데 행운을 가져다준다니 개소리도 그런 개소리가 없지. 기형아나 장애인이 수가 좀 적기로서니 행운아가 되는 게 아니잖아. 그런데 이 집은 네 잎이 짓이겨져 세 잎이 되었으니, 고난을 지고 태어났음에도 시련이 끊이질 않은 케이스랄까.

이틀 만에 다시 '파벨라'를 찾은 건 1분팩트 때문이었다. 1분팩트는 약속 장소에 나오지 않았다. 배덕하게도 대리인을 보냈다. 그의 애인으로 추정되는 대리인은 음료를 마실 때조차 마스크를 벗지 않아 얼굴을 볼 순 없었으나 목소리만큼은 어느 ASMR 유튜버가 떠오를 정도로 간드러졌다. 목소리 자체가 팅글이었달까. 그 목소리 때문인지 샴푸향 때문인지 돌핀 팬츠 끝단을 꽉 채운 흐벅진 허벅지 때문인지 다리를 좌우로 흔드는 버릇이 있어 내 쪽으로 허벅지가 다가올 때마다 스쳐 가는 온기 때문인지 나는 아무런 정보도 캐묻지 못했달까. 정말이지, 배덕하게도.

이튿날 저지른 만행은 배덕하다 못해 상도를 어긴 것이었다. 제보자 이름과 블로그 주소를 언급해달라 신신당부했음에도 본인이 증거를 찾아낸 양 우쭐댔으며, 한술 더 떠 내가 공표하려 했던 진실마저 본인이 찾아내고야 말았다. 얕봤다. 실마리가 주어지면 실타래를 풀어갈 재주 정도는 있었거늘.

하나 범인을 가리켜봤자 복면을 벗기지 못한다면 무슨 소용이란 말인가. 가장 큰 영예는 지목이 아닌 체포에 있으며 그 실마리는 여전히 나만 쥐고 있었다. 핵심은 나라카 석 자가 아닌 놈의 실명 석 자. 그것이야말로 내 이름을 되찾을 수 있는 가장 확실한 카드였다.

[비욘드더애드] 신규 모바일게임 브랜디드 콘텐츠 제작 문의 件

하여 어젯밤 나라카에게 미끼를 던졌다. '디데이' 전날 포털 사이트 ID로 광고 문의 메일을 보냈다가 '읽씹' 당한 전례가 있어 이번엔 기업메일 서비스에 가입, 실존하는 광고대행사의 도메인—에서 마지막 'com'만 'co.kr'로 바꾼—주소를 썼다. 당장 채널을 접게 될 판에 찾아온 마지막 한탕 기회에 혹할 수도 있지 않을까란 생각이었으나.

나도 너 알아.

그것이 내가 받은 답장이었다. 내가 했던 말을 되받아친 것이다. 놈도 추격자의 존재를 인지한 걸까. 그렇다면 언제부터? 아니, 어디까지? 존재에 대한 막연한 인식일 뿐이라면 다행이 겠으나 혹시 '파벨라'를 다녀간 것까지 알고 있는 건 아닐까.

근데, 뭐 어쩌라고.

그것이 내가 내린 결론이자 보내지 않은 답장이었고 정말이지 어쩌라고 싶었기에 퇴근하자마자 아침부터 파벨라를 온 것이다. 그러나 문 두드려 대뜸 남자친구 이름을 물어볼 수도 없고 어쩔 수 없는 노릇인 건 피차일반인지라 아직까지 사는 여자를 두고 집— 같은 것들보다 덜 집 같은 것—과 저 밑에 세워둔 차 사이를 두 차례 오고 갈 뿐이었는데, 야간 근무를 마치고 누군가의 숙면을 엿보는 것은 공복에 먹방을 시청하는 고문과도 같아 세 번째 여정에 나서기 직전 잠깐 눈만 붙였을 따름이다.

…분명 잠깐이었는데.

12시가 돼서야 날 깨운 건 나라카의 새 영상 알림이었다. 〈1분팩트는 보세요〉. 제목에 깃든 자신감의 근거가 몹시 궁금했지만 보다 시급히 확인해야 할 건 저 언덕 위에 있었다.

세잎클로버 앞에 놓인 사료를 먹던 고양이가 도망친다. 창문의 시트지 끄트머리가 말린 틈 사이로 내부를 살핀다. 여자는 보이지 않지만 시야 바깥쪽에서 밥그릇을 긁는 소리가 들린다. 숟가락과 스테인리스 그릇이 빚어내는 날카로운 마찰음 사이로 이따금씩 익숙한 목소리도 들려온다.

"1분팩트, 보미 님을 극단적 선택으로 내몬 장본인은 국평오 나부랭이가 아니라 당신입니다."

나라카였다. 방금 올라온 영상인가. 놈이 간헐적으로 말을 멈추고 했던 말을 되풀이한다. 여자가 일시정지와 되감기를 반복하는 중이었다.

이미 알고 있는 건가…?

(업로드와 동시에) 저리도 유심히 살펴보는 건 연인의 밥벌이 수단을 알고 있다는 것 외엔 설명할 길이 없겠다. 그걸 알고서도 사랑에 눈이 멀어 눈감아줬다면 네년 또한 공범이겠딸그락,

텅!

쏴아아—.

정확히 3단계였다. 고양이 밥그릇을 건드린 바람에, 밥그릇이 받침대서 떨어지며, 사료를 흩뿌렸다. 덤터기 씌울 고양이는 온데간데없고 안쪽에선 의자를 끌며 일어나는 소리가 들린다. 안경을 벗고 모자챙이 마스크에 닿을 정도로 눌러보다가, 유기묘 봉사에서 만난 남자가 아니라 행인으로 비춰진다 한들 집 앞을 서성인 변명거리가 없는 건 매한가지였기에 기와지붕에 방범창까지 딸린 옆집 골목으로 뛰어 들어간

철컥.

다. 비디오 판독을 요할 만큼 간발의 차로 문이 열리나 곧 대수롭지 않게 닫힌다.

여자가 버스를 탈 땐 택시를 잡았고 지하철을 탈 땐 옆 칸에 올랐다. 그렇게 도착한 곳은 큼직한 성형외과 간판이 걸려 있는 건물로, 이름하여 '파인드 美 성형외과'였는데 아름다울 미 아래에 작은 글씨로 'me'가 쓰여 있었다. 자신을 뜯어고치는 거면 '파인드 미'보다 '퍽오프 미'가 더 알맞지 않겠냐는 생각도 잠시, 여자가 탄 엘리베이터가 병원이 위치한 7층에 멈춘다. 다음 엘리베이터로 7층에 도착해 내부를 살피려 유리문으로 다가간 순간 나는 곧장 병원에 들어갈 수밖에 없었다. 어째선지 여자가

복도 바닥에 비상문을 기대고 앉아 이쪽만 쳐다보고 있었기에. 자동문이 열리는 바람에 직원과 눈이 마주치기도 했고.

31년 생에 최초 성형외과 내방을 마치고, 여전히 꿈쩍 않고 있는 여자를 지나쳐 엘리베이터를 잡는다. 의심 사는 일 없도록 굳이 내려가는 버튼을 눌러 굳이 1층까지 내려간 다음 굳이 계단으로 7층까지 올라온다. 세 번의 굳이를 거치느라 한껏 거칠어진 호흡이 진정되고 나서야 비상문 너머로부터 간절한 목소리가 들린다.

"…미가 지금 니쁜 생각하고 있을까 봐 걱정돼서 그래요, 네?"

잘못 들었나?

"저는 그런 사람 모릅니다."

"아시잖아요, 저도 그 정돈 알고 왔고요. 진짜 아무한테도 말 안 할 테니까 이렇게 부탁드릴게요, 제발."

"글쎄, 난 모른다니까요. 죽은 사람을 왜 나한테 와서 찾습니까?"

맞게 들은 것 같은데.

"그런 사람 모른다면서요, 죽었단 건 어떻게 아시는데요?"

"이 사람이 보자 보자 하니까. 바쁜 사람 잡아놓고 뭐 하는 짓입니까, 이게?"

쯧, 혀 차는 소리에 이어 여자 목소리가 서 있는 곳을 지나쳐가는 묵직한 구두 소리—

"어반리버힐 2차 3층."

—가 뚝 끊긴다.

"가정도 있으신 분이…."

"지금 나 협박하는 거야?"

"누구에게나 말 못 할 사정은 있잖아요. 지금 제 친구도 마찬가지예요, 제가 도와줘야 한다고요. 의사 선생님께는 아무 피해 없을 거라고 약속해요. 두 번 다시 찾아오지도 않을 거고요."

음소거라도 누른 듯 갑자기 찾아온 정적. 침 삼키는 소리마저 문 너머로 전해질까 삼간다.

"…별내 엘리시움 1411호."

"감사합니다! 보미도 기뻐할 거예요."

역시, 역시 보미 얘기가 맞았다. 이 여자 또래의 '보미'가 어디 한둘이겠냐만 '죽은 사람'이란 이명이 붙은 '보미'는 전국을 통틀어도 한 명뿐이었다.

"다음엔 경찰에 신고합니다."

그것이 출발을 알리는 총성인 양 3인분의 발소리가 흩어진다. 병원, 엘리베이터, 그리고 계단 밑을 향해.

여자는 보미와 각별한 사이고, 남자는 보미의 거처를 알고 있다. 그 짧은 대화 속에 안부처럼 오간 불가사의가 몇 개인지도 모르겠으나 의사의 생존선고 앞에 모두 한물간 수수께끼가 되었을 뿐이다.

'11월 그랜드 오픈.'

멀리서도 글자가 뚜렷한 게 심상치 않더라니 과연 현수막 크기가 6개 층을 덮을 정도로 거대했다. 입주가 시작되지도 않은 오피스텔에 숨어 사는 처지보다 먹먹하게 다가온 것은 밑에서부터 세어본 결과 현수막에 가려진 1411호의 위치였다. 블라인드를 치지 않아도 세상으로부터 유리될 수 있으니 외려 그녀는 기뻐했을까. 만약 그랬다면 더 먹먹해질 따름이다.

그렇게 하염없이 가라앉았던 가슴이 보미에게 다가갈수록 무장 날뛰는 것으로, 맥박 수는 엘리베이터 내 숫자 패널에 적힌 붉은 숫자에 비례해 14층에 당도하자 결국 지랄맞은 호흡 중추가 오작동을 일으킨다. 원체 불량이긴 했으나 한동안 잠잠했는데, 왜 하필 지금. '왜 하필' 싶은 타이밍만 골라 과호흡이 도진다는 건 익히 알고 있지만서도.

온몸의 말단이 저려온다. 경련은 팔다리를 타고 올라와 가슴을 조여오더니 원인 제공자의 집 앞에 다다랐을 땐 안면까지 번진 상태였다. 꼬여버린 손끝 대신 마디 관절로 억척스레 초인종을 누른다. 목소릴 듣기 전까진 심장이 달래지지 않을 기세였으므로.

"계세요?"

참을 수 없는 게 침묵인지 호흡인지 알 수 없다.

"보미 님! 접니다. 그, 왜….."

이름을 말해야 할지 닉네임을 말해야 할지 알 수 없다.

"1주년 기념 영상, 만들었던 미, 미스터김."

존재를 고했기에 심적으로 아찔한 건지 신적으로 아찔한 상태에 놓인 건지 알 수 없다.

"보미 님을, 도와, 도와드리고, 싶어요….."

도움을 받아야 하는 쪽이 어느 쪽인지 알 수 없다.

문을 두드리는 소리인지 심장이 고동치는 소리인지 알 수 없다.

온 세상이 뿌연 게 안경에 김이 서린 건지 끝내 천국에 오고 만 건지 알 수 없다.

저기 인자한 미소를 짓고 있는 사람이 예수인지 남미의 예수인지 알 수 없다…….

하나,

둘,

셋, 넷.

배에 손을 얹고 천천히 숨을 들이마신다. 내 횡격막은 낙지다. 소파에 온몸을 푸—욱 맡긴 채 한없이 늘어진 낙지.

들이마신 것 이상으로 뱉어내주며 넷, 셋, 둘, 하나.

하나부터 넷을 세고 다시 하나로 돌아오기를 일여덟 번. 뇌가 혀로부터 출발해 발가락에 이르기까지 상실한 통제권을 차차 환수해간다. 어렵사리 감각의 쿠데타가 진압되고, 몽혼에서 깬 두 눈은 김이 가신 세상의 적막을 직시한다.

당장 문을 열기엔 상처가 깊은 걸까. 그렇다면 상처가 아물 때까지 기다려야 할 것이다. 차에서 써둔 편지를 문틈에 꽂고 돌아선다. 빈손이었으니 차라리 잘 됐다. 정 돕고 싶다면 나라카 가면 정돈 벗겨와야 했다. 이왕이면 꽃도 있으면 좋을 텐데 지금은 옷차림도 너무 후줄근한 거 같고.

버스 정류장에 그 여자, 희연이 앉아 있다. 차를 찾아오느라 한발 늦은 건지 눈시울에 이미 1411호를 다녀간 발 도장이 붉게 찍혀 있다. 감격치곤 처량하고 애긍이라기엔 모진 붉기.

"지금 내가 우울증 약 때문에 헛것이라도 봤다는 거야?"

슬쩍 내린 차창 틈으로 가시센 목소리가 기어들어 온다. 우울증이라. 확실히 그것만큼 이 여자의 일상을 알차게 요약해주는 단어도 없는데.

"뭐가 그렇게 두려운 건데?"

여자가 수화기 너머 상대를 목곧게 밀어붙인다. "우리 시간 좀 갖자"는 말로 짐작건대 상대는 나라카일 터. 이내 그 시간이 일주일로 합의되며 통화가 종료되지만 여자의 결심이 선 듯한 표정이 일주일로는 턱없노라 말해주고 있다. 어쩌면 자기 친구를 분양 홍보 현수막 안에 갇혀 살게 만든 장본인에게 이

별을 통보한 걸지도. 이 여잔 대체 누구 편인 걸까. 철 지난 수수께끼를 곱씹어본다.

집으로 돌아왔을 땐 단톡방에 3백 개 이상의 메시지가 쌓여 있었다. 종일 대거리 중인 나라카나 1분팩트 때문은 아니었다. 보미가 숨진 채 발견됐다는 찌라시를 뿌리고 다니는 '그놈' 때문이었다. '그놈'은 죽은 (척을 한) 자는 말이 없다는 점을 이용해 보미와 연인 사이였다고 밝혔다. 자신에게 스포트라이트가 쏟아질 일생일대의 기회를 놓칠 수 없다는 듯 단독보도 직후. 정녕 연인 사이라면, 그리고 연인이 죽은 게 맞다면 해당 시점엔 카메라 앞이 아닌 안치실 앞에 있는 게 도리일 텐데 말이다. 지금껏 늘 그런 식이었다. 놈에게 보미는 첫 만남부터 이슈몰이 수단에 불과했다. 〈라이어 게임〉에서 둘은 미묘한 기류가 흐르는 척 그려졌지만 사실 그 미묘함은 네거티브한 쪽으로, 조작 정황 증거를 살폈을 때 둘은 다투기까지 했을 정도다. 하나 잇속 밝은 놈은 따지도 못할 상금 대신 화제성이라도 쓸어가고자 탈락을 감행, 보미를 결승에 올려 기어코 '봄혁'이라는 좆 같은 단어를 탄생시켰으니, 그 선택 하나로 이미지 세탁에 성공하고 단물 빠질 때까지 빨대 꽂은 것도 모자라 이제는 마른 시체까지 팔아보려는 속셈이었다.

하지만 이 호로새끼보다 역한 게 있으니 바로 단톡방 멤버들이었다. 대화를 따라가기 벅찰 정도로 열띠게 벌어지고 있는 토론의 주제는 보미의 생존 여부가 아닌 '그놈'과의 교제 여부였다. '그놈'은 단톡방에서 한때 최원혁을 부르던 멸칭으로, 놈을 다른 여캠과 엮어보려 갖은 지랄을 다 떨어봤을 만큼 언급조차 금기시되는 존재였더랬다. 그러나 학폭·뒷광고·낙태 등 매번 앞장서 보미를 '진심'으로 두둔했단 이유만으로 놈에겐 이름이 생겼다. 순진하기 짝이 없지. 숙주의 안위를 걱정하는 기생충에게 진심이 없을 리가.

> 거짓말하는 사람의 얼굴이 아닌 것 같아요

> 그러게 제가 저번에도 말하지 않았습니까 둘이 심상치 않다고. 그게 다 연기였으면 연기대상 줘야죠

> 심리부검에 참여한 전문가 ㅇㅈㄹ떨 때부터 알아봤다 좆문가새끼ㅋ 나는 그만두고 현생 살련다. 니들도 허구한날 상딸칠 게 아니라 베트남 여자라도 만나라 번식탈락남 새끼들아ㅉㅉ

꼴값들 떨고 있네. 이 머저리들은 최원혁의 속내만큼이나 보미에 대해서도 아는 바가 없다. 어디까지나 비즈니스 동료일 뿐, 애초에 최원혁은 보미가 밝힌 이상형—'좋아하는 것' 41번, '이상형: 연애에 서툴며 곰같이 듬직한 남자'—과 거리가 멀었다. 이런 기본적인 것조차 모르면서 보미의 순정을 논하겠다니 같잖기 짝이 없다. 니들이 보미에 대해 아는 것들을 전부 더해도 내가 아는 것보다 적을진대, 감히 누구 앞에서 손가락을 놀린단 말인가. 나로 말하자면 시청자 수가 한 자릿수일 때부터 보미 방송을 봐 왔고, 보미에게 애장품까지 선물 받았으며, 방송을 안 보는 척 며칠간 채팅을 남기지 않다가 도네라도 쏠 때면,

"미스터김 님! 오랜만이네요, 무슨 일 있었어요?"

라고 안부까지 챙겨주는 사이란 말이다. 나는 다르다. 내겐 역사가 있고 유대가 있으며 그러므로 이름이 있다. 잘 쳐줘 봐야 아무개 1, 2, 3인 너희완 본질적으로 다르며 또 달라야 마

땅한 것이다. 너희도 곧 알게 되겠지. 보미와 나 사이의 거리가 나와 너네 사이보다 가깝다는 걸.

승부수를 던질 차례다. 미행은 일주일간 쓸모가 없어졌다. 나라카의 가면을 벗기려면 여자친구가 아니라 놈을 만나야 했고, 만나려면 광고가 아닌 놈이 필요로 하는 걸 제안해야 했다. 안락한 자살을 위한 번개탄도 좋겠지만 내가 아는 나라카는 제 부모 귀에 성적 취향이 전해지더라도 꿋꿋이 살아갈 놈이었으니, 역시 '그 영상'만 한 게 없겠다. 만일을 대비해 따놓은 것으로 지금이 그 '만일'이었다.

영상을 미끼로 나라카를 낚아 올린다. 놈이 내게 전활 걸 수밖에 없게끔 만들 것이다. 직거래를 고집하되 본인이 직접 나오도록 경고한다. 약속 장소로는 그 여자와의 관계도 떠볼 겸 파벨라 근처가 좋겠다. 현장에서 값을 두세 배 올리면 계좌 이체 할 리 없는 놈은 현금을 뽑으러 다녀올 테고 나는 그 틈에 사라진다. 이체한다면 그거 나름대로 수확인 셈이고. 현금을 넉넉히 가지고 다닐지도 모르니 값을 부르기 전에 얼마 있는지부터 파악해야겠지. 여차하면 웃돈으로 USB 값까지 요구할 것이다. 아날로그 거래 방식을 고수하기 위해 공기계를 들고 나가 스마트폰이 없단 핑계를 대면서. 놈이 애플 기기를 쓴다는 점을 감안하면 USB도 A타입 단자만 달려 있는 구식이어야 할 것인데 타입은 고사하고 집에 USB란 게 있는지조차 의문이 들어 서랍을 열어보는 순간—.

"섹스."

오프라인에서 '섹스'를 감탄사로 쓴 건 처음으로 마침 USB 하나가 덩그러니 놓여 있다. 앞면에 새겨진 촌스러운 로고만큼이나 구식의.

〔 **16** 〕

'더블 역세권'.

현수막의 '그랜드 오픈' 아래 적힌 글자였다. 가장 가까운 역이 도보로 14분 거리였으며 그다음 가까운 역이 16분이었으니 이도 저도 아닌 게 더블이라면 더블이겠다.

시신 발견이 보도된 지 19시간. 진작에 정정 보도가 나왔어야 했지만 같은 내용의 기사들만 쏟아져 나왔을 뿐이고. 단톡방 멤버 중 나와 유이하게 희망의 끈을 놓지 않을 거라 믿었던 사람마저 채팅방을 나간 지 오래였다.

어쩌면 내가 틀렸을 수도 있다. 그 '어쩌면'은 살면서 세워본 가설 중 가장 섬뜩한 것이었다. 보미가 마음의 문을 열지 않은 게 아니라 물리적으로 문을 열지 못한 거라면. 정류장에서 여자가 흘린 눈물은 애도의 눈물이며 최원혁의 말이 일부 사실이라면. 생사가 확인되기도 전에 죽음을 단정 짓다가 확인된 후엔 애써 부인하는 게 단지 내 청개구리 심보 때문이라면.

그리하여 나라카를 만나러 가기 전에 보미가 있는 오피스텔부터 들른 것이다. 아끼는 체크 셔츠를 꺼내입고 백합 한 송이가 든 에코백까지 들고서.

역시 기우였던 걸까. 14층에서부터 내려오는 엘리베이터를 보며 한숨을 던다. 이 건물에 다른 사람은 없을 테니 보미가 산책이라도 다녀온 모양이다. 아마 어제 내가 방문한 시점에 외출 중이었던 게 아닐까. 그녀가 내 이름을 듣고도 모른 척할 리 없으니까.

엘리베이터 문이 열린다 뒤설레는 마음으로 14층을 누르자 사각 버튼에 맴돌던 누군가의 온기가 검지에 스며든다.

─'누군가'라.

순간 전도된 온기가 따뜻하다 못해 정전기처럼 손끝을 찌른다. 14층을 취소하고 '굳이' 15층을 누른다. 14층을 누를 만한 사람이 한 명 더 떠올랐기 때문으로, '만일'이라도 마주친다면 우연이라 둘러댈 방도가 없었다. 경험상 '만일'은 가급적 '굳이' 싶을 때 잡도리해두는 편이 좋았다.

1511호와 마주한 비상문을 연다. 화물용 승강기 옆에 계단으로 향하는 또 다른 문이 보인다. 문 너머에서 '누군가'가 뱉은 육두문자가 두꺼운 반향을 뚫고 전해지는데 이제 와서 내 기척을 감춰보기엔 이미 손잡이가 돌아가며 철컥, 소리를 낸 뒤였다.

"야, 이, 시발 좆 같은…"

아래층의 말소리가 뚝 끊긴다. 노골적으로 무슨 일이 벌어지는 중이었으나 일없다는 듯 그보다 노골적인 발소리로 위층으로 향한다. 밑에선 숨죽여 내 동향만 살필 따름이라 괜히 '유수검지장치실'이라 쓰인 작은 문을 열고 밸브를 서너 번 두

드려본다. 비상문까지 여닫자 그제야 두 층 아래서 안도의 한숨이 기어 올라온다. 여자 것이지만 보미 것은 아니었다. 상대가 맘놓고 내는 소음을 보호색 삼아 한 발짝 한 발짝 내려간다. 어수선한 와중에도 사람과 사람이 빚어내는 잡음이 감지되지 않는 걸 봐선 혼잣말로 욕설을 내뱉는 고약한 버릇의 소유자인 듯하다. 15층을 돌자 곧 난간 틈으로 사람 형체가 보이기 시작하고, 붙어 있던 벽에서 떨어지자 난간과 계단 사이 피사체를 담아낸 프레임이 점차 넓어진다.

그 여자였다. 뒷모습만 봐도 안다. 이제껏 뒷모습만 봐서 안다. 우울한 수수께끼 같은 여자가 빨대로 커피를 휘젓고 있다. 옆에는 간신히 식별 가능할 정도로 작고 투명한 지퍼백이 놓여 있다. 얼마간 컵 안을 들여다본 여자는 전의 것보다 큰 한숨을 내쉬며 일어서는데 안도라기엔 굳어 있고 한탄치곤 모진 구석이 있어 '어쩌면' 그 성분이 결심일 수도 있겠다는 추측도 잠시, 한숨이 계단에 울려 퍼지기도 전에 철제문이 끼익거리며 열리고 곧 그것마저 쿵, 닫히는 소리에 잡아먹힌다.

여자는 무언가를 음료에 탔다. 음료가 두 잔이었으니 본인 몫은 아닐 테고. 어쩌면, 이 '어쩌면'이야말로 살면서 세워본 가설 중 가장 섬뜩한 것일지도 모르겠…

쿵, 쿵, 쿵.

여자가 1411호를 사납게 두드린다. 유서까지 써놓고 함흥차사인 자를 데리러 온 사신처럼.

계단을 뛰어 내려가 복도로 향하는 첫 번째 문을 열어젖힌다. 손잡이에 남은 온기가 무척이나 사위스럽다.

"조보미."

두 번째 문의 손잡이를 돌리려는 순간, 그러니까 아직 철컥, 소리가 나지 않았을 때였다.

"나야, 주희연."

둘 혹은 셋 사이를 감싸는 고요.

"안에 있는 거 다 알아. 잠깐 얘기 좀 해."

소리 나지 않도록 손잡이에서 천천히 손을 떼내는 찰나—

"그냥 얘기 좀 하자는 거야. 어차피 더 잃을 것도 없잖…"

철컥.

내가 낸 소리는 아니었다.

"내가,"

여자가 뱉은 말도 아니었다.

"내가 누구 때문에 잃을 게 없는 건데."

"보, 보미야."

내가 뱉고 싶었으나 여자가 뱉은 말이었다.

"…들어와."

차갑게 문이 닫힌다. 보미가 살아 있다.

뜨겁게 문을 연다. 그러나 언제까지 살아 있을지는 모르겠다.

초인종으로 손을 뻗는다. 그저 '죽고 싶다'는 신세타령에 눈치도 없이 찾아온 사신을 내쫓아야 했으나.

…어쩌면 이건 기회일지도 몰라.

이 '어쩌면'은 홀로 수만 번을 가정해봤으나 일찍이 망상이라 결론지은, 그럼에도 수만 일 번째 상상의 나래를 펼쳐보던 희비극에 대한 이야기였다.

귀를 갖다 댄다. 사신의 사정부터 들어볼 요량이었다. 말소리 같은 게 들리긴 하나 사람과 사람이 빚어내는 잡음에 불과할 뿐이라 무엇 하나 알아들을 수 없

"그래서 찾아온 거야? 지금 자살하겠다 말겠다 하는 사람

한테?"

는 와중에도 보미의 악청구만큼은 앙칼지게 귓속을 파고 든다. 새된 언성은 비극적 결말의 복선이었으나 그럼에도 더 잘 들릴까 이어폰으로 한쪽 귀를 막는 여유를 부려본 까닭은, 칼을 쥐고 있는 게 아닌 이상 감정이 격해질수록 결말은 미뤄 졌기 때문이다. 다투는 도중에 냅다 입을 벌려 독배를 쏟아부 을 순 없는 노릇이니까.

"돈? 까짓 거 갚으면 될 거 아냐."

수수께끼의 정답은 늘 그렇듯 돈이었나. 그깟 돈 때문에 사 자(死者)를 쫓아다니고 그걸로도 부족해 사자(使者)가 되려 했단 말인가.

"…내 꼬라질 봐. 눈이 있으면 똑바로 뜨고 니가 나한테 한 짓을 보라고. 이 꼴을 보고도 지금 그딴 말이 나와? 나도 맘 같아선 확 죽어버리고 싶다고…!"

그 여자 목소린 들리지 않아 현관을 등지고 있는 듯했다. 곧 보미 목소리마저 윤곽만이 남고, 서늘하게 식은 육성이 핸 드폰 진동처럼 웅웅댄다. 고요하다. 동시에 초조하다. 이토록 위험한 평온. 문 너머에서 냉정을 찾아가는 것과 반대로 내 감 정은 비등점을 향해 질주하고 있었다.

내가 쓴 편진데.

그제서야 복도에 떨어진 종이가 눈에 밟힌다. A4 용지에 써 내려간 문장들 위로 널따란 신발 자국이 워터마크처럼 찍혀 있다. 225 사이즈를 신는 보미 것은 아니겠고, 문이 열리며 떨 어진 걸 여자가 밟은 듯하다. 가방에서 펜을 꺼낸다. 앞면이 짓밟혔으니 망정이지 뒷면이었다면 메시지를 전할 여백도 없 었을 것이다.

이어폰을 주머니에 아무렇게나 찔러놓고 마스크를 고쳐 쓴다. 모자도 괜스레 한번 눌러본다. 미미하게나마 전해져오던 진동조차 문턱을 넘지 못한 채 가라앉은 지 오래다. 결말부였다.

딸칵.

초인종이 아니라 발작 버튼이라도 누른 듯 왜 하필 호흡이 가빠진다. 이 순간만을 기다려왔는데 제 호흡 하나 간수 못해 못 볼 꼴 보여줄 순 없다. 쉬익, 횡격막을 늘어뜨리고, 후우욱, 들러붙은 낙지가 된다. 나는 낙지다, 나는 낙지다,

"…누구세요?"

"나는 퀵, 퀵서비스입니다."

뭐라는 거야, 이 븅신아.

"파인드미 성형외과? 에서 서류를 보냈는데요."

서서히, 아주 서서히 문이 열린다. 그 사이로 차츰 드러나는 당신의 눈가에 눈이슬이 가랑가랑하다. 하얀 마스크로 작은 얼굴을 덮어봤지만 검푸른 다크서클만은 숨기지 못했다. 달물결처럼 일렁이는 눈을 닦아주고 싶어 안달 난 손을 통제해 덥석, 몽글몽글한 손에 종이를 쥐여준다. 손과 손이 살근살근 맞닿는 순간 풋향기 같은 것이 톡 튀어 올라 코끝에서 살랑댄다. 동공이 쫙, 퍼지고 양팔이 움찔, 하는 것이 심장 철렁이는 소리마저 들릴 듯 크게 놀란 낯꽃이었으나 개의치 않고 돌아선다. 주먹을 쥐어본다. 손바닥에 남은 온기가 빠져나가지 않도록. 이거면 됐다. 짧은 순간이었지만 그대의 눈을 바라보고 똑똑히 고했다. 여기, 당신을 지켜주는 곰 같은 파수꾼이 있다고.

닫힌 문에 다시금 귀를 대본다. 보미가 나지막이 중얼대고 있다. 방음의 비결이 방음재까지 붙여가며 숨고자 한 절박함

에 있음을 깨닫고 나니 웅웅거리는 소리도 절규처럼 들린다.

　—고 생각하는 찰나—

　송곳 같은 절규가 방음재와 철문을 뚫고 오른쪽 고막서부터 왼쪽 고막까지 관통하고 지나가는 바람에 균형을 잃고 자빠진다.

　문이 열린다. 초인종을 누르지 않았는데도. 음료에 탄 것이 설탕 따위이길 기대한 건 아니지만 수면제일지도 모른다고 생각했다. 그러나 하얗게 질린 보미 얼굴 뒤편에 쓰러져 있는 여자의 감지 못한 눈은 수면제 복용 증상으로 보긴 어려웠으며 거품을 문 입이나 파들파들 떨어대는 몸 역시 마찬가지였다. 아무래도 내가 누른 게 발작 버튼이 맞았나 보다. 그 발작이 내가 아닌 저 여자의 몫이었을 뿐.

　거품이 자작하게 잦아들며 여자도 평안을 찾아갔다. 이제 떨고 있다기보단 바닥에 붙어 좀스럽게 꼼지락대는 광경이 흡사 산낙지 같았다. 살아 있긴 한데, 참기름이냐 초장이냐 사신이 입힐 수의를 점치며 임종만을 기다리는. 그 찬찬하고도 나릇나릇한 헤엄이 묘하게 안정감을 주어 터질 것 같던 심장도 제 박자를 되찾는다.

　그즈음 산낙지의 심장이 멈췄다.

　언젠가 몇 번이고 상상해본 적 있는 일이다. 이 또한 보미의 구세주가 되는 무수히 많은 시나리오 중 하나였을 뿐. 이 일의 적임자는 그 누구도 아닌 나였다….

　"저 올 때까지 아무것도 하지 말고 기다리세요."

　셋 중 유일하게 아직까지 바들대는 사람에게 말한다.

　지하 주차장에 설치된 CCTV는 전에 근무했던 빌딩에서 쓴 것과 같은 모델로, 녹색 불빛이 깜빡이지 않는 걸 봐서 전원이 꺼져 있었다. 트렁크에서 라텍스 장갑, 소형 청소기, 걸레, 다용도 크리너, 비닐봉지를 꺼내 가방에 담는다. 나라카와의 약속은 이미 미뤘다.

"혹시 신고하셨나요?"

여전히 바들대고 있는 사람에게 묻는다.

"아, 아직이요….”

"여기 다른 주민은 없죠?"

"네, 다음 달 입주 시작이라…….”

"그럼 저거 좀 쓰겠습니다.”

'저거'란 흔히들 '이민가방'이라 일컫는 대형 캐리어였다.

"혹시 지금 어, 어떻게 하시려고….”

"자수하실 건가요?"

"자수요?"

'신고'가 아니라 '자수'라는 단어가 나온 것에 적잖이 놀란 눈치다.

"자수는 자수죠. 미필적 고의라는 말도 있잖아요.”

"그래도 사람이 죽었는데 신고부터 해야…”

"보미 님.”

"네?"

"신고하면 어떻게 되는지 아시죠? 자살했단 사람이 실은 멀쩡히 살아 있고, 심지어 남을 죽였다고요?"

"저, 저는 단지 적힌 대로 음료만 바꿨을 뿐인데….”

"그렇다고 살인자 소리 피할 수 있을 거 같아요? 아실 텐데요, 한국에서 제일 유명한 살인자가 되고 말 거라는 거.”

당신의 각막이 출렁인다. 그래서 더 아름답다.

"저 여자 우울증 약 먹고 있고, 어젠 남자친구와 크게 싸웠어요. 혼자 살고 있는데다 직장도 없는 거 같던데. 집에 갖다 두면 어렴히 자살인 줄 알 겁니다."

장갑을 껴 여자의 주머니를 뒤진다. 핸드폰, 지갑, 열쇠, 그리고 지퍼백. 핸드폰 지문 인식 버튼을 널브러져 있는 엄지에 갖다 대자 잠금이 해제된다. 통화 목록에 '†'를 제외하면 등록돼 있지 않은 번호들뿐이다. '†'와 최근 통화 시간은 어제 오후 5시 4분, 여자가 버스 정류장에 앉아 있을 무렵이니 그 정체는 나라카겠다. 나머진 모두 스팸 전화로 가족과도 연이 끊긴 듯했다.

카카오톡 맨 위에도 '†'가 있어 대화 내용을 훑어보는데 대화량이 터무니없이 적어 일주일 전까지 거슬러 오르는 것도 금방이다. 보미 얘기도, 추격자에 대한 얘기도 없다. 내가 파벨라에 다녀간 걸 안다면 보미까지 위험해질 수 있는 만큼 떠볼 필욘 있겠지만, 엄지를 쓸어내릴수록 그럴 가능성은 낮아 보였다. 여자는 그가 나라카임을 모르는 척하는 듯했고, 나라카는 여자가 모르는 척하는 것을 모르는 듯했다. 여자가 연인을 하트가 아닌 십자가로 저장한 이유도 알 것 같다. 글자 수로 보나 답장 속도로 보나 대화의 무게중심은 좌측 말풍선에 쏠려 있었고 우측은 배려를 넘어 맹목적으로 따르는 모습이 확실히 연인보다는 예수와 제자 관계에 가까웠다. 차이가 있다면 예수보다 제자가 먼저 죽고 말았다는 것 정도랄까. 그녀가 예수처럼 부활이라도 하지 않는 이상.

'연지 언니'와는 3일 전 대화를 나눴으나 기실 '3일 전'도 †, 탑텐, 버거킹 다음가는 긴밀한 관계였다. 에밀리 회장이 보호소까지 픽업이 필요한지 확인차 연락한 것으로, 유기묘 봉사가 이 여자의 사회적 상호작용 전부라 해도 과언이 아니었다. 그 말인즉슨 봉사가 있는 일요일까지 나흘간 그녀의 부재를 알아챌 사람이 없다는 뜻이기도 했다. 나라카는 당분간 정신이 없을 테니.

지도 앱을 켠다. 남자친구를 둔 젊은 여자치곤 검색 목록마저 초라하기 그지없다. '별내 엘리시움'은 지우되 바로 밑의 '파인드미 성형외과'는 남겨둔다. 목격자가 있는 만큼 섣불리 삭제했다간 꼬리를 잡힐 수 있었다. 이제 마지막으로 연락처를 켜서…

"저기."

"예?"

그새 목이 잠겼는지 삑사리가 나고 만다.

"…누구시죠?"

그러고 보니 아직 모자와 마스크를 쓰고 있었다. 벗는다 해도 당신은 날 모를 테지만.

"아, 그, 저는, 그 왜…."

할 말을 찾아 고개를 돌리다 에코백에 그려진 파란 수국에 시선이 닿는다. 그치만 저걸 보고도 모르는 건가.

"이상한 사람은 아니고요, 저는—."

이름을 말한다고 없던 얼굴이 생길까.

"그냥 보미 님의 행복을 바라는 일개 팬일 뿐이에요."

일개 팬이라. 내가 말한 건데 왜 너가 말한 것처럼 분한 걸까. 나는 알고 너는 모르는 그 비대칭적 기울기가 오늘따라 거대한 수직벽처럼 다가온다.

"호, 혹시 신체 접촉 같은 건 없었나요? 옷을 만졌다거나."

여전히 경계 중인 눈빛에 핸드폰을 도로 넣으며 화제를 돌린다.

"없었던 거 같아요. 좀 떨어져서 얘기해서….."

"다행이네요."에 그쳤으면 좋으련만,

"하하."

구태여 웃음을 덧붙인다. 헛기침으로 무마시켜 보나 이성 앞에서 일을 그르치는 게 선천적 질환인지라 사레까지 들리는 바람에 경계벽에 기어이 덧장벽을 쌓고 만다.

"여기, 크흠, 여기 장갑 끼시고 청소기로 머리카락 같은 거 쓸어주세요. 저쪽에서부터."

이럴 땐 말을 더하는 게 오답감점제 시험과도 같아 속히 대화를 마친다.

입관을 위해 시체를 내려놓자 캐리어 바깥으로 머리가 대롱거린다. 오른손으로 어깨를, 왼손으로는 오금을 감싸 몸을 둥그렇게 만 뒤 옆으로 누인다. 깔아뭉갠 팔을 꺼내 두 손을 가슴팍 앞에 모으자 호상을 당한 듯 평온해 보인다.

변기에 커피를 붓는다. 컵홀더에 적힌 'T'와 'M'은 본래 토피넛 라테와 카페모카를 가리켰겠으나 지금은 서로 뒤바뀐 상태겠다. 여자가 마신 건 M, 즉 토피넛 라테였다. 가장 무난한 아메리카노를 택하지 않고—애초에 보미는 카페인을 싫어하긴 했다만—비주류 음료인 토피넛 라테를 고른 까닭은 청산가리를 넣기 위함이 아니었을까. 〈명탐정 코난〉에서 그러더랬다, 청산가리에선 아몬드 향이 난다고. 근데 그거 다 과장일 텐데. 나무위키에서 읽은 바로는.

그런데, 왜 죽은 걸까. 그러니까, 왜 죽이려 한 걸까. 대관절 컵에 구슬 대신 청산가릴 넣고 야바위를 하게 된 경위가 무엇일까.

"저, 궁금한 게 있는데."

보미가 화장실 수도꼭지를 걸레질하다 말고 돌아본다. 세면대가 아닌 변기에 버렸다고 말해줄까 싶었지만 최우선적으로 선결되어야 할 수수께끼가 있었다.

"대체 무슨 사이예요?"

"네?"

이 여자랑요.

"최원혁이랑요."

우선순위가 가장 높은 질문이었다.

"방송에서 그러던데, 연인 사이라고."

"아……."

얼굴 표정으로 셈하건대 꽤 큰 감점이었다.

"연인…은 아니고 그렇고 그런 사이지만…… 그가 하는 말들이 전부 사실은 아니에요."

그렇고 그렇다는 게 무얼 의미하는지 그렇고 그런 사이에 놓인 자들만이 알겠지만 최소한 연인 관계는 부정했으니, 그걸로 대답은 충분했다. 단번에 장벽을 넘을 순 없는 거니까.

현관문을 민다. 캐리어 안에는 고인이, 캐리어 위에 얹힌 비닐봉지에는 고인의 부산물이 실려 있다. 원체 가진 게 없어 그 둘을 더해도 한 손으로 문턱을 넘기에 너끈하다.

"한 가지 걸리는 게 있다면,"

뒤를 돌아보자 현관을 두고 마주한 남녀의 그림이 꼭 출근 시간대 부부의 모습인지라 어쩐지 야릇하다.

"보미 님 어딨는지 알아내려고 성형외과를 찾아갔더라고요. 혹시라도 의사를 심문하게 된다면…"

"그건 괜찮을 거예요."

뭘까, 난데없이 확신에 찬 어조는.

"…종이에 번호 남겼으니까 연락주세요."

무어라 작별 인사를 더하려다 감점을 막기 위해 돌아선다. 그 듬직한 발걸음엔 가산점이 붙을 법도 했고 여러모로 이번만큼은 점수가 양수일 듯싶다.

관을 덮듯 트렁크를 닫고 나서야 두 다리에 힘이 풀린다. 사람이 죽었고, 시체를 담았다. 숨 쉬듯 자연스러웠고, 자연스럽게 숨 쉬었다. 마치 여행 짐을 꾸리는 사람같이. 죄책감 비스무리한 게 미처 담지 못한 준비물처럼 떠오른다.

여자가 탄 것이 독일 수 있을 거라 생각했지만 아닐 수도 있다고 생각했다. 보미에게 음료를 바꾸라고 전했지만 입을 대지 않는다거나 보다 평화적인 대안들도 많았다. 그렇다면 저 여잔 내가 죽인 건가, 보미가 죽인 건가, 아니면 스스로 죽고 만 것인가.

서로의 과실은 낙지 다리같이 얽히고설켜 풀어내려 하면 할수록 양심에 빨판처럼 들러붙었다. 양심이란 사실 호흡기 어딘가에 놓여 있는 장기를 일컫는 듯 숨구멍이 빠르게 메워져갔다. 이윽고 발끝서부터 서서히 북상하는 저림 증상. 감각이 마비되는 와중에도 마비되는 감각만큼은 처절하게 익숙하다. 망신을 주지 않으려 한 번 봐줬다는 양 뒤늦게 찾아온 발작 증세는 빚쟁이처럼 받아내지 못한 숨을 독촉했다. 나는 낙지다, 아니, 낙지여선 안 됐다. 제 다리로 아가미를 틀어막아 한참을 꼼지락대다 죽은 낙지여선 안 됐다. 나는 낙지가 아니다, 낙지가 아니다. 낙지를 떠올릴수록 산소는 말라갔지만, 낙지를 떠올려선 안 된다 되뇔수록 낙지 같은 여자가, 여자 같은 낙지가 연거푸 수면 위로 떠 올랐다. 유튜브를 켠다. 과호흡이 올 때마다 틀어두는 영상이, 저장 콘텐츠 목록에 있었다. 이어폰을 꺼내보지만, 꼬인 손가락으로 풀기엔 줄은 더 꼬여 있다.
한쪽을 귀에 꽂고 나머지 한쪽을, 되는대로 잡아당기나 줄이
짧아 목에 팽팽히, 팽팽히 걸리고 마는데 낙지가 숨을, 조여오
는 것만 같다. 입안이, 말라온다. 찬찬히, 좁아지는 시야. 이제
귓불까지의, 거리가, 딱, 한 치, 였다. 닿지 않는, 산소 마스크
를, 잡기, 위해, 최후, 의, 숨을… 뱉어

내본,

다…….

서걱,

서걱서걱.

예수의 탑소록한 수염이 밀려 나가자 살갗이 아닌 텅 빈 여
백이 드러난다. 수염 없는 예수란 듣도 보도 못한지라 무의식
속에서도 구현이 안 되는 모양이었다. 덕분에 정신이 들긴 했
지만.

가까스로 귀에 꽂은 이어폰으로부터 들려오는 것은 바버
샵에서 면도를 받는 소리로, 까슬한 턱수염이 면도날에 사그
락대며 밀릴 때마다 기도를 점거하던 낙지 다리도 하나둘 잘
려 나간다. 이따금씩 들리는 여자의 사근사근한 위스퍼링은
강약 조절이며 유유한 속도며 파열음의 빈도까지 모든 것이
완벽하다. 그 보드라운 목소리는 나비처럼 살랑거리며 자꾸만
털끝을 맴돌고, 곧 얼어붙은 전신에도 봄 같은 게 찾아온다.

ASMR(Sub) 바버샵 롤플레이 | Mir's Barber shop RP

난 당신에게 악플을 남겼을 뿐인데 당신은 날 살렸으니 참

얄궂은 운명이지.

보미가 아니었다면 당신 목소릴 접할 기회도 없었을 테니 이 또한 보미의 선물이겠고.

몸을 일으켜 세운다. 누가 여자를 죽였는지 음울한 수수께끼의 정답은 몰라도 정답은 이러해야 했다. '본인이 독을 탔고 [의도치 않게] 본인이 마셨다.' 그 빈칸에 삽입된 보기를 [극심한 우울증에]로 바꿔야 했다.

시체를 있어야 할 곳으로 옮긴다. 야간 근무를 빼고 밤에 옮기자니 사후 경직이 진행돼 말린 몸을 펴낼 수 없다면 사건은 자살로 종결되지 않을 것이다. 용의자로 지목됐을 때 사망 당일 병가를 낸 혐의점이 추가되는 건 덤이고. 그렇다고 지금 옮기자니 파벨라가 약속 장소 근처인 만큼 나라카가 들르게 될지도 몰랐다. USB를 넘긴 다음 시체를 나른다. 우선은 집부터였다. 씻는 건 둘째치고—안 씻겠단 말은 아니지만 유사시엔 안 씻겠단 뜻이었다—나라카를 만나기 전에 해야 할 일이 있었다. 시체 역을 자진한 여자의 헌신을 헛되이 할 순 없었다.

운구차에 시동을 건다. 오늘이 지나도 나는 네게 일개 팬일지 궁금하다.

〔 **17** 〕

책상에 엎드린 것과 등받이 뒤로 젖힌 것. 음독자살을 한다면 고개는 어느 방향으로 떨어질까. 괴로움에 몸부림치느라 의자엔 간신히 몸만 걸쳤을 테고 그렇다면 사탑은 뒤로 무너져내렸을 것이다, 딱 지금처럼.

꼴에 천국은 가고 싶었는지 책상엔 크리스털 십자가가 모로 누워 있다. 그 옆에 지퍼백을 놓는다. 신과 독, 둘 다 믿은 자의 이도 저도 아닌 말로였다.

뭔가 빼먹은 것 같은데. 자살하기 전 만져봄 직한 물건이 또….

탁상용 액자 속 (엄마와 딸 둘뿐인) 가족사진을 꺼낸다. 가장자리에 망자의 지문을 묻히고 검지와 중지로 엄마 얼굴을 두어 번 쓸어내린 뒤 책상에 고이 올려둔다. 한 걸음 물러서서 조망해보니 꽤 그럴싸한 자살 현장이다. 들어온 길 그대로 돌아나가며 혹시나 흘렸을 체모나 흙먼지 따위를 찾아본다. 현관까지 여섯 걸음에 불과해 그마저도 긴 시간이 걸리지 않는다.

밖으로 나와 문을 잠근다. 양손엔 자살을 더 자살답게 만들어줄 물건이 하나씩 들려 있는데 오른손엔 고양이 사료가, 왼손엔 매트리스에 널브러져 있던 고인의 카디건이 있다. 사료는 밀봉 클립을 열어둔 채 세잎클로버 앞에 둔다. 유서를 남겼다면 아무래도 고양이부터 챙겼을 것이므로. 집 열쇠는 카디건 주머니에 넣어 창문 안으로 던진다. 귀소 본능이라도 있는 듯 유품이 원래 있던 자리에 안착한다. 여전히 뭔가 빠뜨린 느낌이 드는 건 미처 관철하지 못한 디테일 때문이리라, 사진에 눈물 한 방울 못 묻혔다거나 하는.

기척에 놀라 돌아보니 전의 그 고양이가 도망가지 않고 하악질 중이다. 이 근방에서 유일하게 생명력을 과시하는 존재였다. 머지않아 놈에게도 고비가 찾아올 테지만.

"글쎄, 처음 와봤다고 몇 번을 말합니까?"

나라카는 이곳에 와본 적 없다. 여자가 근처에 사는 것조차 모르는 듯했다. 멀찍이 떨어진 주공 아파트에 내리던 고인의 행적을 돌이켜봤을 때 아마도 거처를 함구했겠다. 독한 여자는 기어코 비밀을 무덤까지 가져갔다. 무덤까지 가져간 바람에 비밀이 파헤쳐질 테지만. 그나마 힐스테이트가 아니라 주공으로 속인 것에 양심적이라 해야 할지.

트렁크에 캐리어를 싣고 나서야 채워지지 않는 허전함의 정체를 깨닫는다. 꺼낼 때보다 가벼워진 캐리어의 무게나 공복감 때문은 아니었다. 핸드폰의 존재를 까마득히 잊고 있었다. '┼' 한 번 딸깍하면 나오는 나라카 번호를 전자사전이니 피처폰이니 갖가지 문명의 둔기를 동원해 알아냈으니, 22만 원 더 벌자고 디지털 디톡스 중독환자를 연기한 셈이다.

하지만 그게 뭐가 대수일까. 시체를 빠뜨린 것도 아니고, 땅 파서 22만 원이 나오는 것도 아닌데. 어차피 연락처를 입수했다 한들 나라카는 만나야만 했다. '수확'보다 중요한 건 '파종'. 그것이 영웅 플롯의 마지막 관문이었다.

퇴고로 치면 만 번은 했다. 오늘의 악몽은 내가 오랫동안 꿈꿔온 악몽일지니, 철저한 몽상가의 승리였다. 어쩌면 그간 '만일'에 대비한답시고 벌인 일들도 실은 독립 사건들을 엮어 '만일'을 편직하려는 시도였을지 모르겠다. 그런 의미에서 나라카의 등장도, '그 엉싱'이 내게 있는 것도, 여자의 죽음도 모든 것이 필연적이었다. 만일(萬一)이 이뤄지기까지 만일(萬日)이 걸렸다면 그것을 어찌 우연이라 부를까. 세 잎을 엮었으니 이제 행운을 맺기까지 한 잎뿐이었다. 이것으로 그대를 구한다. 또는 그대를 가진다. 결과적으로 둘 다겠고 본질적으론 같은 말이었지만.

네가 학폭 가해자로 지목됐을 때, 나는 그게 사실이길 바랐다. 철없던 시절의 장난쯤이야 눈감아줄 수 있으니까. 눈감아줄 수 없는 건 따로 있었다. 〈라이어 게임〉에 출연한 뒤로 이곳저곳에서 떠도는 네 '움짤'들. 그저 대세에 편승해 널 떠받들다 거품처럼 사라지고 말 가짜 팬들이 올린.

기대와 달리 학폭 미투는 허위로 드러났다. 엄정 대응에 두 번째 폭로자는 서둘러 자필 사과문을 올렸다. 자격지심에 없는 말을 지어냈는데 이렇게 일이 커질 줄 몰랐다는 식상한 변명. 이슈 유튜버들이 일제히 영상을 내리자 첫 번째 폭로자도 글을 지우고 도망쳤다. 거품은 또 한 번 불어났고 나는 거품 속에 잠겼으며 너는 거품에 잠긴 것과 거품을 구별하지 못했다. 나를 유입 팬들과 똑같이 취급하기 시작한 것이다.

나는 진짠데. 저들은 화면에 네 살갗의 면적이 넓어질수록 열광하겠지만 난 네가 때 타진 않을까 한 뼘이라도 더 가려주고픈 심정인데. 네가 쇄골을 드러내기까지 얼마나 많은 밤을 뜬눈으로 지새웠는지 헤아리며 나 역시 밤을 새웠거늘 어떻게, 어떻게 내 채팅을 무시한 채 껍질이 시들면 떠나갈 새끼들과 히히덕거릴 수 있는 건지.

↳ 보미 떡상하더니 감 잃었네
↳ 개노잼 여캠은 왜케 빨아대는 건지
↳ 어제 강남에서 남자랑 팔짱 끼고 돌아다니는거 봄
　순진한 척 다하더니 수금하자마자 데이트 다니노

악플을 남겼다. 심장을 도려내는 심정으로. 구독자가 늘수록 수위도 늘어 정품 인증 없이 윈도우 쓰는 장면을 캡처, 각종 커뮤니티 사이트는 물론 보미 안티카페에 올리기도 했다. 나무위키 ID는 단톡방 멤버들이 눈치챌 수 있으므로, 익명으로 '논란 및 사건사고' 항목을 만들어 '1. 학교폭력 가해 논란'과 '2. Windows 정품 미인증'을 추가하기까지 했다. 다 거품을 걷어내기 위한 처방책일 뿐이었다.

그리고 기회가 찾아왔다. 뒷광고 정황을 포착한 것이다. 무턱대고 솔발 쳐선 안 됐다. 혼자만의 힘으론 실패한 전례가 있었다. 그 자체로도 큰 죄였지만 구제 불가의 대역죄로 포장할 필요가 있었다. 나는 전문가의 손을 빌리기로 했다. 1분팩트에게 제보한 것이다.

유행 따라 구독을 눌렀던 만큼 '구취' 또한 유행이 됐다. 울먹이며 자숙을 선언하는 네 모습이 가엾고 딱했다. 맹세컨대 죄책감도 들었다. 그러나 감정의 총합은 양수였다. 나의 그녀가 나로 인해 슬피 운다. 수십만 팬을 거느린 그녀가 오직 한 명, 나 때문에. 당신에게 있어 내가 남들과 구분되는 존재라는 게, 당신이 없는 그 긴 시간을 버텨내는 데 어쩌나 힘이 되던지.

격려의 편지를 보내자는 단톡방 의견을 무마시켰다. 자칫 편지 쓴 게 알려지기라도 하면 잘못을 감싸는 것처럼 비칠 테고, 이미 지나간 폭풍을 다시 불러오는 격만 될 테니까.

하여 혼자 몰래 장문의 편지를 부쳤다. 너는 자필로 쓴 답장을—사진으로 찍어 편지에 적힌 이메일 주소로—보냈고 복귀 방송에서도 내 채팅을 읽어줬다. 기부금 모금을 위한 식사권 경매에선 고작 만 원을 후원했음에도 '특별상'으로 애장품인 에코백까지 보내줬다. 마침내 '특별' 대우를 받게 된 줄로만 알았으나.

들끓던 냄비는 식고, 나는 네 죄처럼 잊혀갔다. 철없던 시절의 장난이었을 뿐이라는 듯 네 입꼬리가 가뿐해질수록 내 마음은 무거워졌다. 감정의 절댓값을 서로 견줘보자면 등호가 나왔을 것이다. 우린 희비의 시소 양 끝에 착석한 운명이었으니까.

난 네 옆에 나란히 앉고 싶었다. 같이 앓고 같이 웃고 싶었다. 이것이 내가 낙태설 조작 증거를 찾아내고도 '디데이'까지 세 달을 견뎌낸 이유였다. 날마다 남은 날을 셌을 정도로 나 역시 괴로운 나날들이었다. 하나 이 기회마저 놓친다면 우린 찰나에 불과할 뿐인 등고의 순간을 기다리며 끊임없이 고저를 교대할 것만 같았다.

그렇게 인고한 덕분에 거품은 걷혔고 그만큼 우리 사이도 좁혀졌다. 꾸며진 음모론에 함께 분노했고, 음모론자들을 증오했으며, 끝내는 손잡고 둘만의 음모를 꾸며내고 말았다. 서로의 감정을 곱해봐도 음수가 아닌 양수였으니 비로소 흔들그네에 명운이 병치된 것이다. 나는 너를 알고, 이제 너도 나를 안다. 우리 참 오래도 앓았으니, 앞으론 웃을 일만 남았다. 너에게, 아니, 우리에게 어느 때보다 드센 풍파가 들이닥친 지금, 내가 네 방파제가 되어주겠다. 아무리 모진 파도에도 그대를 묵묵히 감싸 안아줄.

제4부 광신도

〔 **18** 〕

불쌍한 엄마, 자살을 해도 왜 그리 독한 걸 먹었을까. 차라리 수면제를 삼킬 것이지. 그랬다면 적어도 눈 뜨고 죽을 일은 없었을 텐데. 그랬다면 자살하려던 게 아니라 잠이 안 와 먹었다고 신 앞에서 변명이라도 해볼 텐데.

엄마가 교회에서 받아온 십자가상에 손을 뻗는다. 생전 그렇게 당해 놓고도 신의 바짓가랑일 붙잡고 놓지 못한 엄마를 어떻게 이해해야 할까. '지푸라기라도 잡는 심정'치곤 믿음이 과하지 않나. 둘의 차이라곤 단지 전자를 잡는 사람들의 상상력이 조금 더 풍부하며, 지푸라길 잡으라며 여행용 티슈를 나눠주는 사람이 없다는 것 정도일 텐데. 모르겠다. 다만 신이 있고 그에게 양심도 있다면 자살을 정상 참작해 천국으로 보내주었길 바랄 뿐이다. 만약 여유가 된다면 나까지도.

↳ 자기가 괴롭혔던 애가 잘나가는게 배알 꼴렸나봄;; 아직도 지가 잘나

가는줄 아나봐ㅋ

↳ 이런거보면 가난한 집에서 자란 애들이 삐뚤어지고 ㅈㄴ악독한거같
음… 부모가 못배워서 그런가???

부모에게 내려질 수 있는 최악의 형벌이 자식의 죽음이라
면, 자식에게 최악은 부모가 내게 달린 악플을 읽는 것이다.
내게 형벌이 내려진 건 지난겨울이었다. 동호회 회식을 마친
뒤 당신이 좋아하는 시장 통닭을 사 들고 집에 도착했을 때,
엄마는 매트리스에 쪼그려 앉아 허공을 응시하고 있었다. 노
트북에는 내가 얼마 전 '판'에 남긴 글이 켜져 있었다.

라이어 게임 출연자 A양의 학교폭력을 고발합니다

그때 처음 알았다. 심장이 철렁하는 소리가 통닭을 담은 비
닐봉지가 누런 장판에 추락하는 소리와 같다는 것을. 진즉에
감정을 다 쥐어짜낸 듯 말라비틀어진 눈이 소리 나는 곳을 쳐
다봤다. 어디선가 각막은 액체적 성질을 지닌 고체라고 들었
는데 저건 그냥 고체일 뿐이었다. 내가 입을 열지 않아도 당신
은 알고 있었다. 누구의 가방에서 상한 우유 냄새가 났고, 누
구의 체육복이 두 번이나 사라졌으며, 누구의 패딩이 커터 칼
에 그어 촌스러운 유니언 잭 와펜으로 땜빵해야만 했는지를.
눈치 없는 당신만은 영영 모르길 바랐다. 체육복을 잃어버렸
다, 패딩이 못에 걸려 찢어졌다, 둘러댈 때면 자길 닮아 덜렁댄
다며 웃고 말던 우리 엄마만은. 이제야 그 모든 부주의가 실은
부주의가 아니었음을 깨달은 부주의한 여자가 일어서지도 않
지도 않은 자세로 다가와 덜 부주의한 여자의 허리춤에 고개

를 파묻었다. 턱 끝에서 덜렁대던 눈물 몇 방울이 닮은 사람의 이마에 하나둘 떨어지기 시작했다. 가뭄을 겪은 얼굴 곳곳에 단비가 내렸다.

단비는 밤새 호우로 번졌다. 눈물샘이 마르고 목청도 두 갈래 네 갈래 건삽하게 갈라지고 나서야 글을 지웠다. 상돌 같은 방바닥에 시체처럼 차게 식은 통닭이 그날의 아침이었다.

어미가 아둔한 죄로 자식까지 고통받는 걸 더 이상 묵과할 수 없습니다. 제가 죽어 가난을 물려주지 않아도 된다면 지옥불도 두렵지 않고 미련은 사치스럽기만 합니다. 부디 이 죄 많고 못난 영혼을 가엾게 여기시어 희연이가 길 잃고 헤맬 때마다 밝은 빛을 비춰주소서.

딸! 엄마가 멋대로 낳아서 미안해. 그래도 엄마는 너 땜에 많이 행복했어.

얼마 뒤 재개발이 무산되자 엄마는 유서를 남기고 자살했다. 언젠가 들어놓은 손해보험에서 나올 사망보험금을 기대하며, 언젠가 구해놓은 청산가리를 삼켰다. 그 돈으로 내가 이곳을 떠나길 바랐을 것이다. 촌스러운 벽화, 무너진 지붕, 갈라진 담벼락의 기괴한 낙서들. 빈곤층의 치부를 박제하고자 하는 특이 취향을 가진 자들 덕분에 재개발이 무산된 곳. 난데없이 '백사마을'이라는 이름을 붙여 흙수저 동물원으로 소문낸 것도 모자라 주거지 보전사업이랍시고 개발까지 막아버렸다. '서울의 마지막 달동네'인 만큼 문화역사적 가치를 보존해야 된다, 가 그 지랄의 명분이었다. 우리가 사는 곳을 유적지나 테마파크쯤으로 여기는 모양이지. 그럴 거면 입장료라도 걷던가. 남의 인생을 배경 삼아 인증샷 찍었으면 인생네컷 값은 받아야 하지 않겠냐는 말이다.

엄마는 몰랐다, 그 유서 때문에 보험금이 지급되지 않으리
라곤. 오랫동안 앓은 우울증 덕에 '자유로운 의사결정이 불가
능한 상태에서 자신을 해친 경우'로 인정받을 뻔했지만, '제가
죽어 가난을 물려주지 않아도 된다면' 구절에서 보험금을 노
린 의도적 자살로 판명돼 지급이 거부되고 말았다. 분통했다.
보험금을 받지 못해서가 아니라, 부주의한 당신이 대체 뭣 때
문에 목숨까지 끊어야 했는지 보험금을 대체할 구실을 찾을
수 없었기 때문이다. 차라리 신을 죽이러 간다고 썼더라면 속
이라도 시원했을 텐데. 엄마는 마지막의 마지막까지 신을 믿
은 바람에 죽어서도 버림받고 말았다. 헌금할 돈으로 몹쓸 약
을 살 때 미움도 같이 사버린 걸지도 모르고.

의도와는 반대로 엄마의 죽음은 미약하게나마 있던 내 경
제력마저 앗아갔다. 상을 치르는 동안 견적서 파일을 찾는 사
수에게 노트북 비밀번호를 알려준 게 화근이었다. 보다 근원
적인 화근은 업무용으로 개인 노트북을 지참시킨 '좆소식' 비
용 절감에 있겠지만. 휴가에서 돌아왔을 땐 이미 난 유튜버 A
양을 괴롭히고 허위 미투까지 했던 '그 가해자'가 돼 있었다.
아무도 내 앞에서 얘길 꺼내지 않았지만 변명하고픈 생각도
없었다. 구렁이에서 토끼로 역할이 바뀐다 한들 탕비실의 동
물원 팔자인 건 매한가지였으니까.

폭로자들 중 학창 시절에 절 괴롭힌 분이 있는 것 같습니
다. 조보미가 뱉은 말이었다. 그쪽이야 그쪽 무리만의 질서가
있어 피라미드 최하층엔 결코 구전되지 않을 비화도 있다는
것쯤은 알고 있지만 동급생은 물론 선배들과도 친했던 년이
대체 누구한테 괴롭힘당했단 말인가. 내 불행이었다. 겁이 많

252

아 손목에 새기지 못했을 뿐. 아무리 뻥 뜯을 게 없다지만 이 것만은 내어줄 수 없었다.

퇴사 후 나는 동창들을 찾아다녔다. 누군가는 증언대에 서 줄 것이었다. 비록 잇따른 반박에 사과문을 쓰고 사라졌으나 내 미투에 힘입어 '봄이조 학폭 추가 폭로자'도 나타나지 않았 나. 지어낸 얘기였다지만 졸업 앨범을 인증한 걸 봐서 동문은 맞는 듯했다. 어쩌면 조보미를 갈군 피라미드 위쪽의 인간일 지도 몰랐다. 그자는 알까, 그년을 저주하는 사람이 또 있다 는 게 내게 얼마나 따뜻한 위로가 되던지.

나를 마주친 대다수가 질색했다. 운동장 사열대 아래 묻은 타임캡슐이 제 발로 걸어오기라도 한 것처럼, 그 안에 죄의식 이라도 모셔둔 것처럼. 한 명, 남들과 다른 눈빛으로 날 바라 보던 동급생이 있었다. 두루두루 친한 탓에 동창들의 근황을 낱낱이 꿰고 있던 남자애였다. 조보미가 요즘 TV 나오는 사람 이랑 다니는 걸 누가 목격했다나. 술 한잔 사주면 도와주겠다 는 너스레에 술자릴 가졌고, 내가 도와준다고 했잖아, 라는 큰 소리에 잠자리를 가졌다. 지푸라기라도 잡고 싶었다.

그러곤 차단당했다. 술자리마다 그 실좆만큼 가벼운 입에 서 내 사정이며 나와의 사정을 조루처럼 싸질렀을지도. 개 같 은 새끼. 좆 같은 새끼. 하지만 개좆 같은 그 새끼보다 죽이고 싶을 정도로 미운 건 나 자신이었다. 빙신 같은 년이 또 빙신 같이 당하고 말았다. 또 호구처럼, 다른 말로는 우리 엄마처럼.

엄마는 몰랐다. 내가 물려받기 싫었던 건 가난이 아니라 당 하고 사는 습관이었다는 걸. 모르긴 몰라도 이 망할 집안은 대대손손 당하고만 살았을 것이다. 박해의 역사를 거슬러 올 라가면 그렇게 사랑해 마지않던 예수가 나타날지도. 그나마

조상들보다 상황이 나아진 것도 단지 양 뺨을 처맞는 인간이 기어코 양 뺨을 후리는 인간—가장 최신 사례로 얼굴도 본 적 없는 내 생부가 있다—과 만날 확률이 높았기 때문이다. 그렇게 자손만대 길이길이 당해오며 호구들의 피가 희석된 결과 마침내 목숨 끊을 용기가 있는 사람이 등장한 것이다. 그것도 둘씩이나.

오래도 버텼다. 문명 발상 이전에 도태됐어야 마땅한 유전자를 박멸할 시간이다. 십자가를 붙잡고 원형 받침을 힘껏 돌리자 받침대가 분리되며 지퍼백이 뚝 떨어진다. 유산으로 청산가리나 물려주는 불량 엄마가 또 있을까. 또 있다면 좋으련만. 여유분까지 쟁여놓을 정도로 자살에 열성적인 엄마 덕에 수고는 덜었다. 당신은 내가 십자가에 눈길조차 주지 않는다는 건 알면서도, 당신이 죽고 나서 내가 이 애물단지부터 버리려 했단 것만은 예상하지 못했다. 기왕이면 좀 더 편한 방법이 좋았겠지만 이것도 나쁘지 않다. 엄마가 삼켜내야 했던 고통도 한 번쯤 맛보고 싶었으니까. 천국에서든 지옥에서든 재회한다면 모녀의 공감대도 한층 넓어져 있을 테고.

그때였다. 하늘에서 누가 지켜보고 있기라도 한 듯 핸드폰이 진동한 것은. 오랫동안 울릴 일이 없어 알림을 켜놨는지도 몰랐던, 카페 신규 회원 가입 소식이었다.

작성자: 13rooks
가입 사유(10자 이상): 떡밥 좀 찾느라 10자

'떡밥' 찾아 가입했다니. 그래도 명색이 '안티' 카페인데, 악의가 이렇게 순수해도 되는 걸까. 누군가를 미워하는 일이 마치 낚시 같은 여가 활동이라도 되는 것처럼.

예감이 심상치 않았다. 신의 전과를 보건대 지금 죽는다면 굉장히 억울한 일이 벌어질 것 같았다. 나는 자살을 내일로 미루기로 했다.

이튿날 조보미는 울었다. 울분을 주체 못 해 흘려대던 눈물과 괄괄하게 갈라진 목소리가 어찌나 보기 좋고 듣기 좋던지. 나도 타인의 불행에 희열을 느낄 줄 알았다. 나도 너만큼이나 저열한 나머지 짓밟힌 지렁이의 꿈틀거림을 보며 박수칠 줄 아는 인간이었던 것이다.

감사했다, 지렁이를 밟아준 은인에게. '1분팩트'. 행여 조보미를 마주칠까 봐 유튜브를 안 보는 내게도 그 이름이 설지 않은 이유는 언젠가 카페 회원이 영상을 퍼왔기 때문으로, 그가 조보미를 건드린 게 처음은 아니나 이리도 무자비하게 짓뭉갠 건 처음이었다. 내겐 그것이 자비였다. 죽기 직전에야 운명처럼 혹은 회유책처럼 찾아온.

사례하고 싶었다. 구독과 좋아요로 퉁칠 순 없었다. 누군지 알아야 했다. 채널엔 아무런 정보가 없었다. 내게 주어진 단서는 둘 같은 하나. 어제 '13rooks'가 조보미의 허물을 들쑤시고 다니더니, 오늘 '1분팩트'는 기어이 허물을 들추어냈다. 그 둘을 동일 인물로 가정한다면 지나친 비약일까.

↳ 2번 중급 특강 신청합니다/편집 경험 有/13rooks@amail.com

그러한 가정을 바탕으로, 유튜버들이 이용할 만한 사이트들을 이틀에 걸쳐 뒤진 결과, 어느 영상 편집자 카페서 '그'가 남긴 댓글을 찾아냈다. 운명처럼 혹은 유인책처럼 강의 신청 마감까지 남은 정원이 한 자리였다.

특강을 신청했다. 그리고 '그'에게 강사인 척 메일을 보냈다. 배우고 싶은 것과 함께 이름이나 번호를 묻는 내용에 그는 의심치 않고 성실히 답해주었다.

일주일 뒤, 강사로부터 설문 메일을 받았는데 문항으로는 이름과 번호, 그리고 배우고 싶은 것이 있었다. 그가 이번에도 답변에 성실히 임했을지는 모르겠다.

다시 일주일이 흘렀다. 남들보다 일찍 강의실에 도착히지 강사는 무언가 점검하느라 인사할 겨를도 없어 자리 안내는 책상에 놓인 명찰들이 대신하고 있었다. 덥석, 내 이름이 적힌 명찰을 집어 들곤 '그'의 이름 오른편에 있는 명찰과 바꿔치기 했다. 살면서 해본 일 중 청산가리 지퍼백을 만지작댄 것 다음으로 대담한 행동이었다.

왼쪽 의자가 움직인 건 15분이 지난 뒤였다. 남자의 가방에서 나온 노트북은 1분팩트가 쓰는 것과 같은 브랜드였고, 화면엔 오늘 점심쯤 1분팩트 채널에 올라온 영상이 띄워져 있었다. '그'였다. 은인의 얼굴을 보려 고개를 돌리다 그만 실루엣 뒤로 내리쬐는 후광과 정면으로 마주치고 만다. 이토록 눈부신 광배(光背), 그리고,

"블라인드 쳐드릴까요?"

햇살보다 따스한 구원의 목소리. 엄마에게도 이런 순간이 있었을지. 그 미련한 신앙심에 조금은 설득력이 생긴다.

가까워질수록 믿음은 굳어졌다. 연령대, 입대 시기, 고양이를 좋아한다는 점과, 오랫동안 여자친구가 없었다는 사실까지 그가 1분팩트 채널에서 밝힌 대로였다. 그의 대화 소재는 얼

마 전 채널에서 다뤘거나 다룰 예정인 주제들과 겹쳤고 얼핏 본 유튜브 피드에는 관련 영상들이 떠 있었다. 그렇다고 먼저 아는 체할 생각은 없었다. 비밀을 감추고 있는 건 피차일반이었기에.

그는 내가 일방적으로 찾아오는 이유를 애꿎은 배려심에서 찾았겠지만 실은 내가 사는 곳을 숨기고 싶었을 뿐이다. 불우를 으스대고 싶은 마음은 추호도 없었다. 돈이 없어 라면은 쇠고기면만 먹었다는 둥 물이 끊겨 공중화장실에서 씻었다는 둥 요즘은 가난도 일종의 스펙이 됐다지만 그건 순전히 가난을 졸업한 자들만이 기재할 수 있는 이력이었고, 내게 가난이란 급식비 지원 신청서 뒤에서부터 걸어오라던 담임 선생님의 말에 손과 손 사이를 넘나들며 요란하게 바스락대다가 교탁에 당도하고 나서야 적적하게 팔랑거리던 종이 한 장과도 같아서, 언젠가 졸업하는 날이 올지라도 두 번 다시 바스락대고 싶지 않았다. 때문에 그가 가정사나 학창 시절을 궁금해할 때면 크게 넘치지도 부족하지도 않은—예컨대 소득 분위가 잘못 찍히는 바람에 국가장학금을 못 받아 억울하다고 푸념해 볼 정도의—집안에서 자라 무탈한 학창 시절을 보냈노라 얼버무렸다. 크게 부족하고 조금이라도 넘치지 않은 집안 탓에 교우들 앞에 몇 번이고 팔랑거려져야 했으며 그때마다 친구들도 떨어져 나갔다는 탈 많은 개인사는 그로서도 듣기 고달픈 괴담이었을 것이다.

근데, 아는 체할 생각은 없어도 궁금하긴 했다. 그는 왜 조보미를 싫어하는지. 조보미를 싫어하긴 하는 건지.

"아, 난 이런 채널이 제일 싫어."

조보미에 대해 떠보려 〈라이어 게임〉을 틀었다가—그가 편집 조작 의혹을 제기한 회차이기도 했다—다음 영상으로 이슈 유튜버 것이 추천됐을 때였다.

"보는 놈들이 더 문제야. 뭐가 좋다고 이런 걸 보는지."

단순히 본인의 아류 채널이라 그리 말한 건 아닌 듯했고 답지 않게 과장된 몸짓이며 높아진 언성이 치부를 덮으려 허우적대는 손바닥만 같았다. 실제로 허우적대다 손가락을 찧기도 했고.

"물론 별로인 채널들도 있지만 괜찮은 채널도 있지 않을까?"

나는 손바닥을 보태 치부를 가리기보다 당신의 손등에 얹는다. 벼랑 끝에 매달려 있던 내게 건네준, 당신의 손 위에.

"예를 들면?"

'1분팩트'.

얼마간 머금은 진심을 식도 밑으로 꾹 누른다. 입 밖으로 내뱉는 순간 유니콘은 달아날지도 모른다.

"희연아. 알고 봤더니 내가 이슈 유튜버야, 남들 불행 팔아먹고사는. 그래도 계속 만날 수 있겠어?"

한껏 힘 들어간 목소리에 고백이라 착각할 뻔했다. 뭐라 말해야 할까. 그런 건 중요치 않아? 아니, 내겐 더없이 중요했다. 조보미의 불행을 먹고사는 게 불가능할 정도로 팔아댔기에 당신의 뒤를 밟은 거니까. 그치만 그걸 어떻게 말할 수 있을까. 그토록 불경한 동기와 추잡한 수단으로 맺어진 관계라는 걸, 그것도 당신께.

입안에 잔뜩 머금은 치부의 무게로 인해 고개가 기운다. 기대했던 대답이 나오지 않은 탓인지 당신이 시선을 툭 떨구는데 그 낙차에 눈동자가 위란하게 진동한다. 진폭과 진폭 사이 중심으로부터 선을 그어 파동의 궤적을 쫓아가본다.

유튜버 봄이조 '악플 테러'에 극단적 선택…유서 남기고 잠적

비상이었다. 그와 나, 둘 모두에게. 그의 심판 덕에 잠시 누그러들었을 뿐 복수를 단념한 건 아니었다. 오히려 늘어나는 카페 회원 수와 함께 복수심도 되살아난 것으로, 오죽하면 트위터에서 보이는 사람마다 팔로잉 누르고 아무 인기 키워드나 태그해 학교폭력을 고발하다 스팸으로 정지당했을까.

안 된다, 네년에겐 생사를 결정할 권한이 없었다. 죽고자 하면 살려내 죗값을 치르게 하되 살고자 하면 차라리 시체를 질투하게끔 만들어야 했다. 생과 사, 두 지옥 사이를 끊임없이 오가며 명줄이 끊어지기만을 기다리는 진자의 삶. 그것이 내가 꿈꾸는 복수였다.

그날 밤엔 끊었던 우울증 약을 다시 먹었다. 태극기 휘날리듯 힘껏 팔랑거린 유서 한 장에 가해자는 열사로 추대됐기에. 당한 만큼 손목에 바를 정자를 새겨도 내 불행은 이제 내 것이 될 수 없기에.

〔 **19** 〕

"그렇게 부탁하셔도 워낙 바쁘셔가지고요."

"저, 저는 오늘 만나야 하는데⋯."

"윤곽이면 이 선생님도 잘하시는데, 혹시 특별한 이유라도 있으세요?"

"그냥⋯ 꼭 뵙고 싶어서⋯."

"하⋯."

상담실에 들어온 지 20여 분. 실장이라는 여자가 처음의 상냥함을 빠르게 잃어가고 있다.

"제가 어떻게 차주 목요일로 잡아볼 순 있겠는데 그 이상은 안 되세요."

"⋯그럼 괜찮을 것 같아요."

"괜찮으세요?"

"네, 괜찮아요."

"아니, 예약을 잡아도 괜찮겠냐고요."

"아니, 아니요. 괜찮아요."

"……."

얼빠진 얼굴을 한 여자를 뒤로하고 상담실을 빠져나온다. 그깟 예약 따위 필요 없다. 원장이란 사람이 퇴근할 때 미행하면 그만이었다. 순순히 털어놓을 리도 없으니 되레 이편이 더 쉬웠다. 내가 남들보다 넉넉히 가진 게 딱 하나 있다면 시간이었다.

조보미가 유서를 쓴 지 이틀. 죽음으로 도주 중인 죄인을 살리려 이곳저곳을 들쑤시고 있었다. 어제는 유기묘 봉사를 마치고 인천까지 다녀왔다. 미추홀구 주안동 계룡빌 201호. 집주인이 방송 중 술김에 공개한 주소로, 그년 취향 참 어릴 적 고대로인지 둘 사이에 우정 이상의 감정, 최소한 몸정이 오간 건 육안으로도 확연했다. 그러나 '혹시 모르니 다 같이 보미를 추모할 수 있는 공간을 마련해달라'며 담배를 집은 손만 튀어나온 창문으로 엿들은 통화 내용과, 통화 종료 후 내뿜은 담배 연기의 밀도로 보건대 그조차도 죄인의 소재를 모르는 듯했다. 타고난 생존욕이 어느 길고양이보다 왕성한 년인 만큼 단 한 번의 투신을 위해 수백 번 각오를 다져야 할 터. 잔바람에 스러질 민들레 홀씨와 달리 고양이 털처럼 어딘가에 착 달라붙어 있을 것인데 순간 머릿속을 스쳐간 것만으로 하악질 나오게 만든 얼굴의 소유자가 이런 말을 했더랬다.

"그 TV 나오는 의사랑 다니는 거 누가 봤대. 〈겟 업 뷰티〉였나?"

출연진 목록에 있는 의사 중 기혼 사실이 밝혀지지 않은 남자는 운명처럼 혹은 구원책처럼 한 명뿐이었다.

"이게 정녕 사람이 할 짓입니까? 여러분이 쓴 악플, 당신들

부모나 자식들한테 보여줄 수 있습니까? 태아 살인이요? 연쇄 살인마라고요? 그러는 당신들은 집단 살인마들 아닙니까!"

병원 로비의 벽걸이 TV에서 고함 소리가 들린다. 따끔한 일갈을 날리는 것으로 유명한 앵커가 카메라를 향해 삿대질하는데 왼쪽 위에 적힌 〈유튜버의 극단적 선택, 범인은 네티즌〉에서 '유튜버'는 보나 마나 조보미를 가리켰다. 그러고 보니 어제 봉사에서도 조보미 얘기가 나왔다. 원체 유명인이기도 하고, 악플이라는 동기가 섬뜩하기도 하나, 이렇게 범국민적 이목을 끌만한 중대사인가 묻는다면, 솔직히 모르겠나. 노저에 널린 게 자살인데. 이제는 구시대적 방식이 된 청산가리를 먹고도 기사 한 줄 나오지 않은 사람도 있다. 분양 사무실에서 받아온 홍보용 노트에 유서를 쓴 걸 감안해도, 그렇게 자질구레한 죽음이었는가 또 묻는다면, 또 모르겠다. 숭고한 모성애에 장한 어머니상을 주든 바보 같은 유서에 다윈상을 주든 비극으로든 희극으로든 기사 하나는 나올 법했다. 하다못해 무가지의 가십난에서라도.

시야 끄트머리에서 느껴지는 따가운 눈씨를 향해 고갤 돌린다. 상담실에서 나온 뒤로 실장과 눈이 마주친 건 이번이 세 번째였다. 나야 TV나 보고 있었으니 그녀 일방에서 보낸 눈길은 더 많았을지도. 예전의 나였다면 그저 둘러볼 뿐인 시선에도 도망쳤겠으나 이젠 아니었다. 언제 죽음을 만지작거렸냐는 듯 태연히 숨 쉬고 있는 마당에 눈치 볼 게 뭐가 있을까.

농성은 진료 마감 후에도 이어져 복도로 자릴 옮기고 20분이 흘렀을 때, 의사가 모습을 드러냈다. 지하철역 광고판에서 본 것보다 훨씬 딱딱한 인상이었다.

다시 20분 뒤, 택시비 걱정이 무색하게 하얀 외제차가 '어

반리버힐'이라 쓰인 고급 빌라로 들어간다. 주차장까지 따라갈
순 없었지만 세대 수가 적어 사는 곳을 알아내는 건 어렵지
않아 보였다.

3층 테라스에 있는 의사를 발견한 건 그로부터 한 시간 반
이 지난 후였다. 곁에는 조보미가 아닌 다른 여자가 앉아 있었
고 실내에선 아이 둘이 살갑게 노는 중이었다. 동화책에서나
보던 그림이었다. 동화 속 주인공은 거개 가난뱅이였으니 동화
에 가까운 건 오히려 내 쪽이겠지만. 하여간 완벽하게 화목한
가정이었다, 조보미 같은 건 끼어들 틈조차 보이지 않을 정도
로. 동시에 그런 빈틈없는 모습이 질식적으로 느껴지기도 했
다. 내가 동화라면 저들은 교과서였다. 공개수업이라도 하듯
모범적이되 참관인이 숨 막힐 지경이었다. 가장된 평화라지만
가장은 그것을 위협하는 것이라면 무엇이든 가장(假葬)시킬
각오가 돼있는 듯했다. 이미 묻은 것들 중엔 조보미와의 불장
난도 있을 테고. 내 직감은 주로 당하는 찰나에야 제 기능을
발휘했지만 이번만큼은 달랐다.

"안녕하세요, 이렇게 불쑥 찾아와 죄송하지만… 보미 친구
주희연이라 합니다. 보미한텐 얘기 많이 들었거든요, 선생님이
라면 보미 어딨는지 아실 거 같아서…. 호, 혹시라도 보미가
나쁜 생각 하고 있을까 봐 걱정돼서 그래요. 보미 어머님께도
비밀로 할 테니 제발, 우리 보미 어딨는지 제발 좀 알려주세
요, 네?"

오전 내 연습한 연기가 점심 밥상머리에 이르러서야 조금
봐줄 만해진다. 고민 끝에 '제발'은 한 번만 쓰기로 하고 마침
내 숟가락을 들어보려는데 공복의 배에겐 공교롭게도 마침 핸

드폰이 울린다. '나라카'라는 채널의 새 영상 알림이었다. 그간 눌려 있던 '채널 추천 안함'을 해제한 건 어제 병원 로비에서, 그것을 누른 사람이 올린 영상을 보고 난 뒤였다. 그는, 다시 말해 1분팩트는, 심히 변조했을지언정 직접 녹음까지 해가며 조보미의 오명을 씻겨냈다. 씁쓸했지만 이해할 수 있었다. 약도 줬다지만 애초에 병을 준 게 어딘가. 문제는 다른 은인, 다시 말해 나라카였다. 조보미가 목숨을 볼모로 여론을 뒤집지만 않았더라도 하나였을 둘이 갈라서고, 하나를 제물 삼아 하나가 살아남았으니, 해피 엔딩이라 하기도 비극이라 하기도 어려운 결말이 여간 달콤씁쓸한 게 아니었으나.

"1분팩트, 보미 님을 극단적 선택으로 내몬 장본인은 국평오 나부랭이가 아니라 당신입니다."

그것이 결말이 아니었다. 나라카가 반격에 나선 것이다. 그럼 대체 '국평오'라는 이름으로 인은을 베푼 사람은 누구였을까. 그라면 진실을 알고 있을지도 모른다. 그에게 메시지를 보낸다. 해피 엔딩을 위해서라도 오늘은 당신의 고백을 듣기로 했다.

나 물어볼 게 있는데 만나서 얘기할 수 있을까?

라고 적은 메시지를 지운다. 자백을 조르기에 앞서 고백할 게 있었다. 말주변도 없는 주제에 무슨 깡으로 커피를 제안했고, '렌더링'도 모르는 사람이 어쩌다 중급 강의를 듣게 됐으며, 당신은 왜 배우고 싶은 걸 두 번씩 답해야 했는지 고해야 했다. 그렇게 쓰러진 도미노들을 하나하나 쫓다 보면 첫 번째 도미노인 생득적 가난에 대해서도 실토해야겠지. 가난을 졸업하지 못한, 24년째 1학년일 뿐인 만년 낙제생의 팔랑거림에 그가 질색할지도 모르겠으나 이젠 두려워서 도망치고 마는 내 모습이 더 질색이었다. 누군가 가면을 벗어야 한다면 우선은 나부터였다.

나 할 말 있는데 만나서 얘기할 수 있을까?

라고 적은 메시지를 보냈을 때였다.

딸그락, 텅, 쏴아아—.

모카가 밥그릇을 뒤엎는 소리였다. 바꾼 사료가 성에 차지 않는지 요 근래 부쩍 투정이 늘었다. 서울의 마지막 달동네에 마지막까지 남은 고양이었으니 그 문화 역사적 가치가 담긴 옥체를 보전하려면 이 정도 생떼는 감수해야겠으나.

모카는 보이지 않았다. 옆집 골목에 누군가 몸을 숨기고 있을 뿐. 담벼락 위로 모자가 솟을 만큼 큰 체격, 외지인이었다. 마지막 달동네에 친히 찾아온 관광객께서 거지 우리를 구경하다 그만 밥그릇을 엎은 모양이다. 토끼굴 안에 숨은 토끼를 깨우듯 거지 얼굴 한번 보려 걷어찬 걸지도 모르고. 값싼 얼굴쯤이야 내보일 수 있다. 다만 평일 점심부터 이 먼 곳까지 행차할 여유가 어디서 나는 건지 궁금할 따름이다. 내가 평일 주말 가려가며 가난한 것도 아닌데 요일이 뭐가 중요하겠냐만.

관광객이 아니었음을 인지한 건 성형외과에서였다. 남자가 병원으로 들어갈 때까지만 하더라도 환자인 줄 알았다. 그야 모자에 마스크까지 쓰고 있었으니까. 그러나 10분 만에 도로 나와 이쪽을 보는 순간 나는 계산했다. 코스트코 로고가 박힌 모자를 하루에 두 번 목격할 확률에 대해.

왜, 라는 물음은 삼키고서라도 언제, 어디서부터 였을까. 취향이야 천태만상이라 흙수저 페티시라든지 별의별 이유가 있겠다만 문제는 접점이었다. 어제는 종일 여기 있었지만 남자는 거의 못 봤다. 그렇다면 그저께, 인천이었을까. 만약 저 남자가 조보미 팬이고, 최원혁 집 앞에서 한참 서성이던 여잘 목격했다면, 지푸라기라도 잡아보려 뒤를 밟은 걸 수도……

그때 자동문이 열린다. 홍해처럼 갈라지는 유리와 유리 사이로 말끔한 구두가 나타났고 대리석 바닥은 어느덧 익숙해진 얼굴을 비췄다. 고개를 든다. 잡념을 지우고 첫 대사를 되뇌어본다.

협박을 할 줄이야. 연습 때도 생각 못 해본 협박을. 그것도 나란 인간이.

엄마가 봤다면 대견해했을지 실망했을지, 피식자 집안 내력을 잊어버린 내 모습을. 엄마 성을 따르고 나서야 엄마로부터 물려받은 호구 팔자를 벗어난 걸 명리학적으로 어떻게 설명할 수 있을까. 엄마는 생전 내 성본 변경에 반대했다. 표면적 이유는 아빠 없이 자란 걸 숨기기 위해서였다지만 실은 포식자의 핏줄을 계승하길 바라는 마음이었을지도 모른다. 하지만 엄마도 이제 알겠지. 가해자의 성을 버리는 게 운명을 거스르는 첫걸음이었음을. 따지고 보면 이 모든 불행을 잉태시킨 것도 그 남자의 씨(氏)였다. 문 너머에 있는 쌍년과 출석 번호가 붙어 있던 바람에 이 지경까지 온 거니까.

초인종을 누른다. 족보를 샅샅이 뒤져본들 책임자는 이 안에 있었다.

재차 초인종을 누른다. 유서 깊은 망설임은 바야흐로 도시전설이 되었다.

"…누구세요?"

라는 물음에 딸그락거릴 뿐이던 심장은 텅, 주저앉으며

쏴아아, 혈관으로 묶어뒀던 기억들을 쏟아냈다.

누구라고 누구의 성을 붙여 말할지. 여긴 어떻게 알아냈으며 무엇 때문에 왔다고 해야 할지. 살았는지 죽었는지 홀짝 놀음 같은 생사를 점검차 방문한 거라면 이제 난 뭘 해야 하는 건지. 정답을 맞혀서 기뻐해야 하는지, 그것이 정답인 것에 아쉬워해야 하는지. 이 문이 열리면 나는 따귀라도 날려봐야 할지, 아니면 엄마가 그러했듯 홀수론 부족해 짝수의 뺨을 내어줘야 할지.

저편에서 기척이 들린다. 명백히 실재하는 도시전설이 내게 다가온다. 고갤 돌린다. 눈앞에 비상 대피 계단이 보인다. 비상이었고 대피해야만 했다. 문을 열어젖히자 문이 하나 더 있어 곧 쿵, 쿵, 사냥감을 쫓는 징 소리가 연달아 울려 퍼진다. 아래로 아래로 뛰어 내려간다. 윗공기가 익숙지 않은 사람처럼. 그저 밑바닥이 편한 호구처럼.

어쩌자고 여길 찾아온 걸까. 네년에게서 무얼 원했는지도 모르겠다.

진심 어린 반성? 네가 반성하는 게 나한테 무슨 득이 되는데.

진정성 있는 사과? 그걸로 충분하던 때가 있었다, 내게 달린 악플을 엄마가 읽기 전까진.

적절한 보상? 어떤 보상책도 결코 적절하지 않을 것이다.

명확한 경위 설명? 이유야 듣고 싶다, 왜 그렇게 날 싫어했는지. 그러나 그게 찾아온 목적의 전부라기엔 맺지 못한 서사가 너무 길었고 풀지 못한 감정의 골이 너무 깊었다. 내가 고작 원인이나 파악하자고 지난 10년을 지랄맞은 결과 속에 살아온 게 아니란 말이다.

표찰에 쓰인 숫자가 유난히 뿌옇다. 어느새 9층이었고 어느

새 울고 있었다. 엘리베이터 버튼을 누른다. 거울에 비친 꼴이 미친년이 따로 없다. 때아닌 달음박질에 콧구멍은 연신 벌렁댔으며 부어오른 눈에선 흘려보낸 것들을 따라잡으려 서둘러 다음 방울을 내보냈다. 그 농도는 10년 전, 엄마 몰래 가방을 빨래할 때 눈가에 흩날리던 비눗방울과 엇비슷했다.

…여전히 살아 있었네.

여전히 뻔뻔하게도.

네가 살아 있길 바랐었다. 네가 죽고 싶어 한다고 믿었기에. 하지만 양극단 사이를 위태롭게 오가며 죽음을 새고 있을 거란 기대와 달리 넌 생의 단면에 악착같이 들러붙어 있을 뿐이었다. 이제 그 긴 줄에 매달린 추를 끊어 네가 쥔 손에 구슬 하나를 더한다. 홀에서 짝으로, 삶에서 죽음으로.

포식자는 몸소 앓아봐야 했다. 오직 그것만이 공포에 무지한 자를 계몽시킬 방법이었다. 따귀를 후려보는 걸론 어림도 없다. 세월에 불어난 이자는 제하더라도 눈물이 됐든 피가 됐든 내가 흘렸거나 엄마가 토해낸 만큼은 쏟아내야 수지 타산이 맞았다. 네년이나 네년의 어미 둘 중 하나는 극통을 삼켜야 윤당하겠다. 한쪽이 피를 토하면 한쪽은 눈물을 흘릴 것이고 그땐 비커에 담긴 불행을 저울질해볼 수 있겠지. 나는 네가 한 번이라도 그 무게를 가늠해보길 바랐다.

문이 열린다. 비로소 주희연이 죽는 날이다.

이 걸음부터는 양희연이었다.

"나라카, 봄이조 님을 죽음으로 내몬 국평오 나부랭이가 바로 당신입니다."

그러는 사이 조보미를 죽음으로 한 발짝도 몰아내지 못한 자들의 갑론을박이 한창이었다.

　누군가는 거짓을 말하고 있었다. 그러나 말하지 않았을 뿐 가장 비정한 거짓을 품고 있는 사람은 나였다. 만약 그날 카페에 가입한 사람이 '그'가 아니라 나라카였다면 지금쯤 난 나라카를 경애하고 있었을까. '그'가 1분팩트와 우연히 많은 게 겹쳤을 뿐이라면, 난 앞으로도 그를 사랑할 수 있을까.

　전화를 건다. 그도 업로드를 마쳤겠다, 자백의 시간이 임박했다.

　"나한테 할 말 없어?"

　호기롭게 통화 버튼을 누른 것도 잠시, 상대에게 고해의 책무를 떠넘긴다. 이기적이게도 먼저 털어놔주길 바라는 마음이다.

　"내가 오빠를… 당신을 왜 좋아한다고 생각해…?"

　가까스로 운을 띄운다. 그가 이유를 물어봐준다면, 그저 어린 연인의 몽니에 장단 맞추듯 '왜' 한 글자만 던져준다면 전부 실토할 생각이었으나,

　"갑자기 그게 무슨 소리야."

　라는 말에 쥐어짜낸 결심이 다 쓴 치약처럼 쏙 들어간다.

　"뭐가 그렇게 두려운 건데?"

　나 자신에게 던진 질문이었다. 난 그의 본모습까지 사랑할 수 있다. 아니, 본모습을 알기에 사랑하고 있다. 하지만 그는 어떨까. 적의 적은 나의 친구라는, 차라리 능력이며 자산이며 계산기를 두드렸다면 더 좋았을 속물만도 못한 이유로 사랑에 빠졌으며, 그것이 사랑보다 실은 숭배에 가까운 감정이라는 걸 알게 되더라도 날 용서할 수 있을까. 나는 당신을 알고 당신은 날 모르는 비대칭성이 이 기형적 연인 관계의 전제 조

건이었다. 어쩌면 난 연인이 아니라 신봉자였다. 당신은 내 삶을 구원한 작은 신이다. 신을 숭경할 순 있어도 어찌 감히 사모할 수 있을까.

신이 말했다, "지금은 좋은 타이밍이 아닌 것 같아."

그 말대로 우리에겐 시간이 필요했다. 각자가 맺어야 할 것들을 맺은 뒤에 마주할 날이 내게 교부된 판공성사 날짜였다. 그때가 되면 그에게 모든 걸 고하겠다. 다만 한 가지, 내일 있을 일은 빼고. 그것은 무덤까지 가져갈 엄마와 나 둘만의 비밀이었다.

이제야 당신이 청산가리를 두 포씩이나 사둔 이유를 알 것 같다.

〔 **20** 〕

조보미가 야산서 숨진 채 발견됐댄다. 내가 목소릴 듣고
뛰쳐나오던 그 시간에. 미친년이 그새 사귀라도 된 모양이지.
정 산에 묻히고 싶다면 그 정도 선심은 써줄 수 있다. 다만 오
보라는 소식이 네 어미한테 전해지지 않길 바랄 뿐이다. 돌아
오지 않을 딸을 한평생 기다리게 될 테니.

엄마의 유산을 꺼내 십자가는 아무렇게나 내팽개친다. 엄
마는 십자가를 잘못 들였다. 꼴랑 열 개뿐인 계율을 수천 년
동안 최신화 한 번 안 한 방임주의자와, 오로지 당하기만을 권
장하는 마조히스트 부자의 꼬드김에 넘어가고 말았다. 내가
들인 십자가는 달랐다. 그는 처벌한 악종만 수백에 달했으며,
그까짓 과일 좀 따먹은 걸로 엄벌을 내린 어느 기분파와는 대
조적으로, 심판 앞엔 명분이 있었다. 남몰래 죄지은 놈년들을
벌해 남몰래 앓던 이들을 구원했다. 죽음의 문턱을 서성이던
내가 그를 만나 삶을 향해 첫걸음을 내디뎠으니, 그 행보는 기

적이라 일컬어도 모자람이 없었다.

그 기적의 산물이, 미처 뻗지 못한 마지막 걸음이, 엄마의 망설임과 선택받지 못한 죽음이 지퍼백 안에 밀봉돼 있다. 운명이 내게 1인분의 심판을 위임한 것처럼. 죽음으로부터 도주 중인 죄인을 처단하러 간다. 신탁이 아니고서야 이렇게까지 아귀가 맞아떨어질 수 있을까. 자살하겠다 동네방네 소문낸 년이다, 그 부재에 의문을 제기할 사람은 없다. 최원혁은 가짜 죽음을 누구보다 빨리 믿었고, 성형의는 진짜 죽음을 누구보다 반길 준비가 돼 있었다. 더구나나 버스는 다녀도 사람은 오가지 않는 곳에 숨었으니, 자살을 꾸며내기 위해 쏟은 노고가 자살 당하기 최적의 조건을 빚어낸 셈이다. 자승자박, 인과응보, 사필귀정. 엄마가 남긴 청산가리가 엄마를 죽인 살인자의 혓바닥으로 다가간다. 가급적 알갱이 하나 흘러가는 일 없이 낱낱이 미뢰에 꽂히길 빈다. 대를 잇는 유구한 통증에 비하면 네 쓰라림은 탄지경에 불과할 테니까.

"야, 이, 시발, 좆 같은 년아. 야, 이 시발, 좆 같은 년아."

비상구에 도착해 마지막 리허설을 갖는다. 문이 열리는 순간 조보미 면전에 뱉어줄 첫 대사로, 반향이 서툰 음율을 덮어 준 탓인지 그런대로 들을 만했다.

"야, 이, 시발 좆 같은…"

돌연 위층에서 문이 열린다. 다행히 발소리는 더 위로 향해 이내 무언갈 점검하는 변음이 된다. 보통 내려오면서 점검하지 않나 하는 의문도 잠시, 저편으로 멀어지는 공음을 들으며 청산가리를 커피에 털어 넣는다. 누군가의 뼛가루처럼 희고 고운 알갱이들이 빨대가 만들어낸 와류에 스르르 가라앉는다.

문을 열고 또 문을 열자 어제 열지 못한 문이 우뚝 서 있다. 초인종을 향해 나아가던 손가락을 지그시 접는다. 어제완 달라야 했다. 주먹을 쥐어본다. 지금부터는 이런 식이어야 할 것이다.

쿵, 쿵, 쿵.

해묵은 먹이사슬을 도끼로 내려치는 파열음이, 심판의 날을 알리는 북소리가 복도에 울려 퍼진다.

"조보미. 나야, 주희연."

죽은 년의 이름을 빌려 죽일 년을 불러본다.

"안에 있는 거 다 알아. 잠깐 얘기 좀 해."

다시금 꽉 쥔 주먹을 대본다. 현관문의 서늘한 온도에 손날의 열기가 차츰 식어간다.

"그냥 얘기 좀 하자는 거야. 어차피 더 잃을 것도 없잖"

"내가,"

아물지 못한 상처가 현관문처럼 벌어지는 순간 나는 깨달았다. 상처를 꿰매려면 바늘부터 마주해야 한다는 걸.

"내가 누구 때문에 잃을 게 없는 건데."

열리고 말았다, 문이. 그것을 두드리던 주먹 앞에 내 인생을 송두리째 전몰시킨 여자의 뺨이 떡하니, 조상신들도 힘을 보태려는지 아주 떡하니 놓여 있다. 마침 피날레를 알리는 흰 종이가 플라워샤워처럼 흩날리고, 길고 긴 피식의 역사에 종지부를 찍을 기회가 코앞에, 정확히는 주먹 앞에 당도했다. 네게 해줄 말이 있다, 십여 년을 묵힌. 내가 미처 생색내지 못한 가난의 이력을 교우들한테 대신 뻐겨준 네게, 부모가 홀수라고 놀린 것도 모자라 그 홀수마저 앗아가버린 네게 꼭 한 번쯤 뱉고 싶었던 말은, 야, 이, 이—.

"보, 보미야…."

역시 난 그 말 밖에는.

"들어와."

주먹이 스르르 가라앉는다. 조보미가 고갯짓한다. 따라오란 뜻이었다. 좋은 말로 할 때.

"여긴 어떻게 알고 왔어?"

실내는 집이라 부르기 민망할 만큼 텅 비어 있다.

"어떻게 알았냐고."

뾰족한 말투에 불청객을 경계하는 기색은 담겨 있지 않았다.

"조보미, 너 말이야…."

조보미를 조보미라 부른 건 내겐 처음 있는 일이었다.

"너 그때 나한테 왜 그랬어…?"

이름 앞에 성을 붙여 말한 것이 한계였는지 자꾸만 말끝이 기도로 말려 들어간다. 복숭아뼈를 바라보고 있었지만 "뭐?"라고 답하는 사람의 미간이 일그러진 건 본능적으로 그리고 경험적으로 알 수 있었다. 문이 열릴 때 팔랑대던 종이 한 장을 따라 추락한 시선을 야금야금 지상으로 견인해본다.

"중학생 때 나 괴롭힌 거, 왜 그랬냐고……."

"그래서 찾아온 거야? 지금 자살하겠다 말겠다 하는 사람한테?"

"너, 커터 칼로 뒤에서 내 패딩 그었잖아. 내 가방에 우유도 터뜨리고."

처형 전에 죄목은 알려야 했다. 죽이기 전에 이유는 들어야 했다.

"미안한데, 기억 안 나. 그리고 지금 기억하고 싶지도 않…"

"쓰레기통에 체육복 넣은 건 기억 나?"

시선은 턱 끝과 인중을 거쳐 지상을 목전에 두고 있었다.

"야, 주희연."

"삥도 뜯었잖아. 오천 원씩 두 번. 거지라고 놀렸으면서 왜 거지한테 돈을"

"아씨발 진짜."

반걸음 다가오는 바람에 한 걸음 뒷걸음질 친다. 그대로였다. '씨발'을 부를 때마다 성처럼 따라 나오던 '아', '씨'를 길게 끌어보느라 한껏 비튼 윗입술 아래로 드러나던 우측 송곳니, 눈 감은 채 왼쪽 아래서부터 우로 까딱 치켜들던 고개, 그와 동시에 번쩍 뜨이는 갈퀴눈, 마지막으로 사과할 기회를 주는 날 선 침묵까지. 모든 게 10년 전 그대로였다. 인양하중을 초과한 나머지 목덜미까지 통째로 곤두박질치고 만 나 역시도.

"하……."

침묵을 침묵으로 견뎌내면 이렇게 한숨이 터져 나오곤 했다.

"야. 미안하다. 내가 잘못했고. 그래서 내가 어떻게 해주면 되냐? 응? 내 옷이라도 찢어버릴까, 지금?"

"그냥, 왜, 왜 그랬는지……."

"냄새나서 그랬어."

"…뭐?"

"머리카락에선 오래된 배수관 냄새, 교복에선 나프탈렌 찌린내, 손에선 비릿한 오이비누향. 너한테서 낡은 화장실 냄새나. 알아?"

순식간에 처형의 주체가 뒤바뀐다. 어느 영화에서 가난의 향이 지하철 냄새로 묘사됐을 적에도 그게 뭐 어때서 싶던 가슴속이 탁 막힌다. 복수고 뭐고 당장 도망치고 싶을 지경이다.

"정말 그게 다야?"

"너 백수진이 괴롭힌 건 기억 안 나? 한부모니까 카네이션도 하나만 사면 되겠다고 놀렸잖아. 니 패딩도 걔가 그은 거야, 우유도 걔가 준 거고. 왜 나한테만 지랄하는 건데? 돈? 까짓거 갚으면 될 거 아냐."

"넌 미안하지도 않아? 죄책감도 없어? 그래, 나 애비 없이 자라서 엄마뿐이었는데, 니 때문에 엄마까지 자살했어. 네가 나 거짓말하는 병신 취급한 바람에, 여태 내가 패딩 찢어먹은 줄로만 알았던 우리 엄마, 나한테 달린 악플들 읽다가 자살했다고. 그런데도 그딴 말이 나와?"

"그니까 그런 글은 왜 올렸어?"

뭐?

"이유가 궁금하면, 사과를 원하면 만나서 좋게 얘기하면 될 거 아냐. 괜히 내가 뜨고 나니까 배 아파서 저격하고, 안티카페 만들고. 얼마 전엔 트위터까지 팠더라? '봄이조의학교폭력을고발합니다'? 때리지도 않았는데 폭력은 무슨 폭력이야, 이 씨발년아."

"사람 인생 조져놓고 뭘 좋게 얘기하는데? 넌 기껏해야 방송뿐이겠지만 나는…"

"누군 안 조진 줄 알아? 네 미투 땜에 방송 접을 각오로 뒷광고 받았다가 나락 가고, 다 때려치우고 결혼이나 하려 했다가 애 딸린 쓰레기 새끼 만나 낙태까지 했다. 그 뒤로 좆 같은 소문만 퍼져서 집에 처박혀 있었더니, DM으로 자지 사진 보내면서 임신놀이 하자는 사이코 새끼들이 어디 한둘인 줄 알아? 너 트위터에 내 이름 쳐봤어? 그럼 핸드폰에 내 얼굴 띄워놓고 좆물 싸지르는 영상들도 봤겠네? 나보고 '국민 육변기'란다, 이 개 같은 년아. 그래도 넌 좋겠다, 엄마가 본 게 텍스트라서. 우리 엄만 어디서 뭘 봤는지 정신과 다니다가 이젠 딸 유서까지 보게 됐어. 그게 뭐라고 내가 얼른 뒈지기만을 바라던 놈들도 애도를 표하대? 근데 그거 알아? 그 새끼들, 내가 살아 돌아오면 가장 먼저 죽이려 들 거라는 거. 그래서 난 죽은 사람처럼 살아. TV에 나온 엄마 얼굴은 산 채로 죽은 것만 같지. 내 꼬라질 봐. 눈이 있으면 똑바로 뜨고 니가 나한테 한 짓을 보라고. 이 꼴을 보고도 지금 그딴 말이 나와? 나도 맘 같아선 확 죽어버리고 싶다고…!"

마침내 하소연이 멎었으나 난 아무 말도 할 수 없었다. 할 말은 쌓여 있는데, 말하는 중에도 쌓여만 갔는데 당최 뭐부터 짚어야 될지 몰라서.

"친구야. 아니, 희연아."

다시 발언권을 뺏긴다. 애초부터 내 거인 적이 없었던.

"내가 좆같이 군 거 미안한데, 나도 벌 많이 받고 반성하고 있거든? 나도 자살 존나 마렵다고, 진짜."

네가 오판한 대가가 어떻게 내게 지은 죄의 벌이 되는 것이며 누구 맘대로 가족이 자살한 사람 앞에서 자살을 입에 올리는 건지. 자살해줄 생각은 추호도 없으면서.

"손목 긋고 다잉 메시지라도 남기자니 좆 같은 새끼들이 너무 많아서 피가 모자랄 지경이다…."

"내가" 도와줄게, 그 자살.

"마실 것 좀 사 왔어."

음료를 건넨다. 컵홀더에 'T'가 적혀 있는.

"커피도 사 왔어? 난 내줄 것도 없는데…."

"괜찮아." 네가 내어줄 수 있는 유일한 게 그 안에 들었으니까.

조보미가 양손으로 감싼 죽음을 한참 동안 내려다본다.

어느 틈에 눈물까지 쏙 뜯어간 건지 모르겠다.

"희연아, 어머님 일은 정말 미…"

무어라 유언을 남기려는 찰나 귀에 익은 클래식 음악이 끼어든다. 초인종 소리였다.

"…누구세요?"

숨졌다는 소문이 무색하게 끊이지 않는 발길에 당황한 건 집주인도 마찬가지였다.

"나는 퀵, 퀵서비스입니다. 파인드미 성형외과? 에서 서류를 보냈는데요."

가슴을 쓸어내린다, 조보미와 동시에. 오래 살고 볼 일이다, 네년과 같은 감정을 느낄 줄이야. 비록 너는 오래 살지 못하고, 조만간 우리 엄마와 같은 감각을 느끼게 되겠지만.

"……희연아."

수취인이 서류를 주머니에 꾸겨 넣으며 돌아본다. 그새 눈에 띄게 나빠진 안색이 전갈에 오늘의 운세라도 적혔나 싶다.

"나… 나 너한테 줄 게 있는데……. 실은 내가, 내가 진짜 죽을 때를 대비해서 사과문을 써놨거든…. 괘, 괜찮으면 잠깐 화장실이라도 다녀올래?"

조보미의 권유는 물론이거니와 이다지 떨리는 목소린 들어본 적 없기에 홀린 듯 화장실로 들어간다. 사과문은 계획에 없었다. 머리로든 가슴으로든 반성이란 걸 해볼 만한 신체기관이 위아래로 없었으며 있다 한들 필사해 새길 만큼 착실한 인간이 아니었다. 차끈한 물에 얼굴을 적셔본다. 사과와 용서라는, 동화나 교과서 같은 시시한 결말로 갈무리하기엔 너무 먼 길을 돌아왔다는 걸 우리 모두 알고 있다. 거울을 본다. 어제완 달라야 했다.

물을 잠근다. 엄마와는 달라야 했다.

"미, 민망하니까 내가 읽을게."

죄인과 처형인이 사약을 사이에 두고 마주 앉는다. 사과가 익숙지 않은 사람의 얼굴이 사형을 선고받은 것처럼 굳어 있다.

"안녕, 희연아. 나 보미야, 조보미. 기억나니? 휘영중학교 3학년 2반, 아니, 2학년 3반⋯ 늦었지만 네게 사과문을 써보려 해⋯. 이제 와서 용서받긴 글렀겠지만 그래도⋯⋯ 미안, 잠깐만⋯."

사형수가 목청을 가다듬는다. 어찌나 긴장했는지 손뼉만 한 수첩 안에서 동공이 초점을 잃고 방황할 정도다. 이제 와서 진심이기라도 한 걸까.

"그래도 네게 사과하고 싶어. 내가 돈도 안 갚고, 체육복도 몰래 버려서 미안해. 패딩은⋯ 패딩은 내가 그은 게 아니지만 옆에서 같이 비웃는 것도, 비웃던 것도 네겐 크나큰 상처였겠지⋯⋯. 찢긴 패딩을 입고 집으로 돌아갈 때, 엄마에게 둘러댈 변명거릴 떠올려봤을 네 심정이 얼마나, 얼마나 막막했을지 짐작조차 되지 않는다, 않아."

뜻밖이었다. 네가 그 통증을 가늠해보고 있었다니. 그것도 이렇게나 정확하게. 우리가 공감할 수 있으리라곤 생각도 못 했다. 너와 난 서로를 등지고 있었고 누구도 돌아보려 하지 않았으니까. 한데 우리가 만난 이해의 지점이 내 곪아 터진 상처 바로 위일 줄이야. 나와 마주보기 위해 네가 그 먼 길을 한 바퀴 돌아올 줄이야. 10년 만의 상봉에 찬물에 적신 눈가가 살 같이 달아오른다.

"⋯무엇보다 미안한 건 어머님이 돌아가신 일이야. 그깟 방송이 뭐라고 난 널 거짓말쟁이로 몰아갔고, 그 바람에 네 인생은 조⋯각났지. 이대로 내가 자살하게 된다면 어머님을 찾아봬 사죄드리고 싶다. 하지만 그전에 널 만나 꼭 전해주고 싶은 말이 있어. 내가 못되게 군 거 진심으로 미안해."

온수 같은 것이 두 뺨을 타고 흐른다. 도무지 잠글 수가 없다. 그녀는 앓아볼 필요가 없었다. 공포에 무지하지도, 절명을 배제하지도 않았다. 그녀에게 죽음은 발치에 놓인 토피넛 라테같이 언제고 손 뻗으면 닿을 거리에 있었다. 마침 창밖의 현수막을 어렵사리 뚫어낸 한 줄기 햇살이 머물며 알파벳 T가 신성한 십자가처럼 빛난다. 하늘이 길 잃고 헤매는 내게 다급히 전보를 치고 있었다, 누군가의 마지막 기도처럼. 역시 피는 못 속이는 걸까. 미련한 엄마의 방식을 미련히 답습할 수밖에. 나는 오늘, 내 오래된 원수를 용서하기로 했다. 낡고 곯은 앙심은 이제 그만 삼키기로 했다. 목을 축여본다. 케케묵은 응어리까지 싹 가시는 듯 오늘따라 고소한 카페모카. 양 뺨을 내주던 엄마의 마음도 비로소 알 것 같다. 누군가를 용서할 때마다 당신은 그저 마음의 짐을 덜어냈을 뿐인 것을, 이리도 홀가분한 심경으로.

네가 수첩이 들린 손을 천천히 내려놓는다. 낭독을 마치고 커피를 마시려는 낌새라 나는 손을 뻗으며 소리치는데 왜인지 손은 들리지 않았고 목소리도 나오지 않았다.

...그러고 보니 엄마가 죽은 건 내가 좀 전에 말하지 않았나?

컵홀더의 십자가는 나를 향해 있고

손에 들린 수첩은 백지였다.

아

이 시발,

좆 같은 년.

〔 **21** 〕

주마등처럼 스쳐 가는 얼굴들 중에 얼마 전 동호회에서 본 남자가 껴 있는 까닭은 알 수 없다.

천장이 보인다. 전등에 검게 그을린 부분이 스멀스멀 소용돌이친다. 몰아치는 숨은 용케 홀로 목숨을 부지한 심장의 넋두리겠다. 구역감이 올라오나 고개가 꿈쩍 않는다. 눈꺼풀도 간신히 들어 올린 마당에 고개가 가벼울 리 없다. 삼키자니 다시 눈감을 듯하고 뱉자니 다신 숨을 못 쉴 것만 같다. 이러지도 저러지도 못하는 진자의 삶이란.

누굴 닮아 이렇게 부주의한 건지. 양씨 일가다운 시시한 최후였다. 최소한 그 순간만큼은 그년도 살아보겠답시고 덜덜 떨어가며 사과문을 써 내려갔으니, 그나마 호적 통틀어 '가장 덜 호구'로 남을 수도. 그 기지에 구독 좋아요 알림설정이라도 눌러주고픈 심정이다.

차라리 세 달 전 그때 죽어버릴걸. 구질구질했던 삶에 이제 와서 미련이 남는 건 실패한 복수 때문이 아니었다. '그' 때문이었다. 그가 있어 나도 다시 태어날 수 있었다. 그와 있을 때면 맛있다든지 재밌다든지 집 나간 생부를 따라 가출했던 감정들이 귀가하곤 했다. 무너질 대로 무너져내린 생의 달동네 끝자락에 다다라서야 유니콘을 만났는데 회전목마는 눈 깜짝할 사이 제자리로 돌아와 있다. 일장춘몽. 이제 회전목마에서 내릴 시간이다. 눈을 감아 꿈에서 깰 차례다.

눈치가 있는 건지 없는 건지. 평소엔 잠잠하던 핸드폰이 또다시 결정적 순간에 고조된 감정을 뒤흔든다. 주머니에 진동이 느껴지는 걸 보니 아직 살아 있긴 한가 보다. 천장의 블랙홀은 귀퉁이에 덕지덕지 달라붙은 곰팡이까지 빨아들일 정도로 커져 있다. 남은 기력을 쥐어짜 감각을 채질하자 고개도 조금씩 들려지긴 한다. 비록 세우자마자 피를 토했지만. 탁한 채도며 걸쭉한 점도가 라테나 담즙도 섞인 듯하다. 아몬드 맛은 얼어 죽을, 토혈과 눈물이 뒤범벅된 불행의 정수였달까. 책상 왼쪽에 와불처럼 누운 십자가에도 사탄이 주조한 성(腥)수 몇 방울이 튄 모양이다. 나태한 신을 대신해 시련의 균형을 맞추고자 했을 뿐인데 모녀가 쌍으로 피를 토하게 될 줄은 몰랐다. 나머지 한쪽 뺨을 내주지 못한 죄가 먼저 뺨을 후린 죄보다 막중할 줄은 몰랐다. 오른쪽엔 어째선지 엄마가 누워 있다. 책꽂이에 있어야 할 엄마가 언제부터 여기서 지켜보고 있던 건지 알 수 없다. 당신도 청산가릴 삼켰으면서 왜 난 안 된다는 얼굴을 짓고 있는 건지 알 수 없다. 당신의 절반밖에 살지 않은 주제, 절반밖에 당하지 않은 주제 벌써 안식을 찾으려는 꼴이 못마땅한 걸까.

집게 손끝에 핸드폰이 걸린다. 청바지 주머니가 사후 경직

된 것처럼 뻣뻣하다. 있는 힘을 다해 끄집어내자 정말 힘이 다했으므로, 핸드폰이 책상의 붉은 늪에 불시착하고 마는데 경도상 엄마와 십자가 사이 가운데쯤이었다. 둘 중 누가 보낸 전보일까. 이번엔 계시를 오독하지 않길 빌어본다.

나라카님이 동영상을 올렸습니다 1분팩트의 실체를 폭로합니다
1분팩트님이 동영상을 올렸습니다 끝.

나와 달리 그는 맺어야 할 것을 맺은 모양이다. 그러나 그가 내린 결론보다 궁금한 건 그의 실체였다. 성호를 긋듯 두 알림 사이를 오가던 손가락을 지그시 위의 것에 대본다.

"제가 지목된 대역에 불과하다면, 국평오 역은 본래 누구 것이었을까요?"

가면 쓴 남자의 목소리가 전보다 한껏 가벼워졌다. 양손은 그보다도 가벼워 가만히 내려놓질 못했다. 그 야만적인 위세는 포식자만이 누릴 수 있는 특권이었다. 내가 죽어 있는 동안 피라미드가 뒤집히기라도 한 걸까.

"그렇습니다, 1분팩트는 낙태설을 최초 유포한 국평오와 동일 인물이었습니다."

왜 여태 몰랐을까, 그 둘 같은 하나를. 악인을 벌한 두 구세주가 이름만 다를 뿐 실은 같은 사람이었다. 아니, '그'의 이름은 두 개가 끝이 아니었다. 이제껏 모두 '그'였다. '국평오', '1분팩트', 그리고—

"고인은 상상도 못 했을 겁니다. 자신을 모함한 이들 중 아예 같은 학교도 안 나온 인간이 있을 거라곤."

—'봄이조 학폭 추가 폭로자'. 그 빙신 같은 년이 헛짚고 동

문으로 착각했으나 이마저도 그랬다. 비록 사과문으로 귀결됐을지언정 당신의 거짓말은 진실보다 따스한 것이었다. 그 거짓말이 내게 혼자가 아니라고 말해주었기에. 조보미를 처음 만난 10년 전부터 지금까지, 세상 사람 모두가 좋아해 마지않는 그년을 싫어하는 게 내가 유독 못나서 그런 게 아니라고 말해주었기에.

나는 감격에 젖어 있었고 동시에 고통에 젖어 있었다. 그러나 전율이 쓰라림을 덮은 것도 거기까지였다.

"국평오라는 이름의 헤비 악플러이자, 이슈 유튜브 채널 1분팩트를 운영 중이며, 〈라이어 게임〉 최종 면접 탈락자. 그녀의 본명은 김미르, 구독자 12만 유튜버 ASMir입니다."

……그럴 리 없다. 1분팩트가 '그' 아닌 다른 누군가일 리 없었다. 화법, 취향, 견해 등 영상에서 드러난 모든 지표가 그를 가리켰다. 결정적으로 그는 안티카페에 가입할 정도로 조보미를 싫어했고, 1분팩트 영상을 시청했으며, 업계 종사자이기도 했다. 이 모든 게 단지 우연이라면, 신의 짓궂은 장난에 불과하다면 나는 누구를 신으로 섬겨야 한단 말인가.

눈꺼풀을 턱 하니 떨군다. 그럴 리 없다, 고 단정 지어도 될 만큼 많은 걸 안다고 여겼다. 그러나 정작 1분팩트의 기본적인 인적 사항조차 몰랐으며 '그'에 대해선 기본적인 인적 사항밖에 몰랐다. 그가 1분팩트와 겹쳐 보이던 순간에만 주의를 기울였을 뿐 그 밖의 다른 것들엔 무심히도 무지했다. 결정적으로, 결정적인 것이 없었다. 조보미에 대해 떠봤으나 거들떠보지도 않았고, 그저 1분팩트 구독자일 수도 있었으며, 그가 만들었단 영상은 구경도 못 해봤다. 실물은 털끝 하나 본 적도 없으면서 동굴에 비친 그림자 모양만 맞대보곤 같은 사람이라 확신한 꼴이었다. 진짜 빙신은 늘 그렇듯 나였던 것이다.

눈을 뜬다. 악귀 가면의 눈알이 핸드폰 밖으로 튀어나올 기세다. 남자는 이제 방정맞다기보단 무작하고 기기괴괴한 목소리로 상대의 구차한 동기며 치교한 수법을 차례차례 까발렸다. 어찌나 혓날이 시퍼렇던지 그, 아니, 그녀의 인격을 회 뜨고 나면 우려낼 서덜마저 남아 있지 않을 듯했다.

"시청자분들은 보미 님 안티카페가 있단 걸 아시는지요? 집요함으로는 타진요 뺨치는 소수정예 정신병자 집단인데요. 여기, 운영자 다음으로 많은 글을 작성한 회원을 주목해주시죠."

매일 밤, 찢긴 패딩으로부터 불쑥 삐져나와 솜털처럼 나풀대던 감정은 증오가 아니었다. 외로움이었다. 홀로 늘어놓는 뒷담화는 줄곧 내가 주워 담았고 언제부턴가 조보미를 욕하는 건지 나를 욕하는 건지 구분할 수 없게 됐으며 이윽고 나 자신이 조보미보다 미워졌을 때, 그녀가 나타났다. 모두가 날 정신병자라 손가락질할 때조차 내 말에 귀 기울여준 사람.

그런 그녀가 나체로 십자가에 못 박힌 채 유린당하고 있다. 그것도 내가 만든 카페에 가입한 바람에, 악귀에게 빌미를 잡혀서.

블랙홀은 어느새 벽면을 타고 내려와 책상의 십자가까지 마수를 뻗친다. 시야가 아득해지는 것과는 반대로 신들린 듯 작두 타던 남자의 광기가 빠르게 가라앉는다. 마치 잠시동안 몸주와 접신했을 뿐인 양중이처럼. 뿔 달린 가면 너머에는 악귀가 아닌 한낱 평범한 인간이 있노라 고백하려는 것처럼.

…우습게도 조금은 익숙한 목소리였다. 음정은 미묘하게 달랐지만 누군가를 떠올리기엔 충분히 비슷했다.

우습지 않게도 나머지 것들은 비슷한 정도에 그치지 않았다. 말씨, 손동작, 피부색, 목둘레, 승모근의 기울기와, 어깨너비며 어깻집, 살짝 보이는 의자 헤드레스트의 모양까지. 그림자가 남지도 넘치지도 않게 딱 포개질 정도였다. 신의 농간에 두 번 당해줄 생각은 없지만서도 뒷골이 서늘해지는 건 본능이라 달리 방도가 없다….

"이제 그 혐오의 칼을 내려놓아야 할 때입니다."

마지막에 이르러 손끝이 카메라를 향하는 순간 나는 무너지고 말았다. 작두날 같은 손톱 끝에 검게 칠해진 멍이 명찰처럼 매달려 있었다 바꿔치기는커녕 띠라 쓰는 것소차 불가능한 이름패가 왜 거기 걸려 있었다. 멍은 곧 늪이며 블랙홀이며 검거나 붉은 것들을 포식해갔고 검붉은 밤 속에 한 남자의 찬웃음이 손톱달처럼 떠올랐다. '그'였다. 대화 소재나 피드 목록이 1분팩트와 겹칠 수밖에 없는 '업계 종사자'. 그는 나라카였던 것이다.

이제야 알 것 같다. 추천 영상에 핸드폰을 낚아채며 과민반응한 까닭과, 1분팩트 채널에 영상이 올라왔음에도 여전히 '편집 중'이라며 통화조차 어려웠던 속사정을, 그리고 가입 인사에서 느껴졌던 유독 여유로운 증오의 비결까지도. '떡밥 좀 찾느라' 가입했더랬다. 그저 첫 영상 소재를 물색하던 차에, 조보미의 흑선을 낙태 흔적이라 주장한 글을 발견하고 안티카페까지 기웃거려본 게 아니었을까. 이윽고 보다 구색이 갖춰진 저격 글이 올라오며 이거다 싶어 채널을 팠지만 신참으로서는 뒤처질 수밖에 없었을 것이다. 그러고 보니 카페 활동 내역이라곤 1분팩트 영상을 퍼온 게시물에 비추천을 누른 게 전부였다. 꼭 경쟁자에게 월척을 빼앗긴 낚시꾼처럼.

독보다 역한 것을 토해낸다. '삼가 고인의 명복을 빕니다' 문구 위로 붉은 작달비가 내린다. 신의 행세를 일삼던 그보다 메스꺼운 건 나 자신이었다. 사탄을 숭배했다. 그걸로도 모자라 구세주를 팔아넘겼다. 그러고도 벌칙처럼 숨은 쉬어졌다. 꼴에 눈물까지 나왔다. 배신해놓고 배신이라도 당한 듯이. 이래서는 안 됐다. 예수든 부처든 무언가라는 게 있다면 이토록 불쾌한 농담을 던져선 안 되는 것이다. 이것이 직권 남용의 사유라면, 문지방이 닳도록 죽음의 문턱을 밟아댄 사람을 고작 골탕 한번 맥이려고 되살려낸 거라면, 다시는 그 존재를 의심치 않을 것이며, 주제넘게 엉절대지도 않을 것이니, 이제 그만 나를 놔줬으면 하는 바람이다…….

신은 존재한다. 다만 악에 가까운 형태로.

짝을 잃어도 남은 연인은 살아갈 수 있다. 하지만 신 잃은 신자는 살아갈 수 없다. 우린 양심이 교차한 곳에서 우연찮게 만난 동행이었다 할지라도, 그대가 있어 증오 한 줌 나눌 수 있었으며, 행여 당신이 유다의 죄를 사한다 하더라도 나는 이쯤에서 핏줄을 끊어야만 하겠다. 백지의 손목에 칼날을 올린다. 해한 만큼 바를 정자를 새겼다면 전신을 채웠겠다. 반복되는 부주의는 실수가 아닌 죄악인 것을. 엄마의 맞장구처럼 반짝이는 서슬. 엄마는 지금쯤 천국에 가 있으려나. 겨우 반오십에 목숨을 끊고 마는 나는 지옥으로 내쫓아도 할 말 없지만, 이왕이면 천국으로 보내주길 바란다. 십자가상을 여태 버리지 않은 것도 실은 사후 대비 보험으로 간직해온 거니까. 그래도 우리 엄만 보고 싶으니까.

죽을힘을 다해본다.

제5부 생존자

〔 **22** 〕

안녕하세요, 〈스포트라이트〉 황연지 PD입니다. 저희는 현재 데이트
폭력 실태를 취재 중에 있습니다. 원치 않는 기억을 들춰내 죄송하지만,
데이트폭력 생존자들의 목소리를 대변해주십사 연락드렸습니다. 출연이
어려우시다면 유선상으로라도….

'생존자'라. 그것만큼 내 일생을 잘 요약한 단어가 또 있을
까. 주희연과 최원혁, 1분팩트와 나라카. 내가 죽길 바랐던 사
람들 모두 비참한 결말을 맞았다. 누구는 소리소문없이 사라
졌고 누구는 죽었다. 결국 끝까지 살아남은 건 나 혼자였다.
늘 그랬듯이.

적성을 살릴 기회는 〈라이어 게임〉에서 찾아왔다. 어쩌다
보니 최후의 4인에 들었으나 사람 좋은 얼굴로 살아남는 것도
거기까지였다. 혼자서 셋을 상대해야 하는 위기에 처한 것이
다. 나는 카메라가 꺼진 틈을 타 상금이 가장 절박한 참가자

에게 다가갔다.

"알고 있지? 나 떨어뜨리고 나면 다음은 그쪽인 거. 한 명이랑 같이 자폭해주면 내가 우승했을 때 2억에서 절반 떼줄게."

"……."

"돈 필요하다며. 대충 인터뷰에서 날 좋아했다고 이빨 까면 돼. 좀 뜬금없긴 한데, 이거 아직 첫 화도 공개 안 됐잖아. 유튭각 뽑으려면 어련히 알아서 서사 만들어주겠지."

"좋아하는 척을 할 거면."

그렇게 말을 하다 말면 듣는 사람 속 타는 것도 모르고 세속부터 태우려 담배만 뻑뻑 빨다가,

"할 거면 제대로 해야지. 내 조건은 상금 절반에, 같이 콘텐츠 찍기."

그리하여 나는 결승에 진출했다. 마지막 남은 상대에게 우승을 양보할 테니 상금을 4:6으로 나눠 갖자 제안한 건 최원혁에게 비밀이었다. 스포트라이트를 독식하는 네가 4, 큰맘 먹고 져주는 내가 6. 내 몫은 우승해봤자 1억이지만 준우승은 1억 2천으로 책정됐다는 막후의 시세는 우승자에게 비밀이었다.

기획했던 그림이 나오지 않았는지 제작진은 우리 둘의 서사를 구축하기 위해 기대 이상으로 필사적이었다. 첫 화부터 내가 등장하는 순간 최원혁이 반한 것처럼 연출됐는데 그 맹한 표정은 나와 언쟁 도중 할 말을 잃고 허공만 바라보던 상황에서 따온 것이었다. 타임라인은 둘의 감정선대로 재정렬됐고 후시녹음한 오디오까지 군데군데 오려 붙여 둘 사이에 흐르던 냉기류를 끝내 애정 전선으로 탈바꿈시켰으니, '편집'보다 가히 '창작'의 영역에 가까웠다.

우린 할애된 분량만큼 화제성을 나눠 가졌다. 마지막까지

생존한 나는 최대 수혜자가 되어 촬영 전 33만이었던 구독자 수가 92만까지 불어났다. 광고 문의가 빗발치느라 〈What's in my bag?〉 콘텐츠를 핑계로 한 영상에서 두 화장품 브랜드를 광고할 정도였고, 어느 FPS 게임의 캐릭터 모델로 발탁되기까지 했다. 아니, 발탁될 뻔도 했다. 학폭 미투만 터지지 않았더라면.

작성자는 읽어보지 않아도 알았다. '떡상'하자마자 생기부 기록부터 뒤져본 만큼 내 죄를 잊고 살진 않았으니까. 주희연. 봄방학 때 대구서 서울로 전학 온 탓에 친구가 없던 내게 처음으로 말 걸어준 짝꿍. 아마도 그 순간이 우리가 가장 가까웠던 순간일 것이다. 불행이 놀림감이 되는 나이였고 가엾게도 짝꿍은 가난과 편부모, 불행을 두 가지씩이나 갖고 있었다. 학교에서 '제일 잘나간다'는 무리가 제일 못 나가는 그녀를 찾아왔고, 나는 이쁘장하게 생겼단 이유만으로 그들 옆에 서게 될 때가 잦았다. 언젠가 그들이 내게 우유를 건넸을 때, 난 줄곧 외면해왔던 선택의 기로에 서고 말았다. 불행을 던지거나, 불행을 나누거나. 애석하게도 잘 던질수록 잘나가는 나이였다.

희연의 냄새가 싫어지기 시작한 것도 그즈음이었다.

"저기…."

향수로 샤워라도 한 건지 씁쓸한 초콜릿 향과 매캐한 패츌리 향이 사정없이 비강을 파고든다. 톰포드 블랙오키드. 내가 가장 좋아하는 향수였다. 불과 한 시간 전까지는.

"저기, 보미 씨."

보미 씨? 좀 전까진 보미 님이라고 하더니. 그새 바뀐 호칭에 나도 모르게 눈길을 주고 만다.

"아, 눈 마주쳤다."

'아, 눈 마주쳤다'는 지랄.

"혹시 무슨 안 좋은 일이라도…?"

"별일 아니에요, 잠깐 메일이 와서."

"다행이네요, 표정이 심각해서 무슨 일 생긴 건 아닌가 걱정했는데."

걱정하는 사람치곤 너무 잘 처먹는 거 아닌가요.

"이제부턴, 컥."

남자가 황급히 물을 들이켜는 동시에 걱정 말라며 손사래를 친다. 걱정 따위 한 적도 없는데.

"후……."

안타깝게도 무탈한 남자가 말을 잇는다.

"이제부턴 꽃길만 걸으셔야죠."

…나도 이제 걸어볼 수 있을까, 그거.

사과했다. 마음속으로. 미안하긴 미안했지만 미안하다고 말하기엔 미안하게도 너무 늦고 말았다. 지난 4년 동안 밑바닥에서부터 기어올라 이제야 빛을 보려는 찰나였다. 고통의 시간은 네가 더 길지언정 잃을 건 내가 더 많았다. 이대로 은퇴당한다면 10년 후엔 시간마저 역전될 테고. 네 불행을 나누기엔 나는 너무 잘나갔다. 또 한 번 미안하지만 난 살아남아야 했다.

하나의 졸업 앨범을 두고 네 개의 사진을 찍었다. 조명만 바꿔서 두 번, 커버에 커피를 흘린 뒤 말려서 한 번, 내 사진이 있는 페이지를 펼쳐서 한 번. '인증 문구'를 적기 위해 디자인이 제각기 다른 포스트잇 세 장과 이면지 한 장이 사용됐는데 그 내용은 다음과 같았다. '휘영중 인증', '봄이조 학폭 추가 폭로자', '조보미 동창', '2024.01.14'. 각각 0.3mm 펜, 0.7mm 펜, 사인펜, 샤프로 쓰였으며 필자는 순서대로 오른손, 왼손, 보다 거침없는 오른손, 그리고 왜 내일 날짜를 이면지에 끄적여야 하는지 묻던 엄마였다.

주회연 글에 반박하고자 첫 번째 인증샷이 쓰였다. 그쪽에서 과장한 부분도 있었고 이쪽에서 축소할 수 있는 부분도 있었다. 두 번째 사진은 반박이 아닌 폭로에 동원됐다. 제목은 〈유튜버 봄이조 학폭 추가 폭로〉. 그렇지 않아도 석연치 못한 변론에 추가 폭로까지 터졌으니 앞뒤 재볼 것 없이 노도가 들이닥쳤음은 물론이다. 하지만 난 기다렸다. 물이 더 불어날 때까지. 한 번 부서지고 나면 누구도 다시 파도치지 않도록.

나머지 두 장은 이튿날에 소진됐다. 내가 쓴 '추가 폭로'를 겨냥해 두 개의 반박문을 연달아 올린 다음 여론이 술렁일 때 카메라를 켰다. 나는 나를 상대로 반론을 펼치던 도중 준비된 눈물을 흘려보냈다.

"폭로자들 중 학창 시절에 절 괴롭힌 분이 있는 것 같습니다. 지금이라도 글을 지우고 사과하신다면 법적 대응은 하지 않겠습니다. 이젠 제발 잊고 싶은 기억을 잊게 해주세요……."

내 왼손은 가해자가, 나는 피해자가 된 순간이었다. 그리고 피해자 주회연은, 패딩이며 우유며 가난이며 찢기고 상한 불행들을 진열하는 열의까지 보여줬음에도, 가해자가 되었다. 폭로자들 중 하나를 지목했을 뿐인데 파도는 둘을 가름하기엔 너무 우럭우럭했다.

마지막으로 해야 할 일은 폭로자들이 도망치게 만드는 것이었다. 추가 폭로문의 '수정' 버튼을 눌러 왼손이 쓴 사과문

사진으로 대체하는 한편, '수정' 버튼이 없는 폭로문은 운영원칙 위반으로 신고했다. '명예훼손 및 기타 권리침해'가 그 사유였다. '기타 권리'라니 그것참 요긴한 구실이었으나 딱히 쓸모는 없었다. 신고가 접수되기도 전에 작성자가 먼저 글을 내렸기 때문이다.

어느새 구독자 수는 3만이 늘어나 있었다.

바다는 언제 그랬냐는 듯—그러나 매번 그러했던 것처럼—잠잠해졌다. 누구도 감히 파도치지 않았다. 나를 제외하고. 익사체 같은 진실이 언제 수면 위로 떠오르게 될지 몰랐다. 주희연은 물귀신처럼 불행을 나누려 애쓰는 중이었다. 내 안티카페까지 개설해가면서.

홀로 치는 파도는 무장 커져만 갔다. 구독자가 늘어날 때마다 젠가를 쌓는 기분이었다. 흔한 구독 유도 멘트조차 내가 투신해야 할 고도를 더 높게, 더 높게 쌓아달라는 피학성애자의 애걸만 같아 그만뒀다. 어차피 파도 한 번에 무너질 탑이었다. 그리고 언젠가는 들이닥칠 파도였다.

그렇게 난 뒷광고를 받았다. 안 들킬 줄 알았냐고 물으면, 들킬 수도 있다고 생각했다. 그 리스크까지 반영해 기존 단가의 세 배를 불렀는데 광고주가 덥석 물고 말았다. 어쩌면 돈은 핑계고 붕괴를 기다릴 바엔 먼저 투신하자는 생각이었을지도 모르겠다.

내가 간과한 게 있다면 남들보다 질긴 생명력이었다. 팬들은 방송으로 보답해주길 애원했다. 정성이 갸륵해 일단 보답하는 걸로 세 달 만에 타결했다만 그렇게 무성의한 보답도 또 없을 것이다. 그도 그럴 것이 자숙을 시작할 때 매수한 코인의 수익률이 마냥 묵혀뒀을 뿐인데도 1루타를 쳤다. 땅 파면 돈

한 푼 나오나 싶겠지만 땅 파지 않고도 한두 푼 나오는 게 아니었기에 고양이 자세로 방바닥을 겨 가며 아등바등 도네를 구걸해야 할 이유가 없어졌다. 탑은 균형을 잃었고 탑지기는 사탑을 지켜야 할 구실을 잃었다.

"디저트 안 드세요?"
테이블엔 어느새 레몬샤베트가 놓여 있었고,
"이거 진짜 맛있는데, 좀 드셔보세요."
반대편엔 어느새 레몬샤베트가 사라져 있었다.
"아 맞다, 저 그거 사 먹어봤는데. 그 뭐더라? 이번에 광고 하신 거."
"…극락떡볶이요."
복귀 영상에 누군가 장난으로 남긴 댓글—'실례지만 혹시 유서를 찢게 만든 떡볶이가 어디 건가요?'—이 '베댓'을 먹으면서 느닷없이 떡볶이 광고가 들어왔다. 광고주가 원한 카피가 무려 "갈 때 가더라도 떡볶이 정도는 괜찮잖아?"였던 건 둘째치고 광고 찍을 타이밍이 아니었으므로 단칼에 거절했으나 그 타이밍까지 반영한 값으로 돌아와 카피만 수정하기로 했다.
"죽기 전에도 떠오르는 극락의 맛이었던가요? 확실히 맛은 있더라고요."
"아. 네. 맛있죠. 그거."
사실 그날 떡볶이 같은 건 먹지도 않았는데.
그저 근본 없이 맵기만 한 게 아니라 양념이 떡에 찐득하게 배어 있다는 등 백종원 뺨치는 평론이 시작되자 귀에서 귀까지 하이패스로 열어둔 채 입안에 샤베트를 넣는다. 얼른 먹고 일어날 생각이었지만 미뢰에 낱낱이 스며드는 식감이 썩 나쁘지 않다.

"괜찮은 데 찾느라 고생 좀 했는데. 어떻게, 식사는 입에 잘 맞으세요?"

"식사는 괜찮아요."

뇌를 거치지 않고 튀어나온 본심에 혹여 '는'에 찐득이 배어 있는 속뜻을 읽어냈을까 안색을 살피는데 외려 흐뭇한 표정이다.

"다행이네요."

그게, 눈치가 좆도 없으셔서 다행이랄지 불행이랄지.

"혹시 보미 씨는 이런 데 자주 오세요?"

그러고 보니 마지막으로 이런 데 온 게 언제더라? 1년 좀 안 된 것 같은데…….

식사권 경매는 뒷광고보다 세련된 투신 시도였다. 물의를 빚었으니 기부를 하겠다는 명분이었으나 실은 '큰손'을 잡아 이 바닥에서 '엑싯'하려는 목적이었다. 식사권은 5백만 원에 낙찰되었고 작은손들의 박탈감을 덜어주기 위해선 애장품—을 가장한 쓰레기—들을 골고루 나눠줘야 했다. 돈으로 사람 가리냐고 지랄할 것 같은 새끼들한테는 더더욱.

재수 좋게도 낙찰자는 '다 가진' 남자였다. 젊은 나이에 개원한 성형의에 나중에 알게 된 사실이지만 TV 프로그램까지 출연 중에 있었다. 더 나중에 알게 된 사실로는 명문대 졸업, 유복한 집안, 다주택자 등이 있었다. 그리고 그보다 더 나중에, 그러니까 관계의 최후에 이르러서야 알게 된 사실은, 재수 없게도 애까지 가진 유부남이었다는 것이다. 그것도 둘씩이

나. 가진 게 셋으로 늘어날 위기에 처한 남자는 주저 없이 비밀을 지켜줄 수 있는 병원을 소개해줬다. 수술비 명목으로 두둑한 입막음 조까지 건네면서.

"실은 그게 말이야…."

무슨 말을 해야 할까. 마우스가 하얀 검색창에 닿았을 뿐인데 최원혁의 손은 자판에 닿기도 전에 굳어버렸다. 손 쓸 새 없이 펼쳐진 최근 검색 목록에 하얗게 굳어버린 건 나 역시 마찬가지였다. 불행 중 다행으로 '생기부 조회'나 '학폭 공소시효'는 목록에 없었다. '임신'으로 시작하는 갖가지 낱말의 조합이 도배돼 있었을 뿐.

말을 잇기 전에 관계부터 정의내릴 필요가 있었다. 연인 사이는 아니었다. 술 마시고 잔 적이 두어 번 있었고 최원혁이 두 번 고백했지만 내가 두 번 거절했다. 그뿐이었다. 속으로 최원혁 석 자를 읊조렸을 때 마음이 실린 무게로 계측하자면 가벼운 사이였다. 한데 내 입은 왜 이리 무거워 차마 떨어지지 않는 건지. 내가 논란에 휘말릴 때마다 감싸준 인간이었다. 자숙하는 동안 시청자들이 다른 여캠과 합방을 밀어붙였으나 칼같이 거절했으며, 내가 복귀하자마자 합방 컨셉을 깨고 '식사권 데이트'를 한다며 비난하는 본인 팬들과 승강이를 벌이기도 했다. 아무래도 나만 가벼웠던 모양이다. 아무래도 무슨 말을 해야 했다.

"우리 애야."

내가 건넨 입막음 조였다. 아직 내 '엑싯' 계획은 유효했고 어장은 물고기로 그득했다. 그나마 '우리 애'라면 물고기를 낚아챌 때까지 입단속은 가능할 터. 진짜 문제는 낚아 올린 뒤였다. 그때까지 최원혁의 애와 정을 떼내지 못한다면 배신감이든 술이든 무언가에 취해 미정립된 관계를 카메라 앞에서 정의내리려 할지도 몰랐다. 내가 쌓아 올린 탑도 그가 취할 때마다 비틀대겠지. 위험도를 구하는 수식이 '주사가 지랄맞은 정도÷주량'이라면 최원혁의 주사는 좆 같고 주량은 좆만 하기에 보험을 들어둘 필요가 있었다.

"너만 괜찮으면 난 낳고 싶은데."

"너, 나 안 좋아하잖아."

"……."

사실이었다. 그리고 그런 말이 돌아올 줄 알고 한 말이었다. 병동에 가자미처럼 누워 있는 제 어미를 부양하랴 있는 힘껏 팔딱거리는 와중에 새끼까지 책임질 여력이 있을 리 만무했다.

"그래도 어떻게 지울 수가 있어, 우리가 책임져야지."

연인의 반대로 아이를 지워야 했던 한 여자의 가슴 아픈 이야기. 그것이 내 보험이었다. 나는 마음에도 없는 소리로 '연인'을 몰아붙였고 '연인'은 대답 대신 담배를 입에 물었다.

…그러곤 도로 집어넣었다. 자기'는' 양심이 있다는 것마냥.

얼마 뒤 또 다른 진실 한 구가 바다로 던져졌다. 한 아이로 두 남자에게 수술비를 받아낸 건 혹여 아이가 들을까 봐 독백도 못 할 비밀이었다.

운명의 장난인지 내 장난질에 대한 운명의 보복인지. 최원혁이 어머니의 수술비로 돈을 빌려달라 부탁할 즈음, 정확히 같은 액수의 돈이 누군가의 어미와 누군가의 아기의 운명을 가르기 위해 오고 가려는 게 초월적 질서에 균열을 내고 만 건지, 그리하여 평행세계 조보미의 과거가 이쪽 세계로 흘러 들어왔는지 내 임신 중단설이 퍼졌다. 학폭 의혹과 뒷광고 때조차 '중립 기어'를 외치던 팬들이 임신 중단에는 판단을 유보

할 생각도, 실수를 용서할 생각도—그들이 용서할 문제인지는 차치하고—없었다. 그 끈질긴 생명력이 이리도 쉽게 단절될 줄이야. 안티머글 운영진은 연락이 닿지 않았다. 수술 기록도 흔적도 없다는 부재의 증거는, 역설적으로 기록과 흔적을 남기지 않는 경우가 잦기에, 증거의 부재나 마찬가지였다. 이러나저러나 여론을 돌릴 방법은 최원혁뿐이었다. 그가 중절을 종용했단 증거가 쌓일 대로 쌓였으니, 차곡차곡 벙커를 축조한 끝에 아포칼립스를 맞이한 종말론자만이 그 착잡한 만족감에 공감할 수 있겠으나.

그럼에도 벙커에 들어가지 않은 이유는 종말이라기엔 다소 잔망스러웠기 때문으로, 금방 탄로 날 가짜 뉴스에 개인사를 끌고 오는 건 닭 잡는 데 소 잡는 칼을 쓰는 격이었다. 기왕 이리된 거 카페 가입이 열려 누명이 벗겨질 때까지 유급 휴가나 다녀올 생각이었다. 쉬는 동안 최원혁에게 수익의 20퍼센트를 받아낸다. 본인 때문에 내가 적극적으로 해명에 나서지 못한다며 자책 중인 그였다, 증거를 들이밀 것도 없었다. '진짜' 애 아빠가 제 발 저린 나머지 또 한 번 부친 돈은 예상치 못한 상여금이었다.

자의로 투신 못 한 것이 못마땅하긴 했으나 오래도록 바라온 추락이 주는 해방감은 올라올 때의 설렘 못지않았다. '방송을 켜지 않아도 된다.' 그것은 선 넘는 성희롱과 훈수질에 감사 인사로 답하지 않아도 되고, 술자리였으면 단번에 자릴 파했을 법한—그러나 농을 던진 사람 빼놓고 2차에서 모였을 법한—농담을 '티키타카' 되는 척 만수받이할 필요도 없으며, 혀가 반 토막 난 발음으로 유아퇴행적 목소릴 내지 않아도 되었음을 의미했다. 한때 나의 꿈이었던 인터넷 방송은, 돈벌이를 거쳐 은퇴 수단으로까지 전락했으나, 매수액이 늘었음에도 코인 수익률이 세 자릿수를 유지하자 그마저도 아닌 무언가가 돼버렸다. 어장의 물고기 따위 없어도 그만이었다. 잡힐 듯 말 듯 하던 대어는 물에 비친 나였다. 다만 한 가지 아쉬운 게 있다면 고정 수입으로, 아무래도 20퍼센트론 부족했다. 가져가는 몫을 두 배는 높여야 했다. 몫도 중요하겠다만 수요부터 늘리는 게 관건이었다.

↳ 언니 목매달아서 사라져달라고요

↳ 이년 변사체 위에서 탭댄스 춰보면 소원이 없겠다

↳ 제발 부고 소식만

↳ 혹시 자살 실패해서 식물인간 되면 저한테 파세요ㅋ 오나홀로 쓰게

댓글창엔 미처 충족시키지 못한 수요에 대한 아쉬움이 한 가득이었다.

〔 **23** 〕

"제가 실수했네요. 그동안 밖에도 못 다니셨을 텐데."

"괜찮아요, 이런 데 와본 게 얼마 만인지 기억이 가물가물
해서."

"근데 아깐 무슨 메일이 오신 거예요?"

메일이 오시긴요, 이 빡대가리야.

"아… 그냥 인터뷰 요청 같은 거예요."

"오, 인터뷰." 냅킨으로 입을 닦으며 잇는다. "인터뷰 하니까
생각난 건데," 왼쪽 입가에 묻은 게 성게알인지 수란인지 레몬
샤베트인지 알 수 없다. "그, 이런 말 하면 실례지만, 어떻게 자
살했다고 속일 수 있었던 걸까요?"

노른자로 결론 내렸을 때 튀어나온 질문의 무례함보다 당
혹스러운 건 '인터뷰 하니까 생각난' 것치곤 심히 연관성이 빈
약한 질의 내용이었다.

"측근이 죽었다고 말하는데 증거 있냐고 따지는 사람이 어

딨겠어요. 오보로 밝혀졌지만 딱히 살아 있단 소식도 없었으니, 언제부턴가 죽은 사람이 된 거죠."

정정보도 이후엔 무작정 연인의 '죽음'을 강조하기보단 '생환'을 바라는 대사와 섞어 썼음에도, 외려 그 상반된 대사들이 '머리로는 받아들였는데 마음은 애써 부정하는 모습이 안쓰럽다' 따위의 반응을 이끌어내며 관뚜껑에 대못을 박아버렸다. 시체는 필요하지도 않았다.

"그래도 실종됐으니 핸드폰 위치도 확인해봤을 텐데."

"대포폰 썼어요. 그 사람 전에 히던 일이 딕시 기사를 한데 분실폰 매입하는 일이었거든요. 그리고, 성인은 범죄에 연루되지 않는 이상 '실종'이 아니라 '가출'이에요. 그렇게까지 적극적으로 수사하지 않고, 수사할 수도 없고."

〈매년 7만 명 사라지는데… 실종 성인을 위한 법은 없다〉. 자살극을 기획할 때 읽어둔 기사였다. 가출 성인의 통신 내역 등을 조회하기 위해선 영장이 필요했고 영장이 발부되기 위해선 범죄 혐의점이나 시체가 필요했다. 다만 뚜렷한 자살 징후—'유서'—가 있다면 위치 추적 정도는 가능했기에 대포폰을 쓴 것이다.

"그러면 카드나 계좌 내역은요?"

"쓴 적 없어요, 둘 다."

최원혁에게 받은 현금은 그저 쌓아뒀을 뿐으로, 코인 거래소와 연계된 실명계좌의 잔액은 연극 막이 오르기 한 달 전부터 지금껏 쭉 그대로였다. 즉 대외적으로 살아 있을 때 벌어둔 돈만 '총알'로 쓴 셈인데, 그나마 코인은 사고팔 수 있었던 건 만에 하나 계좌를 살펴볼지언정 거래소 내 거래 내역까지 들여다볼 정도로 '수상한' 실종이 아니었으며 애초에 영장 청구조차 불가능했기 때문이다. 그야 난 자기 결정권과 사생활의 자유가 있는 당당한 '가출 성인'이었으니까.

"그래도 숨어지낼 곳은 있어야 하잖아요? 누군가한테 집을 얻었다든가…."

"친구 집에서 얹혀살았어요."

첫 일주일을 제외한다면.

"친구요?"

"네, 친구."

"친구 누구요?"

"이봐요."

"아, 죄송합니다…."

남자가 디저트 스푼을 쥐고 머쓱히 빈 그릇을 긁는다. 그 달그락대는 소리에 맞춰 대화하느라 들리지 않던 소음들이 하나둘 화음처럼 쌓여가고, 반주로 식당 안에 흐르던 음악이 깔리자 난 꼼짝없이 굳고 만다. 차이콥스키 〈꽃의 왈츠〉. 유튜브에서 무료 제공하는 배경 음악이기에 제목마저 익숙한 그 곡은, 일주일간 머무른 오피스텔의 초인종 벨소리기도 했다.

"예전에 촬영하면서 내가 갖고 싶다고 한 목걸이 기억나? 추모식 때 '전하지 못한 선물' 이런 느낌으로다가 쓰면 좋을 듯한데."

"아, 그거? 링크 보내주면 내가 살게."

"인터넷에 안 나오더라고. 내가 사놓을 테니 다음에 내 반지랑 같이 챙겨가."

"반지는 쓸 일 없을 거 같은데. 그냥 목걸이만 가져가지 뭐."

유서 발표 전날 나눈 통화 내용대로, 최원혁은 추모식을 열어 내 영정에 목걸이를 걸었다. 해당 장면을 캡처한 사진은 외신에까지 보도돼 전 세계가 주목했다. 라고 BBC와 CNN 사이트서 해당 기사를 캡처한 한국 기자가 말했다.

단 한 명의 목숨값치곤 지나치게 후하다는 생각이 들 정도의 가성비였다. 최원혁은 유명 토크쇼에 출연한 것도 모자라 어째선지 교육부 주관 '장한 청년상'까지 받았으며 그의—대필 작가가 쓴—수필집 《봄을 기다리며》는 출간하자마자 베스트셀러 1위에 올랐다. 그가 뱉는 말 한마디 한마디가 황금알이었고 기자며 광고주며 주워 남기 바빴다. 그야말로 '혁이 올마이티'였다.

최원혁은 전능했으나 전지하진 못했다. 그가 전횡을 부리는 동안 내가 방공호의 벽돌을 쌓고 있으며 그 자신이 더없이 유능한 벽돌공이란 사실은 꿈에도 몰랐다. 속편은 이러했다, 연인의 강요로 자기 자신을 지워야 했던 한 여자의 가슴 무너지는 이야기. 평생 시체를 연기할 순 없는 노릇인 만큼, 100퍼센트 일어날 종말에 대비해야 하는 만큼 어느 때보다 정교한 설계가 요구됐다. 콘텐츠 기획, PR 전략, 수익 분배 등 공범인 게 탄로 날 수 있는 얘기는 철저히 음성으로만 나눈다. 메신저로는 이따금씩 우울한 심경을 묘사하되 그 빈도나 수위가 지나치면 '네가 하자고 했잖아' 따위의 답변이 돌아올지도 모른다. 채팅 캡처 화면은 제3자가 봐도 한눈에 사연을 파악할 수 있도록 명료해야 하지만, 너무 일목요연한 나머지 그 의도까지 엿보여선 안 될 것이다. 언젠가 고의로 갈등을 빚어내 내게만 아껴두던 쌍소리를 쏟아내게 만든다면, 그때가 바로 벙커가 완공되는 시점이었다.

계산 밖에 있던 건 주희연의 등장이었다. 그보다 아득히 밖에 있어 역산조차 불가능했던 건 주희연의 죽음이었고. 죽음이 이른 오후의 커피처럼 한가로이 오가던 '그날'의 기억은 방뺄 때 같이 싹 비워냈음에도, 남자의 손바닥에 맺힌 땀의 습기만큼은 께름칙하게 선명하다. 쥐여준 종이의 뒷면은 읽지도 않고 찢었다. 고마웠지만 고맙지만은 않았다. 덕분에 살았고 졸지에 죽였으니까.

한참을 고민 끝에 자수했다. 마음속으로. 내가 죽인 사람이 주희연 한 명뿐이었다면 고민하지도 않았을 것이다. 그러나 난 조보미를 죽인 범인이기도 했다. 이대로 자수한다면 자살을 꾸며낸 것은 물론, 내연남 집에서 자살 같은 타살을 저지르고, 그 대상은 자신이 가한 학폭의 피해자였으며, 피해자의 엄마는 일찍이 타살 같은 자살에 이르게 만든 것과, 수정란도 생명으로 친다면 살생 목록에 이름 없는 무언가가 추가될 것이며, 말소의 대가를 두 아비에게 청구한 것까지, 내가 혼신을 다해 가라앉힌 시체 같은 비밀들이, 비밀 같은 시체들이 주렁주렁 엮인 채 인양되고 말 것이다. 그거야말로 ABC니 BBC니 A부터 Z까지 각종 언론에 실릴 만한 특종감이었고 그때의 투신 고도는 해수면보다 하늘에서부터 재는 편이 빠를 것이었다. 거듭 미안하지만 난 살아남아야 했다.

얼마 뒤, 뉴스에 '모녀 청산가리 자살 사건'이 보도되었다. 재개발이 무산되자 어머니 양모 씨가 딸에게 보험금을 남기려 자살했지만, 심신 미약이 인정되지 않아 보험금은 지급되지 않았고, 딸 양모 씨 또한 우울증에 시달리다 청산가릴 삼키고 만 기구한 사연으로, 진정 기구한 건 딸 쪽은 심신 미약이 인정돼 얼굴 한 번 본 적 없는 아버지 주모 씨가 보험금을 타 갔다는 점이다. 그러나 사람들이 주목한 비극은 다른 곳에 있었다.

"터를 보전해야 된다. 아니다, 비용 때문에 싹 다 밀어야 한다. 맨날 말 바꾸고 엎어 버리니까 변덕에 피해 보는 건 주민들뿐이죠."

그렇게 말하는 조합 관계자라는 사람의 뒤로 낯익은 집—같은 것—이 보였다. 10년 전, 누군가 '니네 반 그지'가 살고 있노라 가리켰던 곳. 손끝을 따라갔을 때 나왔던 네잎클로버는 어느덧 세잎클로버가 돼 있었다. 세 잎이 되기 전 딸 양모 씨의 성은 주 씨였을 것이다.

모녀가 쌍으로 '재개발' 석 자를 다잉 메시지로 남기기라도 한 듯 비난의 화살이 서울시장에게 향했다. 학폭이나 악플 같은 비극의 발단은 언급되지 않았으며 부양 의무를 저버린 친부에게 돌아간 유산은 어쩌다 해외토픽처럼 다뤄졌을 뿐이다. 모녀의 식도가 타들어 간 고통은 전태일 열사가 분신했을 때 그것과 다르지 않다. 모 야당 의원의 외침이었다. 물론 경험자로 보이진 않았다. 모녀의 서거를 큐사인 삼아 일사불란하게 서울시를 압박한 끝에 재개발이 재개되었다. 누구의 소원이 이뤄진 걸까. 죽은 자만이 알 것이다. 산 자들은 모르기로 했다.

"그만 일어날까요?"

그 말과 동시에 내가 의자를 뒤로 뺐으니 청유라기보다 명령에 가까웠다.

"아, 제가 사겠습니다."

"제가 내야죠, 이걸로 답례하기로 했는데."

"아닙니다, 이렇게 보미 씨가 나와준 것만으로 영광이죠."

그래 놓고 식당을 나오자마자 "정 그러시면," 운을 떼는데 헛기침까지 하는 걸로 봐서 개수작의 전조 증상이 틀림없다.

"2차라도 사주실래요?"

음흉한 눈빛 위로 어떻게든 세워보려 힘쓴 애쉬브라운색 머리가 축 처져 있다. 굳세게 남아 있는 왁스 윤기가 한때의 분투를 비추고 있다.

"제가 돌아다니는 게 아직 익숙지 않아서요. 그런 일을 겪고도 벌써부터 남자랑 술 마시고 다니는 게 목격되면 좋게 보일 리도 없고요."

"아…! 죄송합니다, 제가 생각이 짧았네요…."

남자가 생각의 생장을 위해 머리를 긁적인다. 이제 보니 컬러 렌즈까지 꼈다. 설상가상이다.

"그럼 댁까지만 태워다 드리겠습니다."

결의에 찬 듯 앙다문 입술. 그야말로 첩첩산중.

"아뇨, 밥도 얻어먹었는데. 그냥 택시 타고 갈게요."

"택시비도 많이 올랐는데 편하게 저랑 가시죠."

글쎄, 난 너랑 있는 게 제일 불편하다니까요.

"밤바람도 모진 편이고…."

모진 건 네 얼굴이고요.

"드릴 말씀도 있고요."

드릴로 아구창을 확 뚫어버릴까.

"차 가져올게요."

그 말과 동시에 돌아섰으니 선택지는 없었다. 유난히 허둥대는 뒷모습이 어딘가 낯익다. 그러고 보니 '그날' 그 남자도 저 정도 키였던 것 같은데. 저거보단 훨씬 뚱뚱했던 것 같고.

기억의 실루엣이 닿을 듯 말 듯 한 거리에서 나부끼는 게 '그날'보다 가까운 과거였다. 쉬이 잡히지 않는 걸로 봐선 훨씬 가벼운 일이기도 했고. 얼마 전 벌어졌지만, 잊고 말 정도로 하찮은 일.

지나간 겨울의 너테를 쓰다듬어본다.

삶은 이름따라 간다고, 잘나가다 겨울에 한 번씩 조(져)지
는 건 내겐 연례행사였다. 계절이 바뀌며 기온과 함께 수익률
이 급락했다. 가진 현금으로 물타기 하자니 계좌 내역을 살필
까 켕겼으며 손절하자니 금방 오를 것 같기도 했다.

라고 할 때 팔걸.

그리하여 본전으로 돌아오고 말았을 땐 크리스마스였는데
그제서야 한없이 내리꽂던 차트가 바닥을 찍고 마침내 반등
의 서막을 열어젖히는 것이었다.

라고 할 때 팔걸.

죽은 고양이도 높은 곳에서 떨어뜨리면 일시적으로나마
바닥에 튀어 오른다는 사실을 몰랐고 고양이는 내친김에 지
하 세계까지 순방하려는 셈인지 설 무렵엔 평가액이 반토막
났다.

'시체팔이 소년'. 그즈음 최원혁에게 붙은 별명이었다. 없어
서 못 팔던 시체는—따지고 보면 없이도 잘만 팔았지만—더
이상 팔리지 않았다. 그나마 따뜻한 감성이 유통되는 연말엔
광고도 들어오고 반등하는 듯했으나 해가 바뀌자마자 시청자
수가 반토막이 났다. 마치 1월 1일부턴 따뜻하지 않아도 되는
것처럼.

장한 청년이 시체팔이 소년이 되기까지 걸린 시간 3개월.
사람 목숨값치곤 지나치게 인색한 유효 기간이었다.

누구 코에 붙여도 시원찮을 푼돈을 나눠 가졌으니 동업자
사이가 금가는 건 예정된 수순이었다. 최원혁의 일방향적 애

정은 생전 처음 앉아보는 돈방석 위에서 수치로 환산되었다가 마진과 함께 마르고 말았다. 그새 만나는 여자도 생긴 듯하여, 공적으로나 사적으로나 관계의 종말이 코앞에 닥쳐왔다. 돈도 잃을 만큼 잃었고, 황금알 낳는 거위는 조기 폐경했으며, 방송을 접게 만든 원흉마저 사라졌다. 요컨대, 보답할 차례였다. 고양이처럼 바닥을 기어도 좋고 반 토막 난 혀로 아이를 흉내 내도 좋다. 나는 꼭 보답을 해야만 하겠다. 마땅히 소를 잡아야 할 시간이었고 소 잡는 칼을 꺼내 들기로 했다.

2월, 수익의 절반을 요구하자 예상대로 최원혁은 거절했다. 취한 틈을 타 신경을 살살 긁으니 막말을 서슴지 않은 것은 물론 이 이상 한 푼도 못 주겠노라 반가운 배알을 부렸다. 관계가 빠르게 금가고 있는 것과 반대로 방공호의 벽돌은 맹렬히 쌓여갔다.

"끗차."

라는 알 수 없는 소릴 내며 남자가 뒷좌석에 팔을 뻗는다. 배니티 미러에 비친 낯익은 에코백 곁의, 설마 싶은 꽃다발을 향해.

"여기, 복귀 기념 선물이요."

남자가 설마를 건넨다. 흑장미 네 송이가 곤혹스럽게 핀, 한 다발의 무리수.

"…감사합니다."

무리수에 감사를 표하고 마는 게 직업병인지라.

"그럼 출발하겠습니다. 안전벨트 메시고…."

스피커에서 샤프의 〈연극이 끝난 후〉가 흘러나온다. 선곡 '은' 제법이다.

"저기요."

"예?"

삑사리를 낸 남자가 실속 없이 헛기침을 켜얹는다.

"정말 모든 4년제 대학 웹메일 주소로 메일 보낸 거 맞아
요? 나라카 메일 주소 검색해봐도 아무것도 안 뜨던데."

"크흠, 국세청 블로그 말하는 거죠? 그거 기자 메일 주소가
텍스트가 아니라 카드뉴스 이미지 안에 삽입돼 있어서 검색
해도 뭐 안 나올 거예요."

"그럼 어떻게 찾아낸 거예요?"

"전화번호 알아내니까 이름이랑 SNS 계정이 딸려 왔고, 페
북에 적힌 이력 보고 국세청 블로그를 뒤져봤죠. 연락처 입수
과정 설명하기가 번거로워서 메일이니 가면 구매처니 이해하
기 쉽게 둘러댄 거고요."

"맞다, 전화번호. 제 번호는 어떻게 알아냈어요? 밥 사주면
말해준다면서요."

"아… 일단 밥은 제가 샀는데요."

"어떻게, 밥값이라도 부쳐드려요?"

"노, 농담입니다."

"저는 농담 아닌데."

"그게 말이죠…."

쓰읍, 거리며 좌우로 갸웃대는 고개를 따라 대시보드의 흔
들인형도 덩달아 오똘댄다. 〈어드벤처 타임〉의 '비모'다. 향수
도 그렇고 선곡이며 좋아하는 캐릭터까지 아까부터 묘하게 취
향이 겹치는데 어쩐지 반갑지가 않다. 애초에 같이 덕질이나
할 사이가 아니었지만.

오랫동안 찾았습니다, 국평오의 정체는 1분팩트가 아닙니다.

죄를 숨기고 대가를 바꿔치기한 파렴치한의 실체를 고하겠습니다.

정답은 나라카 영상에 있습니다.

저는 자살 안 한 것을 알고 있습니다.

께름칙한 문자에 구태여 답장한 이유는 호기심이나 복수심 때문이 아니었다. 내가 자살 안 한 걸 알고 있다는 으름장 때문도 아니었고.

아무래도 구색이 맞지 않았다. 대국민 사기극의 책임을 최원혁 한 명에게 덮어씌우기엔 스크립트가 부실한 감이 없지 않았다. 내 몫을 40퍼센트까지 올린 마당에 '실컷 꿀 빨다가 조회수 떨어지니 이제 와서 피해자인 척하네' 같은 (본질을 꿰뚫는) 비난이 제기된다면 딱히 할 말이 없었다. 피해자로서 입지를 보다 공고히 다져야 했다. 1분팩트라는 단독범의 소행으로 종결된 살인 사건인 만큼, 피해자가 살아 있는 것도 모자라, 진범이 따로 있으며, 그것도 무려 둘이나 된다는 반전 카드를 잇달아 꺼낸다면 아무도 악어의 눈물에 돌을 던지지 못하리라. 눈물샘은 언제든 모이를 흩뿌릴 준비가 돼 있었다.

"나는 이미지가 이러니까 그럴 수 있다고 쳐. 근데 보미는 그런 애 아니라는 거 알잖아. 나는 그래도 보미는 그럴 애 아니잖아."

이윽고 8개월 만에 영상을 올린 날, 최원혁의 8개월 전 발언이 재조명되었다. '애 생기니까 낙태시키고, 낙태하니까 자살시키고, 자살하니까 딴 여자 만나고. 이거 진짜 애미 뒤진 새끼네. 아, 거의 뒤졌던가.' 여론은 폭주했고 폭도는 백이면 백 내 편이었다. 내 불로소득에 대해 입 밖으로 꺼내거나 최원혁의 해명을 귀담아듣는 사람은 없었다. 한때 나를 죽이지 못해 안달 났던 괴물은 이제 자신의 꼬리를 죽이려 안달이었다.

'피해자에서 생존자로, 생존자에서 증언자로. 남성이 씌우고 관성이 동여맨 폭력의 굴레에서 어떻게든 숨 쉬어야 했던, 그러나 이제는 살려달라기보다 나도 사람이다 외쳐보려는 우리네 투쟁에 대한 한 편의 고증'.

나를 두고 한 여성 잡지 에디터가 트위터에 쓴 글이었다. 당최 내가 언제 '사람이다' 외쳤으며 누구 멋대로 '우리네'에 포섭시키는 건지 모르겠다만 어쨌거나 그 숭배에 가까운 지지는 내 개인적 투쟁에 도움이 되긴 했다. 덕분에 나라카의 주검이 발견됐다는 소식에도 여론이 무마됐으니.

다른 모든 이가 나를 용서한다 할지라도 저는 그를 용서할 수 없습니다. 부디 내 족적을 지우지 말아주세요, 절벽까지 이어진 짐승의 발자국을 보며 누군가 함부로 동경하는 일 없도록. 이 죽음만은 헛되이 되지 않도록.
이만 다시 태어나러 갑니다.

그가 죽기 직전 자기 자신에게 남긴 카톡이었다. 정체가 발각되자마자 목숨을 끊었으니 대범하다 해야 할까, 치사하다 해야 할까. 검색 기록에 '청산가리 고통'이나 '손목 그어서 죽을 확률' 따위가 있었다는 기사가 도량의 크기를 귀띔해주고 있다.

나라카는 투신을 택했다. 그가 치른 죗값이라곤 비행시간보다 짧은 막간의 통증뿐이었다. 토막 나긴커녕 일시적으로나마 튀어 오르지도 않았을 것이고.

그가 바닥을 찍었다는 소식과 함께 99만까지 치솟았던 내 구독자 수가 하락세로 접어들었다. 내가 너무했단 댓글도 심심찮게 보였다. 죽음을 공수 교대 사인쯤으로 여기는 게 분명했다.

나라카는 죽었고 주희연은 죽였다. 1분팩트는 인격적으로 처형 당했으며 최원혁은 처형대에 매달려 바둥대고 있으나 머지않아 발악도 멎을 것이었다. '다 가졌던' 박민우조차 좆을 잘못 놀리다 몰락했으니, 현실판 〈라이어 게임〉의 우승자가 된 셈이다.

마침내 '최후의 1인'이 된 소감은, 서럽다. 남을 해칠 생각은 조금도 없었다. 서울로 전학 왔을 때도, 〈라이어 게임〉 탈락 위기에 놓였을 때도, 졸업 앨범에 커피를 쏟았을 때도, '우리 애'라고 우리 아닌 사람에게 둘러댔을 때도, 정체불명의 음료를 바꿔치기했을 때도. 어제나 오늘이나 제 목숨 건사해보려 분투했을 뿐인데 어느새 손은 더럽혀져 있었고 주변인들은 매장당해 있었다. 누군가는 물을 것이다, 왜 그들을 묻었냐고. 나는 답할 것이다, 그저 살고 싶었다고.

〔 **24** 〕

정적만이 남아 있죠—.

라는 가사가 무색하게 운전석의 숨소리가 정적을 게걸스레 삼킨다. 자유재인 공기를 두고 흑장미와 경합이라도 펼치는 것처럼.

근데 내가 목적지를 말했던가? 길은 대충 맞는 것 같은데.

"저기,"

"전화번호요? 그게,"

"것보다 지금 어디로 가는 거죠?"

"……."

운전대를 쥔 오른손을 슬며시 복부로 옮긴다. 곧 방언이 터진 양 무어라 중얼대는데 운전 중에 낙지를 찾아대는 건 먹성으로 보아 그러려니 싶지만 눈을 감고 마는 건 다른 문제였다.

"이봐—"

요. 뒤차가 앞질러 가며 낸 경적에 내가 뱉은 말이며 숨소리며 노랫소리 일체가 뒤처지고 만다.

"…아직 거기 사시죠?"

"네?"

"그 얹혀살고 있다는 친구분 집. 상도동에 있잖아요."

"어떻게 알았어요?"

"후……."

"어떻게 아셨냐고요."

남자의 입술이 굼실거린다. 노래도 방언도 끝나고 이젠 정적만이 남아 있다.

"가만 보면 자기는 영 눈썰미가 없는 거 같아. 자기가 준 선물도 몰라보더니."

서둘러 내가 준 선물이나 선물을 가장했던 무언가들을 곱씹어보는데 새김질이 들리기라도 하는지 남자가 덧붙인다.

"하하."

그 웃음소리가 살갗의 통각점 하나하나에 꽂히며 조알 같은 소름이 돋아난다. 이 서투른 웃음을 기억한다. '하하'를 낭독하듯 어색한 억양과, 적어도 두 박자는 늦은 타이밍, 그리고 웃음기 하나 없이 싸늘한 입꼬리까지. 그날, 서랭되어가는 시체 옆에서 잘도 웃어 보이던 남자의 그것과 똑같았다.

"살이 많이 빠졌죠? 고생이 이만저만이 아니었어서."

"다, 당신… 누구야?"

"이름 말해줘봤자 기억도 못 할 거면서."

"어떻…게……?"

"한 달 전에 통화했는데, 우리."

이때껏 문자만 주고받았을뿐더러 한 달 전이라면 문자조차 받아보기 전이었다. 뭣보다 최원혁 말고 다른 사람과 통화한 적이 있다면 내가 기억하지 못할 리가 없…

"못해도 일주일에 한 번은 꼭 시켜 먹는다면서."

헬멧을 쓴 누군가의 뒷모습이, 등 돌린 형태 그대로 서서히 다가온다.

"이름이 '화양마라'였죠? 방이동에 본점 있는. 서울에만 지점이 스물다섯 개니까, 지역구마다 하나 있는 꼴이니 서울에 숨어 살면 계속 시켜 먹을 거 아니야. 그래서 저 위에 창동점부터 해서 일이 주씩 돌아가며 배달 뛰었죠. 넉 달쯤 됐나? 슬슬 경기권도 포함시켜야 하나 고민하던 찰나 상노점에서 주문이 들어오더라고, 익숙한 요청 사항과 함께. '이건 너무하다 싶을 정도로 고수 듬뿍 넣어주세요'. 영수증 건네받던 그때 그 짜릿함. 보미 씨는 상상도 못 할걸요."

헬멧은 이제 손 뻗으면 닿을 거리였으나 나는 손을 뻗는 대신 고개를 돌린다.

"가게에 전화한 건 기억나실 텐데, 고수 따로 안 왔다고."

그러거나 말거나 남자는 턱끈을 끌러 헬멧을 벗는다. 내겐 악몽을 거부할 권리가 없다는 듯이.

"가게에서 전화 오길래 제가 말했죠. 사장님, 제가 아무리 궁해도 고수를 빼 먹겠어요? 주문하신 분 연락처 좀 불러주세요, 제가 얘기해볼게요."

그 헬멧 속에는 주문사항을 고의로 누락시킨 배달부가 있었으며, 나라카의 가면을 벗겨낸 발쇠꾼이 있었고, 주희연을 죽인 공범이 있었다. 세 광인은 헬멧, 모자, 마스크, 안경, 렌즈를 그때그때 번갈아 썼고 살집이며 머리색도 달랐지만 그들의 공통분모에는, 왜 내가 공공재처럼 있었다.

"왜 이렇게까지, 나한테 왜 이렇게까지 하는 거야…?"

"내가 아니면,"

거친 숨소리를 내는 쪽은 이제 조수석이었다.

"내가 아니면 누가 널 구해주겠어."

온몸이 절로 옹송그려진 것은 내지르지 못한 비명 소리가 오장과 육부 사이를 오가며 공명한 탓이다.

"초창기에 짤 따서 영업해주고, 시청자 수 떨어지면 콘텐츠 짜주고, 기념일마다 영상도 만들어주고, 경쟁자들 나락 가게 만들어주고, 나락 갈 일 생기면 덮어주고, 휴방 때마다 남친 만난다느니 초심 잃었다느니 지랄하는 육수들이랑 싸워주고, 루머 유포자 잡아서 족쳐주고, 심지어 죽을 뻔한 걸 살려준 데다가, 기껏 죽인 시체까지 날라줬더니, 네가 감히 날 속여? 나한테까지 그러면 안 됐잖아, 응? 다른 떨거지 새끼들한텐 그렇다 쳐도 나한테만큼은 그러면 안 되는 거잖아…!"

"내, 내가 대체 뭘…"

"넌 조금은 다른 줄 알았는데. 한 송이 백합처럼 때 타지 않은 줄로만 알았는데. 낙태도, 그 새끼랑 사귀었단 것도 다 거짓인 줄 알았건만, 그때 말한 '그렇고 그런 사이'가 애까지 가졌다가 도로 지우는 사이란 뜻이었어?!"

쉬지 않고 토해낸 광기가 유리창을 하얗게 칠해간다.

"그 성형외과 의사한테도 몇 번 대주고 오피스텔 얻어낸 거 아냐? 아예 오피를 차리지 그랬냐, 이 걸레 같은 년아."

"…내려줘요."

"왜, 지명한테 연락이라도 왔나 보지?"

급발진 중인 언사와는 달리 골목으로 진입해 속도를 줄여 나간다. 손잡이를 꼭 잡은 오른손은 창밖의 부연 풍경이 제자리에 묶이기만을 기다렸으나.

"박민우, 내가 제보했어."

그 말에 나도 모르게 악몽을 향해 고갤 돌린다.

"너 어디로 숨었는지 알까 싶어서 협박해봤는데 모르는 눈치더라고. 그래서 나라카한테 제보했어, 이 여자 저 여자랑 떡 치고 다니는 거. 근데 그거 알아? 그 양반 갭 투기도 어마어마하게 해 먹은 거. 그건 아직 제보 못 했어. 아무래도 네가 숨어지내던 오피스텔 얘기를 안 짚고 넘어갈 수가 없거든. 이번엔 누구한테 제보해야 하나, 나라카도 뒤져버려서."

"그래서, 이제 와서 떡 쳤다고 소문이라도 내겠단 거야?"

"너, 학폭 한 것도 사실이지?"

"뭐?"

"미투 때 너 감싸고돌던 동창이란 사람. 글씨체가 똑같던데, 예전에 네가 나한테 쓴 답장이랑."

'거침없는 오른손'이 쓴 것과 대충 휘갈겨 쓴 답장의 필체가 일치하는 건 당연했다.

"어디 한번 까발려 보든가, 이, 이 미친 사이코 새끼야."

차 문을 열어젖히는 찰나 뒤통수로 상한 우유 같은 질문이 날아든다. 족히 10년은 상한 듯한.

"혹시 그 첫 번째 폭로자, 네가 그날 죽인 여자 아니야?"

침을 삼켜보려 했지만 말라비틀어진 입안엔 삼킬 게 남아 있지 않았다. 비밀이 잠긴 바다가 말라가는 중이었다.

"알잖아, 네 죄목. 불륜이나 학폭처럼 아기자기하지 않다는 거."

인적이 드문 골목이었으나 누가 들을까 문을 닫는다. 동시에 왼손에 딱딱한 무언가가 쥐어지는데 손에 밴 누기가 몸서리치도록 익숙하다.

"…공범이 있든 없든, 당신에게 하사할 면죄부 따위 없다는 것입니다. 구천을 떠도는 피해자의 원혼은 이미 처절하게 난도질당했거든요."

핸드폰이었다. 나라카 영상이 틀어져 있는.

"이게 지금 뭐 하자는…"

"쉿."

미처 살을 빼내지 못한 검지에 두둑한 정염이 도사리고 있다.

"지금, 지금 나온다."

"…남자 경험이 없는 척하던 그녀였지만 아니나 다를까, 낙태한 정황이 드러났습니다."

"안 했다니까요? 낙태한 적이 없는데 어떻게 그런 글을 써요."

1분팩트가 지웠던, 그러나 나라카가 어디선가 구해온 '그 영상'이 내 영상과 번갈아 재생되는 장면이었다.

"이게 뭐? 낙태한 적 없다고 속인 거 사과라도 하라고?"

"쓰읍, 역시 눈썰미가 없어서 그런가? 하기사 아무도 못 알아봤으니. 다시 나오니까 잘 봐봐, 뭐라고 쓰여 있는지."

그제서야 작고 투명한 글자가 보호색을 띤 뱀처럼 슬근슬근 기어가는 게 어렴풋이 보이는데 쉽게 읽히지 않는 것이 워터마크로 보긴 어려웠다.

deredrum61014202=edinayc420090.721*315346.73edicius

"거꾸로 읽으면 해석이 되려나."

"수이, 수어사이드…… 씨아니데, 시안이드…?"

"사이어나이드. 한국어로는—."

한참이 지나도 말을 잇지 않아 고갤 든다. 그러자 봐주길 기

다렸다는 듯 씨익 웃으며,

"청산가리."

그 말이 심장에 커터 칼을 긋는다.

"숫자는 하난 그 여자 집 좌푯값이고, 나머지 하나는ㅡ."

무엇을 가리키는지 알았기에 고개를 들지 않았다. 그러자 귓가에 다가와 축축한 비밀과 입김을 번갈아 뱉는다.

"네가 그 여잘 죽인 날짜. 그러니까 정답은…."

귓가에 똬리를 튼 혀가 다시금 악몽을 거부할 권리가 없음을 상기시키며,

"이 집에서 청산가리를 먹고 자살한 여자는 실은 2024년 10월 16일 살해당했다."

…내 얘기가 아니었나 보다. 남자가 보낸 문자의 '자살 안한 것을 알고 있다'는 으름장은. 내 얘기는 그보다 두 줄 위에 있었다. '죄를 숨기고 대가를 바꿔치기한 파렴치한'. 그게 내고발문이었을 줄이야.

때마침 핸드폰에서 울부짖는 소리가 흘러나오는데 분명 내 목소리임에도 구천을 떠도는 누군가의 귀곡성만 같다. 사람을 죽였다. 그리고 모른 척했다, 늘 그래왔듯이. 폭력을 휘두르고도 모른 척했고 세상을 기만하고도 모른 척했다. 타고난 재능이라 여겼던 생존력의 비결은 그저 일관되게 염치가 없는 것뿐이었다. 하지만 이 죄는 내 것이었다. 그렇게 쓰여 있었다. 단지 살아남고자 했을 뿐인데, 라는 변명이 어디까지 통할지 모르겠다. 종말론자의 방공호는 종말 앞에 산산조각 나고 말았다. 또 혼자 살아남은 줄 알았는데 실은 이미 오래전부터 무너지고 있었나 보다. 공범이 나와의 공통분모를 영상에 실각(刻)한 시점부터. 피해자의 폭로에 내가 사과 대신 반박을 택한 순

간부터. 어쩌면 10년 전, 전학생에게 호의로 내민 짝꿍의 손길을 모른 척하기로 다짐한 때부터.

"널 찾으러 다니는 것도 이번이 마지막이야. 한 번 더 등 돌리면 그땐 모든 게 끝나는 거야."

공범은 740만 번이나 발각될 뻔한 비밀을, 어째선지 나 혼자만의 비밀이라는 양 당장이라도 무용담처럼 늘어놓을 기세였다.

"…원하는 게 뭐야?"

내가 수장한 비밀이 몇 구나 될지 모르겠다. 그리고 남자는 몇 구를 건져낸 건지도 모르겠다.

"불공평하다고 생각하지 않아? 나는 네 전부를 아는데, 넌 나에 대해 아는 게 하나도 없다는 게."

딸칵, 운전석의 안전벨트가 맥없이 풀린다.

"너도 날 알아갔으면 좋겠어, 지금부터라도."

파도가 온다, 언젠가는 들이닥칠 것이었던. 바꿔치기한 생과 사가 비로소 제 자릴 찾아가려는 모양인지 시체처럼 움직일 수가 없다. 검붉은 육욕 다발을 꽉 쥐어볼 뿐. 모골이 경직돼가는 와중에도 후각은 제 몫을 다해 트적지근한 악취를 맞이한다. 좌석이 젖혀지고, 난 차창으로 새어 들어오는 달빛 속에 속절없이 가라앉는다. 눅진한 손가락이 한 마리 한 마리씩 꿈틀거리며 손살을 파고든다. 말라붙은 바다는 늪지가 되었고 뱀들은 썩은 시체를 볼모로 구석구석을 기어 다닌다. 그 순간 나는 시체를 질투한 나머지 음독이라든지 투신이라든지 지금도 늦지 않은 혀 깨물기라든지 삼도천을 건너는 뱃삯으로 가장 저렴한 통증을 계산해보나 역시 무리다. 탁하고 걸쭉한 숨결이 얼굴 위로 내리쏟아진다. 양쪽 모두 숨을 헐떡이고 있었

으며 이제는 둘 다 조수석이었다. 가까스로 성대 근육을 쥐어
짜 도와달라 소리쳤다. 마음속으로. 목소리가 기도 어딘가에
걸려 웅웅댔으나 조금도 바깥으로 새어 나오지 않았다. 방파
제 밑으로 추락한 꼴이었다. 눈앞이 뿌옇다. 몰아치는 숨이 귓
가에 파도처럼 부딪힌다. 부서지고 남은 포말은 입가로 스멀
스멀 흘러내려 차마 씹지 못한 혓바닥에 스며든다. 안개 뒤로
손을 뻗어봤지만 어찌할 도리가 없었다. 그간 무던히도 쌓아
올린 탑이 무겁게 날 짓누르고 있었다.

나는 달빛에서 한참을 침빙댔나.

〈끝〉

작가의 말

'크리스 [구 소련여자]'라는 유튜브 채널이 있습니다. 다소 막돼먹은 러시아 사람이 등장하는.

애초부터 순탄하게 운영되던 채널은 아니었지만, 러시아의 우크라이나 침공과 함께 2만여 개의 악플이 쏟아지게 됩니다. 러시아 정권을 꾸준히 비판·풍자해온 유일무이한 유튜버였음에도 누군가에게는 세계 평화를 위협하는 가해자였을 뿐이었죠.

저는 문득 궁금해졌습니다. 평화를 명분으로 자판을 두드리며 평화 집회에 참여한 이를 짓밟는다면 과연 가해자의 몽타주에 가까운 쪽은 어디일지. 편집자였던 저는 유튜버 뒤에 숨어 있었지만 그럼에도 송곳 같은 낱말에 제 옅은 마음이 관통되곤 했습니다. 이 뚫린 구멍을 저뿐만 아니라 뚫은 사람들도 한 번씩 들여다보면 좋을 것 같습니다.

덧붙여서, 책에 묘사된 인터넷 생태계는 실제와는 퍽 괴리가 있습니다. 작중 명시되지 않았음에도 특정 서비스나 플랫폼이 연상된다면, 해당 서비스를 염두에 두고 쓴 게 맞긴 하나, UI·제공 기능·이용자 문화 등에서 부분적인 차이가 있습니다. 예를 들어 조보미가 속한 인터넷 방송 플랫폼은 '트위치'를 참고했지만 실제 트위치에선 스트리머가 후원자 ID를 확인할 수 있습니다. 이 밖에도 '유튜브'나 '네이버'는 극적인 전개를 위해 구버전을 차용하기도 했습니다.

하지만 고증이 가장 덜 된 지점은 '댓글'입니다. 인터넷 용어와 과격한 표현을 쓸수록 리얼리티는 늘어갔으나 기대 독자 수는 현저히 줄었기에, 뜻을 유추하기 어렵거나 지나치게 날 것의 표현은 지워야 했습니다. 그러므로 이 책에 무사히 안착한 단어들은 실제보다 훨씬 둥글다는 점 참고 바랍니다.

마지막으로, 소설에 나오는 인물과 견해에 동조하지 않습니다.

2024년
박힘찬

백만 유튜버 죽이기

초판 1쇄 발행 2024년 4월 1일

지은이 박힘찬
펴낸이 나성채
디자인 김선예, 이수정
마케팅 박동준

―――――――――

발행처 오러 orror
등록 2023년 4월 26일(제2023-000003호)
주소 32134 충청남도 태안군
      태안읍 원이로 302, 204동 205호
전화 02.324.3945-6 팩스 02.324.3947
이메일 orrorpub@gmail.com

―――――――――

ISBN 979.11.983254.5.7 04810
      979.11.983254.0.2 04810(세트)